성녀의 독배

그 가능성은 이미 떠올렸다

성녀의 독배

SEIJO NO DOKUHAI SONO KANOUSEI WA SUDENI KANGAETA

성녀의 독배

聖女の毒杯

그 가능성은 이미 떠올렸다

이노우에 마기 지음

이연승 옮김

스핑크스

2부 장례(葬)

3부 애도(悼)

• • • 사건 관계자

- **와다 세나**: 다와라야 집안에 시집가는 신부

- **와다 잇페이**: 신부의 아버지

- **와다 도키코**: 신부의 고모

- **다와라야 히로토**: 신랑

- **다와라야 쿄조**: 신랑의 아버지

- **다와라야 기사코**: 신랑의 어머니

- **다와라야 아미카**: 신랑의 첫째 여동생

- **다와라야 기누아**: 신랑의 둘째 여동생

- **야마자키 후타바**: 신부 측 들러리, 글 따르기 담당

- **무로후시 다마요**: 다와라야 집안의 가정부

- **다치바나 스이세이**: 아미카 자매의 사촌 오빠.

1부

혼례

(婚)

단상

협죽도 가지에는 사람을 죽이는 독이 있다.

전에 자살한 친구가 한 말이다. 돌이켜 보면 그런 무시무
시한 대화밖에 떠오르지 않아서 미안쩍다. 적어도 친구의 기
일인 오늘만큼은 아름다운 추억으로 고인을 추억하고 싶지
만 기억을 되짚으면 친구와는 독과 자살 같은 이야기밖에
나누지 않았다. 생기발랄함이라고는 없는 고등학교 생활이
었다.

친구는 죽음을 말할 때 가장 활기찼다. 친구의 꿈이자 희
망이었다. 무엇 하나 원하는 대로 되지 않는 우리 삶에 단 하
나의 선택권이 있다면 그것은 바로 언제 내 삶을 끝내는지
다. 그리고 친구는 그 권리를 행사해 무대에서 자신에게 주
어진 역할을 과감히 내던졌다. 그야말로 용맹하고 과감하게.
애국심으로 가득한 병사가 전쟁터에서 숨을 거두는 것처럼
고결하게.

그 용기 있는 결단에 나는 진심으로 박수를 보내고 싶다. 질투와 선망으로 몸이 달아 친구를 떠받들고 싶다. 나는 결코 흉내 낼 수 없는 일이다. 불가능하다. 가장 큰 이유는 두려움이다. 아픈 게 싫고, 괴로운 게 싫고, 나라는 존재가 소멸해 어딘지 모를 수상한 세계로 사라지고 말 거라는 생각이 두렵다.

그러니 나는 죽을 때 독을 활용할 것이다. 쓰지 않고, 고통스럽지 않고, 마치 잠드는 것처럼 사르르 죽을 수 있는 상냥한 독을. 물론 그런 독이 세상에 존재하는지는 조금 더 조사해야 알 수 있다. 친구는 수면제를 권했지만 요즘 시판되는 수면제를 먹어서는 죽을 확률이 낮고, 죽을 수 있는 종류도 위장이 꽉 찰 만큼 많은 양을 먹어야 한다고 한다. 태생이 입이 짧은 나에게 그런 행동은 고문에 가깝고 나는 애초에 알약을 잘 삼키지도 못한다.

다다미방의 반쯤 열린 미닫이문 너머로 저택 정원에 있는 협죽도의 푸른 이파리가 살랑살랑 흔들리는 게 보인다. 여름의 초입. 나뭇잎 사이로 드문드문 보이는 꽃봉오리는 얼마 안 있어 순백의 꽃을 피울 것이다. 언제쯤일까. 내일일까. 다음 주일까. 아니면 앞으로 한 달은 걸릴까.

그전까지 나는 죽을 수 있을까. 되도록 빨리 평온하게 죽음을 맞이할 방법을 찾고 싶다. 나는 무릎 위에 올려둔 여행 가방을 내려다보며 일단 오늘 밤에 시도할 방법을 떠올렸다.

수면제만 먹어서는 크게 효과가 없지만 알코올과 함께 섭취하면 상승효과로 말미암아 사망 확률이 높아진다고 한다. 용기 없는 나는 오늘 밤에도 지푸라기를 잡는 심정으로 그 가능성에 모든 것을 걸고 잠들기 전 알약을 술과 함께 위장에 흘려보낸다.

제1장

고사이 댐이라고 했다.

눈앞에 있는 댐의 이름이다. 고사이鑛滓, 즉 근처 광산에서 나온 폐수를 저장하는 댐이고 흔히 말하는 '산업 폐수 저수지'다. 그러니 저 벼랑 아래로 보일 호수는 아마 적갈색으로 물들었고 수면에는 더러운 기름막까지 떠올라 무시무시한 독기를 발산할 테지만 정말로 무서운 것은 겉에 보이는 것이 아니다. 그 밑바닥에는 구리와 망간, 비소, 카드뮴처럼 글자 그대로 인체에 유독한 중금속이 밀푀유처럼 겹겹이 쌓여 있을 것이다.

그야말로 거대한 독 항아리다. 듣자 하니 이런 댐이 세계 각지에 있다고 한다. 개중에는 댐이 무너져서 심각한 환경오염이 발생한 사례도 있다고 하는데 그럴 만도 하다. 이런 댐 안에서는 독벌레가 서로 잡아먹으며 더 강한 독벌레가 만들어지는 과정을 뜻하는 '고독蠱毒의 법'이 이뤄지는 거나 마찬가지다.

하지만 그보다 더 무서운 것은.

"봐주십쇼……. 제발 한 번만 봐주십쇼……."

인간의 마음속 독, 즉 '거짓말' 아닐까. 그 여자, 야오 푸린은 평소 애용하는 곰방대를 입에 물고 문득 감상적인 생각을 떠올렸다. 신뢰하는 상대의 배신만큼 상처가 큰 것도 없다.

"제발 한 번만 봐주십쇼……. 다시는 그런 짓 안 하겠습니다……. 두 번 다시 배신하지 않겠습니다……."

젊은 남자의 울음 섞인 애원을 들으며 푸린은 싸늘히 식은 마음으로 연기를 내뿜었다. 이제 와서 뭘 새삼스럽게. 봐줄 수 있는 한계를 넘었으니 이렇게 된 것이다. 적어도 죽기 전만큼은 수치스러운 모습을 보이지 않는 긍지를 바라고 싶건만.

"이봐, 다카하시."

푸린은 어린아이를 어르는 것처럼 말했다.

"거짓말에는 돌이킬 수 있는 거짓말과 없는 거짓말이 있어. 넌 뒤쪽이고. 난 너를 믿고 내 회사를 맡겼어. 하지만 넌 내 신뢰를 저버리고 나에게 막대한 손해를 안겼지. 그럼 목숨으로 보상하는 게 최소한의 도리 아닌가?"

그야말로 정중히 인간의 도리를 설명했지만 대답은 없다. 듣기 싫은 울음소리만이 돌아올 뿐이다. 의외로 야무지지 못하다. 면접을 볼 때만 해도 조금 더 야무진 남자인 줄 알았는데.

어차피 '바지'로 고용했으니 이 정도로 충분하다고 해야 할까. 지금은 그보다 이 남자가 저지른 짓의 뒤처리가 중요하다. 푸린은 자금 세탁용 유령 투자 회사를 하나 보유하고 있는데 그곳의 바지 사장으로 고용한 이 남자가 회사 자금에 손을 댄 것이다.

더욱 머리가 아픈 건 그 돈이 푸린이 전에 속했던 중국 흑사회 모 조직의 자금이라는 점이다. 푸린은 이미 조직을 나와 일본 신주쿠에서 소소하게 사채업을 하고 있지만 예전 조직과 이런저런 문제로 얽힌 탓에 조직 자금 세탁 경로의 한 축을 맡고 있다.

앞으로 사죄의 의미를 담아 거액의 배상금과 이 남자의 목을 조직에 바치고 후임으로 사장을 할 사람을 찾아야 한다. 그 밖에도 몇 가지 더 처리할 일이 있다. 이 일을 전부 정리하려면 시간이 과연 얼마나 걸릴까.

"저……."

벼랑을 등지고 선 남자가 울먹이는 목소리로 입을 열었다.

"전 이제 어떻게 되는 겁니까?"

푸린은 흠칫 놀랐다. 어떻게 되냐니. 이런 판국에 댐에 견학이라도 왔다고 생각하는 걸까.

"……네 뒤에 있는 게 뭐야?"

"댐입니다."

"댐 안에는 보통 뭐가 있지?"

"물입니다."

"두이러對了. 정답. 그리고 네가 일본인이면 '주스이지사쓰入水自殺

^{입수자살}'라는 일본어도 알겠지?"

남자가 등 뒤에 있는 댐을 돌아보더니 힘없이 고개를 떨궜다.

"그 말씀은 이 댐에 뛰어내려서 자살하라는 뜻인가요? 하지만……."

겁먹은 듯이 뒷걸음질 친다. 그의 심정은 조금은 이해할 수 있다. 분명히 뛰어내리기에 조금 망설여지는 더러운 물이기는 하다. 자살 장소로 약간은 부적절하게 느낄 수도 있을 것이다.

그러나 실수는 없다. 다 고려해서 지금 이렇게 해가 지기를 기다리는 것이다. 뛰어내리는 시간이 밤이면 수면이 보이지 않고 경찰이 자살자의 심리를 의심할 일도 없다.

잠시 후 남자가 다시 푸린을 보며 떨리는 목소리로 물었다.

"하지만…… 물이 없습니다만, 아래에……."

푸린은 문득 움직임을 멈췄다.

남자에게서 거리를 두고 신중하게 벼랑 아래를 내려다본다. 올겨울 강수량이 적었던 탓인지 남자의 말대로 물이 말랐고 바윗돌이 드러나 있다. 가뭄인가. 일본 여름철에는 흔한 일이지만 아직은 초봄이라 방심하고 말았다.

뭐, 이런 날도 있는 거지.

푸린은 연기를 내뿜고 머릿속에서 재빠르게 일의 순서를 되짚었다. 그다지 지장 없음. 이 상황이 계획에 줄 영향은 근소한 것으로 판단하고 아무렇지 않은 얼굴로 대답했다.

"뭘 지레짐작하고 있어. 누가 익사시킬 거라고 했어? 네 사인은 익사가 아니라······."

조금 생각한다.

"그냥 추락사야."

신칸센에 올라타니 웬 아이 하나가 내 좌석을 차지하고 있었다.

부드러워 보이는 곱슬머리에 이마가 넓은 앳된 얼굴. 낯익은 꼬맹이다. 푸린이 승차권을 손에 들고 우뚝 서 있자 아이는 과자를 바스락거리던 손을 멈추고 푸린을 보며 싱긋 미소 지었다.

"아, 푸린 씨. 좋은 아침이에요. 오늘은 날씨도 좋고······."

푸린은 그대로 몸을 홱 돌려 객차를 잇는 연결 통로로 향했다. 승강구 문에 바짝 달라붙어 핸드백에서 스마트폰을 꺼내 어느 번호로 전화를 걸었다.

신호음이 몇 번 울리고 상대가 전화를 받았다.

"여보세요?"

"나야."

"여어, 푸린. 갑자기 웬일이야? 이번 달 변제일은 아직 남은 것 같은데."

느긋한 목소리를 듣고 푸린은 찌릿한 두통을 느꼈다. 통화 상대는 푸린의 소소한 고객 중 한 명인 파란 머리 탐정이다.

"하나만 묻자. 왜 네 예전 제자가 내 신칸센 좌석을 차지하고 있는 거지?"

"내 예전 제자…… 렌 말인가? 응? 왜 렌이 너와 함께……."

탐정은 잠시 생각하고서 "하하, 그러고 보니……" 하고 중얼거렸다.

"뭐야?"

"아마도 그것 때문인 것 같네. 너도 알다시피 렌의 부모님이 맞벌이를 하시잖아. 그 부모님이 올여름에는 바빠서 가족여행 같은 것도 못 갈 것 같으니 나더러 아들을 투구벌레 채집이라도 데려가 달라더군. 그런데 알다시피 나도 기적 조사 때문에 바빠서. 그러다가 문득 렌이 다니는 초등학교 개교기념일에 마침 네가 지방 출장을 떠난다는 게 떠올라서 너한테 부탁하라고 전에 조언을……."

푸린은 분노한 얼굴로 대번에 전화를 끊었다. 이 스마트폰이 업무용이 아니었다면 배상을 각오하고 열차 창문에 집어 던졌을 것이다.

짜증 섞인 얼굴로 자리로 돌아가자 아이는 아이답게 전철 창문에 얼굴을 갖다 붙이고 있었다. 푸린이 돌아온 것을 눈치채고 "푸린 씨! 푸린 씨! 방금 저기 소 보셨어요?" 하고 흥분한 목소리로 외치더니 이내 다시 진지한 얼굴로 돌아가 "아…… 죄송해요. 제멋대로 창가 자리를……" 하고 침울하게 사과했다.

설마 자리를 바꿔서 내가 언짢아한다고 생각하는 걸까. 푸린은 고개를 절레절레 흔들며 옆자리에 털썩 앉고 자포자기한 심정으로 핸드백에서 맥주 캔과 작은 안주 봉지를 꺼냈다.

그러자 손으로 향하는 시선을 느꼈다. 야쓰호시 렌이 고개만 옆으로 돌려 푸린의 손을 주시하고 있다.

"그게 뭐예요……?"

"에이히레."

"에이히레……. 홍어나 가오리 같은 식용 가오리류의 지느러미를 말려서 만든 수산 가공품 말이죠? 불에 구워서 먹으면 엄청 맛있다고 하는. 도호쿠 지역에서는 조려 먹고 프랑스 요리에서는 주로 뫼니에르생선에 밀가루를 묻혀서 구운 요리로 먹는다고 하던데."

"먹을래?"

조금 잘라서 주자 꼬마는 신기한지 뚫어지게 안주를 바라봤다. 냄새를 킁킁 맡고 조심스레 입에 넣는다.

"딱딱하네요."

"씹어서 턱을 단련하는 거야."

야쓰호시는 고개를 기울인 채 필사적으로 안주를 씹었다. 왠지 개에게 뼈다귀를 준 것 같은 기분이 들었다.

푸린은 맥주 캔을 손에 들고 아이가 악전고투하는 모습을 지그시 바라봤다.

"야, 너 정말로 날 따라갈 생각이야?"

"네. 민폐일까요?"

"오히려 왜 민폐가 아니라고 생각하지? 난 지금 놀러 가는 게 아니야. 중요한 업무를 보러 가는 거라고."

"제발 어떻게 좀……. 일은 절대 방해하지 않을게요. 투구벌레도 혼자 잡으러 갈게요."

"방해 같은 문제가 아니라."

"역시 안 되는 건가요. 하지만 스승님께서……."

"스승님이 뭐?"

"스승님이 푸린 씨는 혼자라 쓸쓸하다고…… 입으로는 싫다고 해도 속으론 좋아하고 있다고…… 그리고 푸린 씨께서 실제로는 아이들을 좋아하는 것 같다고도……."

조금만 더 듣다가는 꼬마의 머리 위에 맥주 캔을 거꾸로 들어 쏟을 뻔했다.

간신히 자제했다. 이런저런 과거가 있는 몸이다. 공공장소에서 남의 시선을 끄는 행동은 바람직하지 않다.

푸린의 떨리는 주먹을 보았을 것이다. 야쓰호시는 거의 포기한 것처럼 한숨을 내쉬었다.

"알겠어요. 그럼 오늘은 무박으로 갈 수 있는 곳까지만 갔다가 나중에 혼자 다시 돌아올게요. 그 정도 동행은 허락해주실 거죠?"

아이는 다시 얌전하게 창문을 바라봤다. 푸린은 일단 안심했지만 일말의 불안감을 지울 수 없었다. 이 꼬마가 과연…… 정말로 포기했을까?

야쓰호시 렌. 조금 전 통화한 파란 머리 탐정 우에오로 조의 예전 수제자.

겉은 순진무구한 초등학생의 모습이지만 실은 어른도 무색할 정도의 천재다. 두뇌가 명석한 데다 박학다식하고 재기발랄한 것도 모자라 중국어를 자유자재로 구사하는 어학 실력까지 갖췄다. 단순히 꼬마와 나의 두뇌만 놓고 비교하자면 아쉽게도 압도적인 차이로 꼬마가 이길 것이다.

그런 약삭빠른 아이가 이 정도 거절로 순순히 자신의 의사를 포기한다? 혹시 여기서 한 번 포기하는 모습을 보이고 몰래 뒤따라올 심산은…….

의심에 사로잡힌 푸린 옆에서 야쓰호시가 천천히 창가에 손을 뻗었다. 창틀에 올려둔 페트병을 들고 입으로 가져간다. 하지만 병이 비었는지 한쪽 눈으로 페트병 주둥이를 뚫어지게 보더니 잠시 후 뭔가를 바라는 눈빛으로 푸린을 봤다.

"저…… 죄송해요, 푸린 씨. 혹시 음료수 같은 거 없으신가요? 아까 에이히레 때문에 목이 말라서…….."

푸린은 못마땅한 얼굴로 핸드백을 무릎에 올렸다. 가방을 잠시 뒤적거리다가 우롱차 페트병을 꺼낸다.

"마시다 만 것도 상관없으면 이건 어때? 다 마셔도 돼."

페트병을 불쑥 내밀자 야쓰호시는 와, 하고 기쁨에 찬 얼굴로 병을 낚아챘다. 곧장 병을 거꾸로 들어 입에 물더니 어머니의 젖을 보채는 갓난아이처럼 꿀꺽꿀꺽 우롱차를 마셨다.

푸린은 눈을 가늘게 뜨고 아이의 옆얼굴을 지켜봤다. 그리고 문득 창문에 희미하게 비친 자신의 표정을 보고 서둘러 입가에 떠오른 미소를 지웠다.

✑❤

목적지 역에 도착하자 푸린은 약속 상대에게 전화를 걸고 개찰구 앞에서 기다렸다.

어느 지방의 마을이다. 지리상 그리 변두리는 아니지만 역 주변에 유달리 눈에 띄는 가게나 편의점이 없어 쇠락한 느낌이 들었다.

일단 관광지이기는 한지 개찰구를 나서자 앞에 명승지 안내판과 택시 승차장이 있었다. 그러나 정작 중요한 관광객이나 차량이 보이지 않는다. 고개를 드니 멀찍한 곳에 봉긋하게 솟은 작은 산이 보였다. 산 너머 반대편에도 다른 역이 있는데 그곳은 제법 발전 중이라고 한다. 산 너머로 사람들을 빼앗긴 걸까.

푸린은 안내판 옆에 있는 나체상을 잠시 멍하니 바라봤다. 그때 손에 든 스마트폰이 진동해서 화면을 확인했다.

— 푸린 씨, 너무해요! 초등학생을 상대로 수면제를 쓰다니! 악마예요!

문자가 도착해 있었다. 푸린은 내용을 대충 한번 읽고 곧장 삭제 버튼을 눌렀다.

아까 어쩔 수 없이 수면제가 섞인 우롱차를 먹여 잠들게 했다.

아이는 역시 잠들어 있을 때가 최고다. 그때는 그야말로 무방비하게 음료수를 받아 드는 모습을 보고 웃어버렸지만, 그렇게 쉽게 남에게 마음을 여는 게 아직 어린아이라는 증거다. 승차권은 꼬마가 잠든 이후 종점까지 구간을 변경했으니 아마 푹 잤을 것이다. 다시 이 역까지 오려면 사철을 여러 번 갈아타야 하니 꼬마가 내 신칸센 하차 역이 어딘지 알아내도 이곳까지 찾아오기는 어려울 것이다.

그나저나 '악마'는 뜻밖이다. 폭력적인 방법은 어른스럽지 못한 것 같아 비교적 합리적인 방법을 썼건만.

우두커니 서서 그런 생각을 하고 있자 잠시 후 눈앞에 경차 한 대가 끼익하고 멈춰 섰다.

안에서 머리를 뒤로 묶은 일본인 여자가 모습을 드러냈다. 여자는 연신 고개를 숙이며 잰걸음으로 푸린에게 다가왔다. 야마자키 가오리. 오늘 만나기로 한 상대다.

"면목 없습니다. 리 씨. 이런 촌구석까지 오시게 해서······."

리는 푸린이 쓰는 가명이다. 30대 중반의 야마자키는 파란 셔츠에 청바지를 입은 수수한 차림새. 고된 생활 탓인지 요즘 여자치고는 나이보다 더 들어 보인다.

"건강하지?"

"네. 덕분에."

"살기는 좀 괜찮나?"

"네."

"요새 이건 안 하지?"

푸린은 손가락으로 문손잡이를 쥐는 모양을 만들고 손목을 비틀었다. 야마자키는 차 뒷좌석 문을 열며 어이없다는 듯이 웃었다.

"이 동네에는 파친코가 없답니다."

여자가 차에 올라타 시동을 걸고 차를 출발했다.

저녁 시간이다. 역과 조금 멀어지자 단숨에 시골 풍경이 펼쳐졌다. 민가는 드문드문 있고 전선 위 참새와 까마귀의 존재만이 눈에 띈다.

"죄송해요. 항상 타고 가는 다리가 통행금지라…… 조금 돌아서 산길로 가겠습니다."

야마자키는 변명하듯 말하고 가속 페달을 밟았다. 푸린은 무관심하게 차창 풍경을 바라봤다.

"정말 아무것도 없는 곳이네."

"네."

"따분하지는 않아?"

"네. 아, 아뇨…… 그다지. 매일 꽤 바쁘거든요. 사는 것도 그렇고, 딸 뒷바라지도 그렇고."

"딸이 이제 중학생인가?"

"네. 그래서 학비가……. 아, 그러고 보니 딸의 입학 축하 선물, 정말 고맙습니다. 후타바도 아주 기뻐했어요."

그런 걸 보냈나. 푸린은 기억을 더듬었다. 만년필이었나,

시중에서 구하기 힘든 중국산 침향이었나. 어쨌든 별로 큰돈은 들지 않았다.

"저……."

야마자키가 살짝 긴장된 목소리로 물었다.

"오늘 오신 게 설마 수금을 하시라……?"

푸린은 저도 모르게 쓴웃음을 지었다.

"아직도 나한테 빌린 돈이 남았나?"

"아뇨. 다 갚은 것 같은데……."

"그럼 안심해. 내가 돈만 받으러 다니는 악덕 사채업자는 아니니까. 오늘은 오히려 네게 돈벌이가 될 이야기를 가지고 왔어."

"돈벌이 이야기요?"

"응. 자세한 건 나중에 얘기해줄 건데…… 혹시 사장이 될 생각 없어?"

야마자키는 운전 중인데도 순간 뒷좌석으로 고개를 돌리더니 곧장 다시 앞을 돌아봤다.

"사장이요?"

"그래."

"음, 어려울 것 같아요. 어떤 회사인지 모르겠지만 저처럼 보잘것없는 사람이……."

"사장이라고 해봐야 그냥 바지 사장이라 딱히 실무 능력이 필요하지는 않아. 중요한 건 인간성이지."

"인간성도 자신 없는데요."

"약속만 잘 지키면 된다는 소리야. 넌 파친코에 빠져 있던 시절에도 변제일을 확실히 지켰고 끝내 돈을 제대로 다 갚았지. 1차 심사 합격이야."

"그건 단지 독촉이 두려워서……."

여자는 그때가 떠올랐는지 하하 웃으며 말끝을 흐렸다.

"그런데 리 씨 주변에도 후보자는 많지 않나요? 굳이 제가 아니어도……."

"그게 그렇지가 않아. 이 업계에서 야심 없는 사람을 찾는 건 유능한 인재를 발굴하기보다 어렵거든. 그리고……."

"그리고?"

"아니, 아무것도 아니야. 그래서, 어때? 매월 부수입이 생기니 그리 나쁜 제안은 아닌 것 같은데."

야마자키는 잠시 고민하는 것처럼 말없이 운전에 집중했다.

"……이런 저를 리 씨가 받아주시기만 한다면 저로서도 기쁘지만…… 과연 제가 잘할 수 있을까요? 그런 큰 역할을."

그 뒤로 차는 논밭 사이를 줄기차게 달렸다.

잠시 후 앞쪽에 멋들어진 담장이 있는 저택이 눈에 들어왔다. 담장은 가랑눈처럼 하얀 꽃이 핀 나무에 둘러싸여 있다.

협죽도 나무.

짙은 녹색 잎과 가련한 순백의 꽃이 보인다. 흡사 넓은 영지를 지닌 옛 무가武家의 저택 같은 분위기다. 유형 문화재처럼 고풍스러운 풍격이 감돈다.

"그러고 보니." 저택 문 앞을 지나고 있을 때 운전석에서 나직한 목소리가 들렸다. "내일 이 저택에서 결혼식이 열리는데…… 거기에 참석한답니다. 저희 딸 후타바가요."

푸린은 흠칫 놀랐다.

"네 딸이? 결혼식에?"

"네. 아, 후타바가 결혼하는 건 아니고요. 신부를 돕는 들러리 역할을 맡았지요."

지금껏 신변 문제에 대해서는 거의 입에 담은 적 없던 여자가 갑자기 말수가 늘기 시작했다.

"그리고 혼례에서 술을 따르는 역할과 흥을 돋우는 역할도…… 듣자 하니 내일 결혼식은 이 지역 전통 방식으로 한대요. 그래서 지역에 사는 어린 여자아이가 필요해서 다와라야 씨가 저희에게 부탁을……. 아마 오늘 오전에도 저곳에서 리허설을 했을 거예요. 마침 학교가 대체 휴일이라 쉬어서 다행이죠. 엄마인 제가 이런 말 하기 조금 그렇지만, 예쁘답니다, 저희 딸."

목소리가 밝은 기운을 머금고 있다.

"다와라야 씨라는 분은 저 저택의 주인이고, 그곳 큰아들이 내일 식을 올려요. 별로 평판 좋은 집안은 아니에요. 하지만 아르바이트비가 나오고 결혼식이 TV로 생중계까지 된다고 하니 지역 방송국이지만 혹시 우연히 방송을 본 어느 프로듀서가 후타바를 눈여겨보지는 않을까…… 같은 상상을 했지요. 꿈같은 이야기지만요."

푸린은 쓴웃음을 지었다. 이런 종류의 한 방 역전극을 꿈

꾸는 모습이 도박꾼들의 위험한 일면이다. 면접이라면 감점 요인이겠지만 자식을 너무 사랑하는 팔불출 어머니라고 생각하면 허용 범위 안에 들 수도 있다.

야마자키의 종잡을 수 없는 망상 이야기가 일단락되자 다시 침묵이 찾아왔다. 강을 건너도 정처 없이 이어지는 논밭을 바라보고 있자 잠시 후 차가 산길로 들어갔다. 이번에는 나무 그림자 때문에 어둑어둑한 S자 커브길이 이어진다.

커브길을 몇 번인가 돌았을 때 푸린은 순간 화들짝 놀랐다.

느닷없이 시야에 튀어드는 진홍색 꽃잎들.

그 앞에 유령처럼 우두커니 서 있는 새하얀 원피스 차림의 검은 머리 여자.

붉은 꽃잎은 협죽도일까. 커브길 안쪽에 완만한 수풀이 있다. 원피스 여자가 너무 존재감이 없어서 처음에는 환각인가 싶었다. 그러나 차가 다가가자 여자가 몸을 움직여 협죽도 나뭇잎 아래에 숨는 것처럼 붙었다.

옆을 스쳐갈 때 여자와 눈이 마주쳤다. 소복 같은 흰옷에 짙은 검은색 긴 머리. 이목구비가 뚜렷한 편이지만 죽은 자처럼 눈동자에 빛이 없다.

희미한 한기가 등줄기를 훑고 지나갔다. 자세히 보니 원피스 여자의 다리 옆, 즉 협죽도 수풀과 도로 사이 갓길에 아기 키 높이 정도 되는 석조물이 있다. 비석? 아니, 돌 사당 같은 걸까.

옆을 지나쳐 갔다. 시야에서 여자의 모습이 사라지자 푸린은 무의식적으로 어깨를 툭 떨궜다.

"아마도 방금 그 여자가 신부겠죠……."

운전석에서 또다시 나직한 목소리가 들렸다. 푸린은 온 길을 되돌아봤다.

"신부? 내일 결혼식의?"

"네."

"그런데 왜 이 저녁 시간에 저런 곳에?"

"아…… 그건 아마도……."

야마자키는 잠시 말을 머뭇거렸다.

"가즈미 님께 참배하는 게 아닐까 싶네요."

"가즈미 님?"

"네. 저 사당에 모신 여신인데…… 아, 이제 곧 집에 도착하겠어요. 그 이야기도 자세한 건 도착 후에."

차가 산길을 빠져나갔다. 앞쪽으로 신흥 주택가처럼 정연하게 집이 늘어선 구역이 보인다. 역시 산 너머 역 쪽이 발전 중이라는 이야기가 맞는 듯하다.

푸린은 등받이에 몸을 기대고 창문 스위치에 손을 뻗었다. 창문을 열고 무더운 공기를 피부로 느낀다. 계절은 틀림없는 여름. 그러나 왠지 빙하라도 뚫고 온 듯한 기분이 들었다. 마치 다른 세계의 공간처럼 으스스한 그 광경은 뭐였을까.

잠시 후 차가 천천히 속도를 낮췄다. 지은 지 얼마 안 돼 보이는 집들이 좌우에 보이기 시작한다. 문득 서쪽 하늘로

눈길을 향하니 주황빛으로 저무는 여름 태양이 보였다. 활짝
연 창문에서는 멀리서 땡땡 울리는 철도 건널목 경보음이 들
렸다.

단상

　방금 엄청난 미인을 태운 차가 스쳐 지나간 것 같은데.

　배우? 그런데 일본인으로 보이지는 않았다. 할리우드 스타가 남몰래 오기에 그다지 매력 있는 장소도 아닐 것이다.

　내 정체를 눈치채지 않았기만을 빌며 나는 다시 '가즈미 님' 사당 앞에 쪼그려 앉았다.

　직사각형 돌 위에 삼각 모양 지붕돌을 얹은 초라한 사당.

　가즈미 님의 위령비다. 비석 앞에는 A4 크기 정도 되는 직사각형 수조가 있는데 이 역시 지면을 깎아서 만든 간소한 형태. 인공물이라고는 술병 하나 놓여 있지 않다. 가즈미 님의 사당을 참배하는 이들은 모두 증거를 남기지 않는다.

　왜냐면 기려서는 안 될 존재이므로.

　나는 사온 소주병의 뚜껑을 열어 수조에 천천히 부었다. 술에는 벌레가 꼬이니 별로 바람직하지 않은 행동이지만 어차피 이곳은 인적이 드문 산길이다. 적어도 그녀가 평소 좋아하던 술 정도는 바치는 것이 도리라고 생각했다.

술 냄새에 휩쓸리듯 새빨간 꽃 한 송이가 수조 안에 툭 떨어졌다.

　　결국 협죽도 꽃이 필 때까지 이루지 못했다.

　　그런 후회가 생선 잔가시처럼 마음에 걸렸다. 결국 나는 옛 친구나 가즈미 님처럼 굳세지 못했다. 한숨을 내쉬고 고개를 들자 머리 위로 피바다처럼 흐드러지게 핀 진홍색 협죽도 꽃이 보인다. 이 마을 협죽도의 꽃은 거의 흰색 아니면 노란색이지만 이곳 가즈미 님 사당 주변만큼은 어째서인지 붉은색이다. 그리고 모두 그것을 가즈미 님의 핏빛이라고 일컫는다.
　　그녀의 삶은 죽어서도 주위를 피로 새빨갛게 물들일 만큼 선명했다.
　　반면 나는 어떠한가. 가즈미 님이 전사라면 나는 노예. 무엇 하나 스스로 바꾸지 못하고, 무엇 하나 먼저 나서서 싸우지 못하는 내게는 이렇게 그녀에게 도움을 청하는 것조차 주제넘는 짓 아닐까.
　　그런 고민에 휩싸인 채 나는 힘없이 눈을 감았다. 어떤 기도를 해야 할지도 모르고 다시 사당 앞에서 두 손을 모았다. 공백의 기도. 형태 없는 소망. 저녁 바람이 부는 곳에서 나는 바람굴처럼 텅 빈 심정으로 사당을 향해 덧없이 고개만 숙이고 있었다.

제2장

"그럼 받아들이는 걸로 생각해도 되겠지?"

푸린이 만약을 위해 다시 한번 확인하자 야마자키는 살짝 굳은 얼굴로 "네" 하고 고개를 끄덕였다.

가슴을 쓸어내렸다. 이로써 회사 후임 문제는 정리했다. 요즘은 주부가 회사를 다시 일으켜 세우는 사례도 적지 않으니 명목은 얼마든지 만들 수 있다. 앞으로 남은 문제는…….

그때 방문을 똑똑 두드리는 소리가 들렸다.

"준비 다 했어, 엄마."

대화가 끝나기를 기다린 것처럼 야마자키의 외동딸이 모습을 드러냈다. 후타바다. 엄마 말처럼 예쁜 외모에 윤기 나는 검은 생머리가 왠지 일본 전통 인형을 연상시켰다.

야마자키는 살짝 쑥스러워했다.

"그럼 리 씨. 대단한 건 차리지 못했지만…… 그래도 저희 딸, 요리 실력도 좋답니다."

푸린은 내심 유쾌하게 몸을 일으켰다. 예전 도박 중독자가 이제는 남들 못지않은 엄마의 얼굴을 보인다는 게 흐뭇했다. 딸의 존재가 여자가 새 삶을 시작한 가장 큰 원인일 것이고 지금 푸린이 그녀를 신뢰하는 이유이기도 하다. 지켜야 할 존재가 있는 인간은 무모한 짓은 저지르지 않는다.

딸에게 준 입학 선물은 침향과 호텔 숙박권이었다.

그런 걸 왜 세트로 주었을까. 그 발상은 스스로도 이해할 수 없다. 그러나 딸은 선물이 마음에 들었는지 지금도 거실 향로에서 향을 태우고 있었다. 숙박권도 올봄 휴가 때 어머니와 둘이 함께 썼다고 한다. 매화로 유명한 관광 명소에서 휴가를 즐긴 모양이다.

"침향이라 하셨죠? 왠지 비싼 물건 같아 송구스럽네요."

야마자키는 사랑하는 딸이 손수 만든 요리를 접시에 덜면서 감사를 표했다.

값나가는 명품이기는 하다. 하지만 마침 재고가 있었고 숙박권도 채무자에게 공짜로 얻은 거나 마찬가지여서 주머니 사정에 별반 영향을 끼친 것은 아니다.

푸린은 또 이런 종류의 향내를 별로 좋아하지 않았다. 오래전 속해 있던 중국 흑사회의 모 조직이 떠오르기 때문이다. 그 조직에는 여자가 많았고 이런 향을 태우는 사람이 적지 않았다.

그때 문득 푸린의 발끝에 뭔가가 닿았다.

고개를 아래로 향하자 털이 수북한 동물이 발끝을 깨물고 있었다. 순간 그것과 눈이 마주쳤다.

"아, 무기, 안 돼."

후타바가 부랴부랴 식탁 아래로 들어가 동물을 끌어냈다. 개다. 얼굴 털이 유독 길고 코가 움푹 들어간 못생긴 작은 강아지다.

봄에 떠난 여행지에서 차 문이 열려 있었을 때 불현듯 차 안에 튀어 들어왔다고 했다. 방울이 달린 목줄을 하고 있으니 누군가가 기르던 개로 보였다. 경찰에 일단 신고했지만 어디서 왔는지 알 도리가 없어서 결국 원래 주인을 찾지 못했다고 한다.

개는 소녀의 품 안에서 몸을 바둥거리며 계속 코와 앞다리를 뻗었다. 아무래도 푸린이 손에 든 술잔을 노리는 듯했다.

"희한하게도 술을 좋아하나 봐요. 그리고 땅에 떨어진 걸 자주 주워 먹는 탓에 배탈이 나서 설사도 자주 한답니다. 멍청하죠."

그러자 후타바가 어머니에게 화를 버럭 냈다.

"무기는 영리한 애야. 묘기도 부릴 줄 안다고."

"아, 그래. 묘기는 좀 부리지. 녀석이 공 타기를 할 줄 알거든요. 내일 결혼식에서도 그 묘기를 선보일 예정이랍니다."

푸린은 흐응 하고 적당히 맞장구를 쳤다. 개든 인간이든 이해관계가 없는 상대에게는 별로 관심이 없다.

그때 날뛰는 개를 품에 안은 후타바가 어머니의 옷을 잡아끌더니 귓가에 입을 대고 뭔가를 속삭였다.

"엄마. 왜 음식물 쓰레기 안 버렸어?"

"응? 타는 쓰레기 수거일이 오늘이었니?"

"응. 금요일이야. 말했잖아. 저녁에 쓰레기차가 오니까 장 보러 간 사이에 내놓으라고."

"미안, 미안" 하고 익살을 부리는 어머니에게 딸은 "정말이지" 하고 볼에 바람을 집어넣으며 개와 함께 밖에 나갔다. 야마자키는 푸린과 눈이 마주치자 왠지 겸연쩍은 듯 콧잔등을 긁적였다.

"이 지역은 쓰레기를 호별 수거해서요." 변명조로 말한다. "하지만 쓰레기차가 매번 늑장을 부려요. 원래는 수거 시간이 오후인데 늘 저녁이 다 돼서야 오거든요. 그런데 지금은 여름이잖아요. 현관 앞에 음식물 쓰레기를 내놓으면 냄새가 난다며 딸이 쓰레기차가 오기 직전에 밖에 내놓으라고 했죠. 리 씨를 맞으러 가느라 깜빡하고 있었네요. 하하……."

야마자키는 맥주를 한 모금 마시더니 갑자기 고개를 홱 들었다.

"아, 리 씨. 혹시 호별 수거가 뭔지 모르시나요? 집 현관 앞에 쓰레기를 내놓으면 쓰레기차가 집을 한 채 한 채 돌면서 수거해가는 쓰레기 처리 시스템인데……."

푸린은 의미심장한 미소를 지어 보였다. 전에는 쓰레기장 같던 집에 살던 빚쟁이 여자가 참 많이도 변했다. 쓸데없는 잡담이지만 알맹이 없는 이런 이야기가 술안주로 삼기 부담 없기도 하다.

식사와 술을 곁들이며 야마자키가 조금 전 언급한 '가즈미 님' 이야기를 꺼냈다.

"'가즈미 님' 이야기는 예로부터 이 지역에 전해지는 전설 같은 건데…… 아 참, 관광 안내 책자가 있는데 보시겠어요?"

야마자키는 전화기 옆 수납함에서 주름진 인쇄물을 가져 왔다. 펼쳐 보니 쓸데없이 눈이 큰 소녀 일러스트와 함께 해당 설화가 간략히 소개돼 있었다.

가즈미 님 이야기

옛날 옛적 이 고장에는 눈부시게 아리따운 아가씨가 살았습니다. 아가씨의 이름은 가즈미. 어느 날 아가씨를 보고 첫눈에 반한 영주님이 아가씨를 성에 데려가려고 했지만 거절당하는 수치를 겪습니다. 화가 난 영주님은 자신의 부하인 딸의 아버지를 성으로 불러 심하게 질책했습니다. 심약한 아버지는 단숨에 겁을 집어먹고 집에 가자마자 딸을 밧줄로 묶어 그날 밤 성에 데려갔습니다.

성곽 위에서 이레 밤낮을 흐느끼던 아가씨는 어느 날 갑자기 영주님 앞에 모습을 드러내 "알겠습니다. 분부에 따르겠습니다. 다만 시끄럽게 군 것을 사죄하는 의미로 저 아름다운 협죽도가 있는 성 아래 정원에 사람들을 초대해 직접 끓인 차를 대접하고 싶습니다"라고 했습니다. 영주님은 기뻐하며 즉시 여자가 시키는 대로 했습니다.

그리고 당일, 아가씨는 다석茶席에서 협죽도 잔가지를 삶은 물로 차를 끓여 그곳에 참석한 양 집안의 남자들을 몰살시켰습니다. 이후 양가의 혈통이 끊겼고 성터에는 멋들어진 협죽도가 더욱 울창하게 자라났다고 합니다.

"실은 이 안내 책자, 지금은 전부 회수돼서 일반에 배부되지 않는답니다."

간소한 문체에 비해 제법 살벌한 결말을 읽고 푸린이 감동하고 있자 옆에서 야마자키가 보충했다.

"내용이 내용이니까요. 이런 이야기가 전해지는 건 사실이지만 결국 이 이야기 속 '가즈미 님'은 대량 독살범이잖아요. 그런 인물을 관광지 마스코트로 삼아도 되겠냐느니 뭐니 하면서 여기저기서 불만이 접수됐다고 해요.

그런데 한편에서는 옹호하는 의견도 있었지요. 이 설화가 '여성의 권리 투쟁'을 상징하는 이야기라고 하면서요. 하지만 그런 것치고 가즈미 님의 캐릭터 일러스트가 쓸데없이 선정적이라 여성 멸시적이라는 의견도……. 아무튼 그런 이유로 얼마 안 돼 회수 조치가 내려졌답니다."

푸린이 안내 책자를 돌려주자 야마자키는 책자를 다시 접어 원위치에 두었다.

"그런데 이 '가즈미 님' 전설이 지역 사람들의 삶에 단단히 뿌리내린 것만은 사실이에요. 지금도 결혼 전에 '시치야코'를 하는 집도 많고요."

"시치야코?"

"네. 신부가 결혼식을 올리기 전에 신랑 집에 들어가 일주일 정도 먼저 살아보는 이 지역 풍습인데…… 그 일주일간 신부는 마음이 바뀌면 언제든 결혼을 취소할 수 있답니다. 시험 기간 비슷한 거라고 할 수 있겠네요."

오, 하고 푸린은 살짝 감명을 받았다. 오래전 풍습치고는 제법 선진적인 시스템이다.

"신부에게 이레 동안 생각할 기회가 주어진다는 의미에서 '시치야코七夜考'. 아마 '가즈미 님'이 성에 잡혀가 이레 밤낮을 흐느꼈다는 이야기에서 유래했겠죠. 더는 가즈미 님처럼 불행한 여자가 나오지 않도록 하기 위한 거다, 아니면 그저 옛날 사람들이 가즈미 님의 저주를 두려워한 거다 등등 이유는 여러 가지가 꼽히는 것 같지만 어쨌든 이 마을에서는 신부의 결혼 의사가 매우 존중되고 있답니다.

반대로 신부의 아버지는 몹시 하대하죠. 석고대죄를 할 때도 있고요."

"석고대죄?"

"'출가 석고대죄'. 집을 나가는 딸을 아버지가 석고대죄를 하면서 보내는 거예요. 그리고 요즘은 거의 볼 수 없지만 '신부 여로' 도중의 '아비 때리기' 등도……. 아, 이 '신부 여로'는 내일 볼 수 있으니 리 씨도 구경해보시는 게 어때요? 꽤 재밌답니다. 스트레스 해소도 되고요."

푸린은 어정쩡하게 "글쎄"라고만 하고 흘려 넘겼다. 스트레스 해소의 의미를 잘 모르겠지만 한마디로 신부를 치켜세우는 반면 아버지는 철저하게 깎아내린다는 뜻인 듯하다. 이 것도 그 설화의 영향일까.

야마자키는 젓가락을 뻗어 재료 크기가 제각각인 고추잡채를 자신의 접시에 덜었다.

"안내할 테니 꼭 한번 보세요. 그리고 제가 생각하기에 아무래도 이곳의 이런 풍습은 전부 가즈미 님에게 보이기 위한 게 아닐까 싶어요. 우리는 딸을 강제로 시집보내는 게 아니다. 그러니 우리를 저주하지 말아 달라면서 메시지를 보내는 거죠.

아무튼 그런 이유로 가즈미 님은 지금 법률로만 보면 그저 대량 학살범이지만 이 마을에서 여성의 수호신 같은 존재로 추앙받는답니다. 지금도 남몰래 가즈미 님의 사당을 찾는 이들이 꽤 있어요. 하지만 그 사람이 기혼 여성일 경우에는 주의가 필요하죠. 남편이 있는 사람이 가즈미 님 앞에서 기도할 일은 하나밖에 없으니까요."

푸린은 쓴웃음을 지었다. 분명 그런 뒤숭숭한 곳이면 대놓고 관광 명소로 선전할 수 없을 것이다.

"참, 신기한 것도 하나 있어요. 이 일대에 있는 협죽도는 꽃잎 색이 전부 하얀색 아니면 노란색인데 어째선지 가즈미 님 사당 주변 협죽도 꽃잎 색만 붉죠. 다들 그걸 보고 가즈미 님의 핏빛이라고 하는데……."

푸린은 흐음, 하고 그 이야기는 다시 흘려들었다. 미신 이
야기에는 별로 흥미가 없다.

"그럼 그때 신부가 그 사당을 참배한 것도."

"네. 뭐…… 이런저런 사정이 있겠죠, 신부에게도."

야마자키가 말끝을 흐렸다. 마침 슬슬 배가 부르기도 해
서 푸린이 한 대 피우려고 곰방대를 입에 물자 야마자키가
재빠르게 성냥을 내밀었다. 그러더니 자신도 궐련을 입에 물
고 싸구려 라이터로 불을 붙였다.

"저도 자세한 건 잘 모르겠어요. 다만 차 안에서도 말씀드
렸지만 마을에서 그 다와라야 집안의 평판이 별로 좋지 않은
것만은 사실이랍니다. 본업은 부동산인데 지금 주인이 가업
을 잇고 나서 갑자기 위세가 등등해졌죠. 뒤에서 온갖 악랄한
짓들을 하고 다닌다는 소문이에요. 어디까지나 소문이지만.

그리고 집안에 내일 결혼하는 아들 말고도 딸이 둘 있는
데…… 딸들도 아주 악명이 높더라고요. 전에는 집에 경찰이
자주 드나들기도 했어요. 요즘은 좀 얌전해진 것 같은데."

흐음, 하고 푸린은 내심 살짝 흥미가 동하면서도 겉으로
는 무관심한 척했다.

"그래서 신부는 결혼을 하기 싫어하는 건가?"

"그럴지도 모르죠. 그런데 신부가 그곳을 참배하는 모습
을 다르게 해석하는 사람도 있을 거예요."

"다른 해석?"

"네. 이를테면 신부가 재산을 목적으로 결혼해 남편의 요절을 바란다거나. 저는 역시 그렇게까지 생각하지는 않지만요. 결혼을 하기 싫은 거면 그냥 거절하면 그만 아닐까요? 이곳에는 '시치야코' 풍습이 있기도 하니까요. 음, 왜일까요. 뭔가 거절하지 못할 이유라도 있는 건지……."

야마자키는 끽 하고 의자 소리를 내고 천장을 올려다보며 담배 연기를 후우 내뿜었다.

잠시 후 옆방에서 후타바가 돌아왔다. 푸린과 어머니가 담배 피우는 모습을 보더니 "디저트도 있는데 드시겠어요?"라고 묻는다. 푸린이 고개를 끄덕이자 후타바는 기쁜 듯이 부엌으로 달려갔다.

머리를 뒤로 묶은 어머니가 그런 딸의 뒷모습을 눈을 가늘게 뜨고 바라봤다.

"아무튼 그 집안 사정까지는 잘 모르겠지만…… 적어도 저라면 그런 곳에 절대 딸을 시집보내지 않을 거예요. 절대로. 결코. 무슨 일이 있어도요. 어떤 거액을 준다고 해도 말이죠."

L ♥

다음 날 토요일. 모녀가 간곡히 권유하기도 해서 푸린은 야마자키와 함께 후타바가 참가한다는 다와라야 집안 결혼식을 보러 갔다.

확실히 화려한 혼례였다. 옛 방식을 그대로 답습해 우선 신부가 오후에 집에서 나와 시댁으로 향하는 것부터 시작됐다.

이것이 바로 '신부 여로'. 행렬을 보기 위해 이웃 주민들과 관광객, 지역 언론사가 마을에 몰려들었다. 노점까지 늘어서서 말 그대로 축제 분위기를 자아냈다.

양옆이 구경꾼들로 가득 찬 논 사이 외길. 그 길 끝에서 푸린이 오징어구이를 씹으며 행렬을 기다리고 있자 잠시 후 주위가 술렁이기 시작하더니 건너편에서 시끌벅적한 소리와 함께 한 무리가 다가왔다.

호화찬란한 옷을 입은 남녀노소 무리. 모두 도메소데와 후리소데 기모노, 하카마와 핫피 같은 일본 전통 의상을 입었다. 전부 합쳐 50명은 돼 보인다. 하늘에 제등이 창처럼 우뚝 솟았고 땅에서는 머리에 수건을 동여맨 젊은 남자들이 큰 북을 둥둥 치고 있다.

북과 피리 합주 소리에 겹쳐지는 나가우타長唄, 에도 시대에 유행한 긴 속요 소리. 신부의 혼수품으로 보이는 커다란 장롱을 실은 멋진 짐차가 보였다. 짐차를 끄는 말도 홍백 끈과 금은 장식으로 치장돼 화려하기 그지없다.

그리고 그 끝으로 무리에서 홀로 떨어져 걸어가는 몬쓰키 예복 차림의 자그마한 남자의 모습이 보였다.

남자가 가까이 다가오자 곧장 길 양옆이 시끄러워지기 시작했다.

"이 인신매매범!", "딸의 허락은 받았겠지!", "잘 돌보지도 못한 주제에 거만하기는!", "구제불능 영감탱이!".

좀도둑처럼 허리를 굽힌 채 걷는 남자는 쏟아지는 욕설을 듣자 더욱 위축되어 허리와 고개를 숙이고 소매로 얼굴을 가렸다. 느닷없이 터지는 욕지거리를 듣고 푸린이 깜짝 놀라자 옆에서 야마자키가 설명했다.

"이게 바로 '아비 때리기'예요. 이렇게 신부의 아버지를 욕하면서 가즈미 님의 분노를 잠재우는 거죠. 일종의 액땜이라고 할까요. 원래는 부모가 둘 다 앞에 서는데 저 신부 집은 편부 가정이라……. 그리고 아버지에게 쏟아지는 욕설이 심하면 심할수록 신부가 더 행복하게 살 수 있다고 해요. 그래서 사람들도 자제하지 않죠. 다만 신부 중에는 자기 아버지가 욕을 먹는 걸 견디지 못하고 도중에 울면서 무리를 이탈하는 신부도 있다고 하는데……."

시간이 갈수록 욕설도 점점 소재가 떨어지는지 아무 상관도 없는 말이 들리기 시작한다. "배고파!", "나도 결혼하고 싶어!", "그전에 남자 친구부터!", "취직시켜 줘!".

야마자키는 푸린을 향해 싱긋 웃어 보이더니 자신도 입가에 손을 대고 목소리를 높였다.

"돈 내놔!"

분위기는 이미 단순한 성토 대회장으로 변했다. 이것이 바로 어제 말한 '스트레스 해소'일까.

욕설 말고 물건 등을 던지는 것도 허용되는지 남자의 옷 군데군데에 과일과 떡 등에 맞은 흔적이 보였다. 또 남자 뒤로 신관 차림을 한 남자가 "가게 하라. 조용히 하라"처럼 기도 같은 말을 읊고 있고, 그 뒤로는 무녀 차림의 여자들이 좌우에 선 구경꾼을 향해 바구니에서 과자 등을 뿌린다. 과자를 주우러 앞으로 쪼르르 달려 나와서 다시 남자에게 집어던지는 장난꾸러기 꼬맹이는 애교 정도로 봐줘도 될 것이다.

그건 그렇고 정작 중요한 신부는 어디 있는 걸까. 푸린이 주위를 살피자 행렬 가운데에 붉은 양산을 쓰고 새카만 소 위에 올라탄 여자의 모습이 보였다. 하얀 기모노와 하얀 면모자. 순백의 혼례복이다. 말이 아닌 소 위에 올라탄 모습이 말로 표현할 수 없는 묘한 느낌을 자아냈다.

또 신부 옆에서는 예쁜 후리소데 기모노 차림의 소녀가 누군가의 휠체어를 밀고 있다. 소녀는 후타바, 휠체어에 탄 사람은 50대 정도 돼 보이는 여자. 마찬가지로 화려하고 고상해 보이는 기모노를 입었지만 얼굴은 까무잡잡하고 수수한 편이다. 가끔 신부에게 허물없이 말을 거는 모습을 보니 신부의 가족이나 친지일까.

행렬이 앞을 지나갈 때 후타바가 푸린을 알아보고 가볍게 손을 흔들었다. 푸린도 반사적으로 손을 흔들다가 곧장 자기 손을 봤다.

쓴웃음을 짓고 다시 손을 내린다. 그때 문득 시야 끝으로 신부가 가만히 눈가를 닦는 모습이 보였다. 눈물. 저 눈물은 기쁨의 눈물일까. 아니면 이 신부도 아버지가 욕먹는 모습을 보고 있기가 괴로워서 흘리는 눈물일까.

점심이 지나 시작된 신부 여로는 한여름의 찌는 듯한 하늘 아래의 차로 10분 정도 걸릴 거리를 세 시간에 걸쳐 느린 속도로 걸으면서 진행됐다. 잠시 후 행렬이 드디어 신랑 집에 도착하자 신부 일행이 저택 문 너머로 사라졌다.

집 안 정원까지는 일반인도 들어갈 수 있는지 호기심 많은 구경꾼들이 뒤를 졸졸 따라 들어갔다. 푸린도 휩쓸리듯 저택 문을 지났다.

부지가 넓고 가지런한 전형적인 일본 정원이다. 널찍한 연못과 정원석, 굵은 자갈과 석등롱. 그 안에서 흰색 꽃을 피운 협죽도 나무가 유독 눈에 띈다.

연못 앞에 노란 밧줄이 쳐져 있고 구경꾼이 들어갈 수 있는 곳도 그 앞까지였다. 밧줄과 연못 너머로 미닫이문이 활짝 열린 큰 다다미방이 보인다. 저곳이 결혼식장일까.

잠시 기다리고 있자 다다미방에 신부가 모습을 드러냈다. 뒤로 이어지는 본격적인 결혼식. 우선 가장 먼저 중매인의 예스러운 축사. 다음으로 신랑 아버지의 인사와 양가 혼수품 교환이 이어지더니 참석자들이 대백에 따른 술을 차례대로 마신다. 그리고 시작된 활기찬 노래와 춤.

그 연회 자리에서 총 세 명의 사망자가 나왔다.

제3장

　말문이 막혔다.

　눈에 보이는 흰색 버선 밑바닥. 옷자락 아래로 보이는 정강이. 코를 찌르는 토사물 냄새와 누군가의 이름을 마구 외치는 목소리.

　누가 내 어깨에 손을 얹었지만 몸이 돌처럼 굳어서 움직이지 않는다. 눈을 부릅뜨고 있지만 시야에 비치는 모든 것이 연극처럼 현실감이 없다.

　설마. 왜. 대체 어째서 이런 일이.

♫♥

　대길일인 그날은 몹시 쾌청했다.

　날씨마저 내 마음을 조금도 몰라주는 것 같았다. 결혼식 당일 아침, 침소에 누워 정원에서 짹짹 우는 참새 소리에 귀 기울이고 있자 가정부가 다가와서 슬슬 일어나야 한다고 했다.

가정부치고는 화려한 갈색 머리 여자의 뒷모습이 사라질 때까지 지켜보다가 느릿느릿 이불에서 나갔다. 옷을 갈아입는 동안 예식 담당 여직원이 인사를 하러 왔다. 간략히 순서를 확인하고 가볍게라도 아침 식사를 하겠느냐는 직원의 질문에 나는 괜찮다고 했다.

그러자 직원은 "뭐라도 좀 드시는 게 좋을 거예요. 신부는 밤이 될 때까지 아무것도 먹지 못하니까요" 하는 침울한 예고를 남기고 갔다.

그렇구나. 새삼 의식했다. 나는 결혼식을 하는 동안 아무것도 못 먹는다는 것을.

이번 결혼식은 지역의 전통 혼례 방식을 따른다고 한다.

물론 내가 원한 것은 아니다. 결혼 상대가 원한 것도 아니고 굳이 따지면 그 아버지의 희망 사항이다. 다와라야 쇼조. 부동산업으로 성공을 거둬 이 유형 문화재급 저택을 어려움 없이 사들일 만큼의 막대한 부를 단숨에 일구어낸 부귀영화의 달인. 흔히 말하는 벼락부자다.

그 쇼조 씨가 저택에 걸맞은 결혼식을 해야 한다며 계획했다.

듣자 하니 지역 방송국에서 와서 생중계도 한다고 한다. 말 그대로 동물원 원숭이처럼 구경거리가 되는 거나 마찬가지지만 별로 개의치는 않는다. 이 결혼식을 통해 내가 이루고 싶은 것은 없다. 애초에 결혼식 자체가 내 희망이 아니었다.

그대로 방 안에서 멍하니 있자 잠시 후 스타일리스트들이 우르르 몰려와 내 몸단장을 시작했다.

옷 갈아입히기 인형처럼 그들이 하는 대로 내버려두자 잠시 후 툇마루에서 누군가의 시선을 느꼈다. 그쪽을 보니 전통복 차림의 중학생 정도 되는 여자아이가 미닫이문 뒤에서 몰래 나를 엿보고 있었다.

이름이 후타바라고 했나.

오늘 나의 들러리와 결혼식 때 술 따르는 역할을 맡은 여자아이. 윤기 나는 검은 머리카락을 지닌 귀엽고 예쁜 아이다. 내가 손짓하자 아이는 미소 지으며 주뼛주뼛 다가오더니 쑥스러워하는 눈빛으로 나를 올려다보며 말했다.

"저, 아주 예쁘세요."

나는 싱긋 웃어 보였다.

"고마워."

"신부님이 정말 행복해 보여요······."

나는 말없이 계속 미소 지었다. 여기서 부정하는 것도 어른스럽지 못하다.

"그게 뭔지 저도 알아요. 이름이 와타보시라고 하죠?"

후타바가 스타일리스트가 시험 삼아 내 머리에 씌운 흰 모자에 관심을 보였다. 나는 또다시 입꼬리를 올려 미소 지었다.

"응. 써볼래?"

후타바가 눈빛을 반짝였다.

"앗, 괜찮을까요? 하지만……."

"안 돼."

그때 툇마루 쪽에서 날카로운 목소리가 들렸다.

"세나, 네 멋대로 그러면 어떡하니? 그건 우리가 산 물건이야. 빌린 게 아니라 구입한 물건이니 더러워지면 곤란하다고."

세나는 내 이름이다. 와다 세나. 그리고 방 밖에서 말한 사람은 다와라야 아미카. 내 남편의 두 여동생 중 첫째 여동생이다. 나이는 나와 비슷하고 피부가 하얗지만 화장기가 조금 짙은, 밝은 갈색 머리의 미인이다.

"그리고 후타바도 될 수 있으면 그런 차림으로 돌아다니지 말아 줄래? 그 옷은 빌린 것인데 대여료가 장난이 아니야. 미안하지만 출발 전까지 방에서 얌전히 기다리렴. 그리고 공연 전까지 개는 만지지 말고."

"아, 죄……죄송합니다!"

후타바는 얼굴이 빨개져서 황급히 복도를 뛰어나갔다.

나는 눈을 크게 뜨고 아미카를 봤다. 말이 너무 심하지 않나. 속으로만 반발하고 있자 아미카는 뱁새눈으로 뛰어가는 후타바를 보며 재밌다는 듯이 말했다.

"역시 가난한 집안 애들은 반응이 귀엽다니까."

나는 몇 초간 몸이 굳었다.

아미카는 하암, 하고 하품을 참으며 "아, 그래. 세나" 하고 내 쪽으로 고개를 돌렸다.

"원래는 이 말을 해주려고 왔어. 안뜰과 이어지는 통로에서 이 거처동에 들어오는 길에 다이얼식 자물쇠가 달린 문 있지? 집을 나갈 때 그곳 좀 잠가줄래? 오늘은 드나드는 사람이 많을 테니 관리를 좀 해야 할 것 같아서. 번호는 뭐로 하든 상관없어." 아미카는 일방적으로 말을 마치고는 "그럼, 부탁해" 하고 손을 흔들며 사라졌다.

나는 얼마 동안 망연자실하게 있었다. 좌우의 스타일리스트들은 대화를 못 들은 척하며 끊임없이 자신들의 일에 몰두하고 있다.

잠시 후 나도 고개를 숙이고 깊이 생각하지 않기로 했다. 어차피 모든 건 내가 선택한 길이다. 저항하지 않는 것을 택한 길.

그러다가 문득 아미카가 입에 담은 다이얼식 자물쇠라는 단어 때문에 방구석에 둔 여행용 가죽 가방으로 자연스레 눈길이 향했다. 그렇다. 관리가 소홀해서는 안 된다. 도코노마방 한쪽에 꽃이나 족자 등을 장식할 수 있게 만들어둔 공간 기둥과 가방 손잡이를 와이어 자물쇠로 연결했고 세 자릿수의 다이얼 자물쇠까지 단 나의 비밀 가방. 하지만 이 가방은 빨리 처분해야 한다. 결국 나는 오늘까지 저 안에 든 것을 사용할 용기가 없었고, 앞으로도 없을 테니.

점심이 지나 출발 시각이 다가왔다. 나는 아미카가 말한 대로 연결 통로 문을 잠그고 저택을 나가 밖에 주차된 검은 차에 올라탔다.

집으로 향한다. 오래전 관습대로 신부는 본가에서 걸어서 시댁까지 가야 한다. 나는 '시치야코' 때문에 이미 일주일 전부터 시댁에 머무르고 있으니 아무리 생각해도 수고를 두 번 들이는 일이다. 그렇지만 관례라면 따를 수밖에 없다.

역시나 본가에 돌아가는 건 별로 내키지 않았다.

잠시 후 앞쪽으로 눈에 익은 집이 보였다. 문 앞에 악대와 보조 출연자를 비롯해 '신부 여로'에 참가하는 이들이 모여 있다. 모두 다와라야 집안에서 고용한 바람잡이들이다.

인파 사이를 가르고 차가 멈춰 서자 나는 차에서 내려 지금껏 수없이 드나든 현관문을 통해 집 안에 들어갔다. 예식 담당 여직원의 선도로 훤히 아는 집 안을 걷다가 마지막으로 불상이 있는 방으로 이어지는 장지문을 소리 내어 직접 열어젖혔다.

장지문 너머에는 휠체어를 탄 여자와 다다미에 머리를 조아리고 있는 전통복 차림의 키 작은 남자가 있었다.

나는 여자에게 인사하고 남자는 무시한 채 불단 앞으로 갔다. 향을 피우고 조상과 돌아가신 어머니께 결혼을 보고했다. 옆에서 보면 기이한 광경이겠지만 이곳에서는 평범한 일이다. 이것이 바로 '출가 석고대죄'. 아버지가 엎드려서 고개를 숙인 채 시집가는 딸을 집에서 보내는 의식이라고 한다.

하지만 이 석고대죄는.

의미 그대로의 석고대죄일 것이다.

이 남자에게 석고대죄쯤은 새삼 큰일이 아닐 수도 있다.

바로 얼마 전에도 아버지가 다와라야 집안의 딸 아미카에게 '머리카락 한 올 남기지 말라'라는 지시를 받고 신랑 집 저택 복도를 싹싹 핥는 것처럼 청소하는 모습을 나는 두 눈으로 똑똑히 목격했다.

나는 불쾌해져서 남자에게서 되도록 눈을 돌리고 휠체어 여성만을 바라봤다. 오늘 하루 고생시키는 것을 다시 한번 사죄드린다. 나의 고모 와다 도키코. 평소에 다리가 불편한 건 아니지만 운 나쁘게도 그저께 다리를 접질렸다고 한다.

그리고 집을 나섰다. 검은 소 위에 올라타 예식 담당 여직원의 신호를 기다렸다가 '신부 여로'를 출발했다. 더위가 기승을 부리는 오후 1시다. 예정보다 빠르지만 여러 사정 때문에 일정이 한 시간 앞당겨졌다고 한다.

그런데 왜 하필 소일까. 문득 머리를 스친 의문이 잔뜩 날이 선 내 마음을 전래 동요처럼 누그러뜨렸다.

☙

소 위에 올라탄 느낌은 그리 나쁘지 않았다.

여름 햇빛이 강렬하지만 옆에 선 사람이 붉은 양산을 받쳐주고 있다. 삘리리 울리는 신명 나는 피리 소리와 쿵쿵거리는 큰북 소리. 거기에 구성진 속요와 신관의 기도 소리가 합쳐져서 그야말로 유쾌하고 왁자지껄한 행렬이다.

제등과 깃발, 꽃으로 장식한 짐차와 의전용 안장을 단 말.

어디를 둘러봐도 화려해서 눈이 즐겁다. 내가 올라탄 소 옆에는 옷을 예쁘게 차려입은 후타바가 고모의 휠체어를 정중히 밀면서 따라오고 있다. 가끔 나와 눈이 마주칠 때마다 쑥스러운 듯이 웃는 모습이 사랑스러웠다.

하지만 그런 들뜬 기분도 잠깐이었다. 얼마 후 거리에 인파가 늘어나더니 이곳저곳에서 험한 욕설이 들리기 시작했다. '아비 때리기'. 역시 이 지역 고유의 풍습인데 이 순간만큼은 이 땅에서 태어난 자신의 운명을 저주하고 싶어진다.

"인신매매범!" 하고 누군가가 크게 외쳤다.

곧장 내 기분에 어두운 그림자가 드리웠다. 소리친 사람은 아무 악감정이 없을 것이다. 그러나 지금 나에게는 웃을 수 없는 농담이다. 방금 그 말을 과연 이 행렬 가장 앞에 선 저 남자는 어떤 심정으로 듣고 있을까.

그때 내 눈에서 눈물이 주르르 흘렀다. 나는 눈물을 손가락으로 쓱 훔쳤다. 남자를 동정해서 우는 것은 아니다. 동정의 눈물조차 나오지 않을 만큼 메마른 심정으로 결혼하는 나. 그런 내 마음이 심하게 고장 난 것 같아 슬퍼서 울었다.

저택에 도착하자 나는 일행에서 떨어져 안내 역할을 맡은 후타바와 둘이 안채의 부엌문으로 향했다.

신부는 정면 현관이 아닌 이 부엌문으로 들어가야 한다. 도통 영문을 알 수 없는 옛 풍습이다. 안에 들어가니 이미 다 와라야 집안 여자 세 명이 나를 기다리고 있었다. 신랑의 어머니와 두 동생이다. 나는 방송용 카메라 앞에 서서 세 여자가 던지는 생쌀을 맞았다.

그리고 다시 후타바와 함께 안쪽으로 향한다. 꼼꼼하게 청소한 나무 바닥 복도를 말없이 걷고 있자 얼마 지나지 않아 '달의 방'에 도착했다. 이곳에서 조금 전에 갈라진 두 명의 내 가족과 합류해, 결혼식이 열리는 회장인 '큰 다다미방'으로 향하는 순서를 밟는다.

'달의 방'에 들어서니 가족들이 이미 안에 있었다.

고모와 또 한 명의 남자. 더러워진 옷은 갈아입은 듯하다. 고모는 지금은 휠체어에서 내려와 옆에 있는 남자의 어깨를 빌리고 있다. 다와라야 집안에서는 고모에게 결혼식 동안 '될 수 있으면' 휠체어에 타지 말라고 요청했지만 실제로는 명령에 가까웠다.

나는 고모 도키코 쪽만을 바라보며 조용히 고개를 숙였다.

도키코의 무뚝뚝한 표정이 조금 풀어졌다. 새삼 다시 그녀를 올려다보니 아름다운 분홍색 예복을 입고 있다. 지금껏 다양한 감정의 소용돌이 속에서 주변을 제대로 볼 여유가 없었다.

"예쁜 기모노네요" 하고 추켜세우자 고모는 쓸쓸한 미소를 지었다.

"그래. 내 것은 아니란다. 오늘 아침 이 집안 여자들이 지정한 미용실에 가니 기모노가 준비돼 있더구나. 원래 내가 가지고 있던 건 영 볼품이 없었던 모양이야⋯⋯."

나는 입을 다물었다. 미안한 마음에 이번에는 고모의 얼굴을 똑바로 쳐다볼 수 없었다.

그런 나를 보며 고모는 "너야말로 예쁘구나" 하고 서둘러 꾸며 낸 것 같은 말을 꺼냈다. 그러나 옆에 있는 남자와 마찬가지로 백내장을 앓는 고모의 눈에 내 옷은 별로 선명하게 보이지 않을 것이다. 나는 어정쩡하게 미소 짓고 마음을 가다듬은 다음 고모에게 "가죠" 하고 복도로 향했다.

그때 옆에 있던 남자가 느닷없이 다다미 위에 납죽 엎드렸다.

"……미안하다."

나는 무시하고 발걸음을 뗐다.

이제 '출가 석고대죄'는 끝났다. 여기서 이 남자가 내게 고개를 숙일 이유가 없고 내가 상대할 의무도 없다.

하지만 그가 입에 담은 사죄의 말은 잉걸불처럼 내 마음을 조금씩 태웠다. ……미안하다고? 대체 뭐가 미안하다는 걸까. 자기 딸의 가장 영광스러운 순간에 하필 입에 담는 말이 '미안하다'라니.

사죄를 받을 만큼 내 결혼식이 불행한 걸까. 왜 이런 타이밍에 그런 말을 할까. 사죄하기 이전에 해야 할 것들이 더 많지 않은가.

당신이 그런 아버지니까.

그 뒤로 이어질 말은 애써 집어삼켰다. 거울을 보며 말하는 거나 마찬가지다. 나 역시 진심으로 이 결혼식을 하기 싫었다면 죽음을 각오하고 싸워야 했다. 가즈미 님이 그랬던 것처럼. 하지만 결국 그런 선택을 하지 못한 내가 야무지지 못했다.

♥

드디어 '큰 다다미방'으로 옮겨 갔다.

결혼식이 열리는 곳이다. 사람들이 이미 모여 있다. 나는 안쪽의 금빛 병풍 앞에 앉은 신랑 오른쪽에 앉았다. 현대 일본 결혼식에서 신부는 신랑 왼쪽에 앉지만 옛날에는 오른쪽에 앉았다고 한다.

나는 일단 한숨을 돌리고 방 안을 둘러봤다.

우선 내 오른쪽에 있는 남쪽 툇마루 너머로 널찍한 정원과 연못이 보였다.

지금은 구경꾼들이 모여 있다. 내 아버지와 고모는 정원을 등지고 신랑 가족과 마주한 채 앉아 있다. 동서남북으로 나누면 남쪽에 내 아버지와 고모. 북쪽에 신랑의 아버지, 어머니, 첫째 여동생, 둘째 여동생. 내 쪽에서 보면 양가 사람들이 그런 순서로 좌우에 대면하고 앉은 모양새다.

또 큰 다다미방은 동쪽과 서쪽 두 공간으로 나뉜다. 우리가 있는 곳이 서쪽에 있는 윗간. 다른 참석자와 방송국 제작진들이 모여 있는 곳이 동쪽에 있는 아랫간. 아랫간에 있는 사람들은 줄지어 앉아 이쪽을 보고 있다. 윗간이 무대, 아랫간이 관객석이라고 해야 할까. 관객석 안쪽에 있는 툇마루

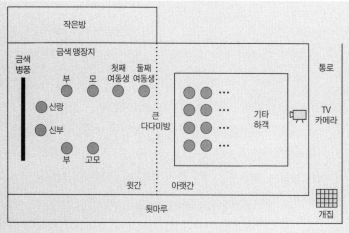

큰 다다미방 내부

구석에는 웬일인지 개집도 보인다. 아마 이 뒤에 후타바와 함께 묘기를 선보이며 분위기를 띄울 개일 것이다.

신부석에 앉자 눈부신 빛에 휩싸였다.

방송 촬영용 조명이다. 그러고 보니 어제 리허설 때 다와라야 집안 두 자매가 여배우를 찍는 것처럼 조명을 강하게 해 달라고 제작진에게 주문했다. 쇼조 씨 또한 '빛은 강하게, 노출은 조금 과다하게' 하고 찍는 방식을 세세하게 지정했는데 화려한 것을 좋아하는 만큼 옛 다다미방이 우중충한 느낌으로 찍히는 게 싫었을 것이다.

그렇다면 애초에 다른 곳에서 하면 좋을 텐데.

다다미방의 수수한 맹장지도 전부 금색으로 바꿨다. 노후화가 진행 중인 검은 널빤지 천장에는 오래된 느낌이 덜 나도록 며칠 전 업자가 와서 조도 높은 LED 천장등을 달았다.

그 밖에도 방 안에는 더위와 꽃가루 대책으로 꽃가루 제거 기능이 있는 에어컨을 설치했다. 다와라야 집안사람들은 모두 가벼운 화분증을 앓고 있다고 한다. 덧붙이자면 이곳에 날리는 꽃가루는 대부분 협죽도 때문이다. 협죽도는 꽃가루에도 독이 있다고 하는데 거기에 화분증까지 더하다니 이 얼마나 성가신 식물인가.

조명이 너무 눈부신 탓에 나는 결국 참지 못하고 툇마루 쪽으로 고개를 돌렸다. 그러자 이번에는 햇빛이 눈에 닿았다. 연못과 바깥 담장의 기와에서 반사되는 햇빛이다. 시야를 한곳에 두기 어렵지만 움직이면 모자 위치가 어긋나므로 심하게 고개를 틀 수도 없다. 나는 하는 수 없이 고개를 떨구고 조용히 눈앞에 깔린 다다미 개수를 셌다.

결혼식은 시작, 중개인의 축사, 신랑 아버지 인사, 혼수품 교환으로 이어졌다.

다 끝나자 친족들의 '술잔 돌리기' 차례가 되었다. 다른 사람이 마신 술잔에 입을 대기가 꺼려지지만 이 지역에서는 이것이 산산쿠도三三九度, 일본 전통 혼례 의식으로 신랑 신부가 3종의 술잔을 각각 세 번씩, 총 아홉 번에 걸쳐 마시며 결혼을 맹세한다 대신이라 어쩔 수 없다.

'술잔 돌리기'는 우선 술 따르는 역할을 맡은 후타바가 아랫간에서 윗간 북쪽에 있는 작은방에 가서 주기酒器를 가져오는 것부터 시작한다.

후타바는 쟁반에 얹은 두 가지 주기, 즉 넓적한 대백 잔과 조시銚子 주전자를 윗간 중앙까지 가져왔다.

주기는 하나같이 검은색이다. 조시는 손잡이가 달린 작은 냄비 모양의 술 주전자인데, 대부분 입구가 잘록한 '도쿠리' 모양의 술병을 떠올리지만 원래 형태는 이렇다고 한다. 후타바는 그 자리에 무릎을 꿇고 앉아 주전자를 들더니 천천히 잔에 술을 따랐다.

긴장해서인지 손놀림이 왠지 위태위태하다. 중간에 몇 번 흐름이 끊길 때마다 나도 모르게 속으로 응원했다.

무사히 술을 다 따르고 후타바는 안도의 한숨을 내쉬었다. 그러더니 또 위태위태한 걸음걸이로 옆에 있는 신랑 앞으로 잔을 가져간다. 신랑은 받아든 잔을 호쾌하게 기울여 술을 마셨다. 후타바가 안도한 표정으로 뒤로 물러났다.

이후 신랑은 오른쪽에 있는 나를 보더니 잔을 내 쪽으로 내밀었다. 나는 신랑을 마주 보고 잔을 받아들었다. 잔은 이렇게 직접 다음 사람에게 건네는 방식이다.

잔을 받아든 나는 신랑과 대조적으로 잔을 크게 기울이지 않고 홀짝이듯 술을 마셨다.

쇼조 씨는 '남자는 호쾌하게, 여자는 정숙하게'라고 사전에 연기 지도를 했다. 덧붙이면 이 잔은 국보급 명품이라고 한다.

검게 칠한 겉면에 돋을새김한 용과 은물 폭포로 표현한 '승천하는 용' 그림이 있다. 자세한 건 모르지만 유서 깊은 조칠과 나전 기법이 쓰였다고 한다.

백은의 폭포는 잔 가운데에서 가장자리로 흐르기 때문에 폭포의 시작점부터 술을 마시면 정확히 입에서부터 용이 나와 승천하는 모양새가 된다. 그래서 원래는 폭포 입구 쪽이 입을 대는 부분이지만 내가 받아든 방향은 반대였다. 술잔을 다도의 찻잔처럼 돌릴 수도 없으니 어쩔 수 없다.

잔에 새겨진 용은 살아 있는 것처럼 입체적이었다. 멋진 그림이지만 폭포 시작점 근처 꼬리 부분이 댐처럼 움푹 파인 탓에 세척하기가 조금 어려워 보인다.

나는 술을 조금 마신 다음 잔을 일단 내려놓고 일어섰다. 다음은 신랑 아버지 차례. 위치가 떨어져 있어서 성가시지만 서서 잔을 가져갈 수밖에 없다. 그야말로 합리적이지 못한 방식이다.

잔을 가져가는 동안 다리가 살짝 휘청거렸다.

하마터면 술이 흐를 뻔해서 황급히 잔의 앞뒤를 손으로 눌러 균형을 맞췄다. 흔들림이 멈추기를 기다렸다가 다시 발걸음을 뗐다. 신랑 아버지 앞에 도착하자 무릎을 꿇고 조금 전처럼 마주 본 자세로 잔을 건네고 다시 돌아왔다.

잔을 돌리는 순서는 첫 번째가 신랑이고 다음이 나. 그리고 북쪽에 있는 신랑 아버지, 어머니, 첫째 여동생, 둘째 여동생 순으로 돌았다가 그 뒤로 남쪽으로 가 나의 아버지, 고모로 이어진다.

그렇다. 나의 아버지는 신랑 집안의 막내딸보다 뒤에 있는 것이다.

이 역시 옛날 풍습일까. 아니면 뭔가 다른 뜻이 있는 걸까. 예식 담당자에게 물으면 알려주겠지만 괜한 트집이 잡힐 수도 있을 것 같아서 묻지 않았다.

다만 다와라야 집안이 우리 집안을 깔보고 있는 것만은 확실하다. 그런 마음은 쇼조 씨가 혼례 방식을 독단적으로 정한 것과 고모의 기모노를 멋대로 바꾼 점에서도 알 수 있고, 이 직후 일어난 작은 사건으로 봐도 명백했다.

술잔이 신랑의 둘째 여동생 기누아에게 갔을 때였다. 결혼식장 안에 작은 해프닝이 벌어졌다. 아랫간 툇마루에 있던 흰색 강아지가 방 안으로 튀어 들어온 것이다.

"무기!"

윗간에 있던 후타바가 한 박자 늦게 외쳤다. 개집에서 뛰쳐나온 듯하다. 강아지가 기누아 앞에 놓인 잔으로 달려가는 바람에 후타바는 서둘러 둘 사이로 몸을 던져 잔을 막았다.

기누아가 장난스럽게 히죽 웃었다.

"괜찮아, 후타바. 아이야, 너도 마실래?"

기누아는 그렇게 말하고 후타바를 옆으로 비키게 하더니 잔을 강아지에게 내밀었다.

강아지는 목줄에 달린 방울과 함께 잔에 얼굴을 집어넣고 기쁜 듯이 꼬리를 살랑거리며 술을 핥았다. 후타바가 "어휴,

정말!" 하고 화를 내고 강아지를 억지로 들어 올려 복도에 있는 예식 담당 직원에게 넘겼다. 아미카가 "아, 기모노 더러워지는데……" 하고 중얼거리는 소리가 들렸다.

나는 어안이 벙벙해진 채로 멍하니 있었다. 그러는 동안 둘째 여동생은 잔을 들고 일어서서 나처럼 왠지 위태위태한 걸음걸이로 잔을 앞뒤로 누르고 그대로 내 아버지가 있는 곳까지 가져갔다.

"여기요."

아버지 앞에 앉아서 히죽 웃으며 잔을 내민다.

순간 가슴이 철렁했다.

모두의 시선이 한곳에 모였다. 아버지는 잠시 몸이 굳었지만 곧장 싱글벙글 웃는 얼굴로 잔을 받아들더니 "고맙습니다" 하고 단숨에 잔을 기울였다.

나는 아연실색하게 그 모습을 지켜봤다. 대체 무슨 일인가 싶었다.

말도 안 돼. 저건…….

강아지가 핥고 남은 술이잖아.

아버지는 꿀꺽꿀꺽 소리를 내며 시간을 들여 술을 마셨다. 그 모습을 바라보는 내 눈에 또다시 모르는 사이 눈물이 번졌다. 이건 아니잖아. 이래서는 안 되는 거잖아.

여기서는 확실하게 거절해야지.

원통한 마음에 시야가 더욱 뿌예졌다. 저 남자는 왜 이토록 비굴할까. 분명 상대가 위일지도 모른다. 영세한 우리 목공소에 일을 주는 단골 고객이고, 거액의 돈을 빌려준 것 외에 도산 직전에 도와주기까지 했다. 하지만 가장 큰 이유는 역시 모든 것을 체념했기 때문이리라.

그런 자기 자신을. 다른 사람에게 멸시당하는 자기 자신을. 전에는 믿음직스럽고 늠름한 아버지였지만 다와라야 집안 밑에 들어가자마자 곧장 패기를 잃어버렸다. 그러나 그런 식으로 자신을 죽이는 사람 역시 다름 아닌 자기 자신이다. 냉정하기 그지없는 세상이 저 남자를 조금씩 무력하게 만들었고 결국 이런 사소한 악의에도 저항하지 못하는 나약한 인간으로 전락시켰다. 그 점이 분했다. 아버지가 그런 인간이라는 사실이 원통했다.

그리고 나 역시 자신을 업신여기는 것은 마찬가지다.

그때 처음으로 나는 또렷한 내 감정을 느꼈다.

싫다.

이런 불행한 결혼은 싫다.

◈

그러고 나서 시간이 조금 흐른 뒤였다.

술잔 돌리기 차례가 끝나자 후타바가 주기를 다시 윗간 북쪽에 있는 작은방에 가져갔다. 아랫간에 있던 노인이 민요 같은 노래를 부르기 시작했고 노랫소리에 맞춰 신랑 아버지와 신랑이 춤을 추며 걸어 나왔다.

잠시 즐거운 군무가 이어졌다. 그러던 순간 신랑 부자가 갑자기 우당탕 소리를 내며 바닥에 넘어졌다.

"하하. 약주를 많이 자셨나 보네요, 외숙부님."

아랫간에서 누군가가 웃으면서 몸을 일으켰다. 아마도 신랑의 사촌 동생으로 보인다. 그는 쓰러진 채 움직이지 않는 신랑 아버지에게 다가가 상태를 살피듯 허리를 숙였다.

잠시 후 그가 소리를 버럭 질렀다.

"외숙부님!"

순간 아버지와 아들의 몸이 동시에 경련하기 시작했다. 그리고 내 오른쪽 앞에서 뭔가가 쿵 하고 쓰러지는 소리가 들렸다. 내 아버지다.

순식간에 방 안에 정적이 감돌았고 그 뒤로 비명이 터져 나왔다. 툇마루로 통하는 문이 쾅 닫혔고 누군가가 "구급차를!" 하고 소리쳤다. 신랑의 아버지가 격렬하게 구토를 시작했다. 방 안을 가득 채운 역겨운 냄새. 다다미 위에서 개구리처럼 발버둥 치는 다리와 옷자락 아래로 보이는 털 많은 정강이와 흰색 버선.

나는 손을 입가에 갖다 댄 채 말문이 막혔다. 설마. 왜. 대체 어째서 이런 일이.

$\mathscr{L}$♥

병원 대기실에서 문득 발끝에 차가운 기운을 느꼈다.

뭘까. 슬리퍼를 벗자 왼쪽 버선 위와 아랫부분이 젖어 있었다. 희미한 술 냄새도 났다. 어디선가 술을 밟았나? 하지만 슬리퍼는 젖지 않았고 집 안도 깨끗이 청소돼 있었다.

지금까지의 일이 어렴풋이 떠올랐다. 그 일이 있고 나서 나는 '달의 방'에서 흰옷 위에 여름용 겉옷을 걸치고 부엌문을 통해 나갔다. 그리고 고무 슬리퍼를 신고 구급차에 올라타 지금 이 병원에 왔다.

다른 곳을 들른 기억도 없는데 뭘까. 허리를 숙여 유심히 보니 버선의 젖은 부분이 연분홍색으로 물들어 있었다. 피? 나는 손을 뻗어 조심스레 그 부분을 만졌다.

발등 쪽에서 뭔가 희미한 껍질 같은 것이 벗겨졌다.

집어 들자마자 가슴이 덜컥했다.

연분홍빛 협죽도 꽃잎.

왜 이런 게 이곳에. 당황하고 있자 복도를 빠르게 걷는 발소리가 들렸다. 안쪽 모퉁이에서 신랑의 둘째 여동생이 모습을 드러냈다.

"가, 가망이 없대. 아버지랑 오빠……."

기누아는 우두커니 서서 울음을 터뜨렸다. 나는 아연실색한 얼굴로 그 모습을 바라봤다. 그녀가 한 말의 의미를 머릿속으로 곱씹으며 무릎 위에서 남몰래 꽃잎을 꼭 쥐었다.

가즈미 님.

이것은 당신의 뜻인가요……?

제4장

결혼식 다음 날 아침. 저택으로 돌아가 거실 툇마루에 앉아 멍하니 정원을 바라보고 있자 협죽도 사이에서 미인 한 명이 쓱 나타나 나를 향해 다가왔다.

"세나, 잠깐 이리로."

밖에서 나를 향해 손짓한다. 내 결혼 상대의 첫째 여동생 아미카다. 나이는 20대 중반 정도로 나와 비슷하고 과거에 잡지 독자 모델 경험이 있다. 갈색으로 물들인 머리카락이 햇빛을 받아 금색으로 보였다.

기모노에서 지금은 보더 탱크톱과 반바지로 갈아입었다. 겉에 드러난 팔다리가 눈처럼 새하얗다. 어머니에게 물려받은 걸까. 다와라야 집안 여자들은 하나같이 피부가 백옥 같다.

"……무슨 일인가요?"

"잔말 말고 얼른."

아미카는 내 대답을 듣지도 않고 발걸음을 뗐다. 나는 집안을 힐끗 돌아봤다. 가방이 와이어 자물쇠로 기둥에 묶인 것을 눈으로 확인하고 툇마루 앞에 놓인 슬리퍼를 신고 서둘러 그녀의 뒤를 따랐다.

아미카를 따라 정원을 걸었다.

특별한 대화를 주고받지는 않았다. 큰 다다미방 앞을 지날 때 안에 제복을 입은 경찰 몇 명이 보였다. 무슨 일일까. 고개를 갸웃했지만 왠지 뭘 묻기가 어려운 분위기라 그냥 넘기기로 했다. 어제 일은 역시 사건이었던 걸까.

잠시 후 서양식 별채에 도착했다. 안에 들어가자 이국적 분위기의 객실에 먼저 온 손님이 있었다. 신랑의 어머니와 둘째 여동생 기누아, 사촌 다치바나 스이세이와 그의 부모. 그리고 구석에는 내 고모도 있다.

나와 아미카를 포함해 총 여덟 명. 모두 오늘 아침 병원에서 막 돌아온 참이었다.

호화로운 장식품이 가득한 객실. 카브리올 테이블과 벽난로, 그랜드피아노, 반육각형 퇴창.

그리고 창문 밖에는 새하얗게 꽃을 피운 협죽도.

그야말로 안락한 공간이다. 다와라야 집안사람들은 평소에는 이곳 별채에서 지낸다고 한다. 내 방은 안채 끝 쪽에 있다.

평상복으로 갈아입은 사람은 나와 신랑의 두 동생뿐이고 나머지는 모두 예복 차림 그대로다. 사촌 동생 일가와 내 고모는 이곳에서 옷을 갈아입을 수 없을 테니 신랑의 어머니도 그들을 배려해 옷을 갈아입지 않은 듯하다. 다른 친족들은 일단 돌아간 듯했다.

그래서인지 둘째 여동생 기누아의 붉은 트레이닝복 차림이 유독 눈에 띄었다. 기누아는 대학생이라고 들었는데 작은 몸집과 트레이닝복 차림이어서 그런지 지금은 중고생 정도로 보인다. 짙게 화장한 언니와 달리 옅은 화장에 청순해 보이는 검은 머리카락. 다만 성격에는 조금 문제가 있다.

그런 생각을 하며 나는 방 안을 두리번거렸다. 그러자 문득 모두가 나를 주목하고 있는 것을 깨달았다.

뭐지?

흠칫 놀라 사람들을 둘러봤다. 아미카는 나를 두고 퇴창 쪽으로 향했다. 창가 선반에 있는 진주 말 장식품을 집어 들더니 나를 다시 돌아본다.

"세나, 너 말이지."

장식품을 만지작거리면서 말한다.

"별로 안 울었지?"

나는 입을 반쯤 벌렸다.

"네……?"

"오빠와 아빠가 죽었는데 어떻게 그렇게 냉정할 수 있니? 아니면 혹시 충격이 너무 커서 울고 싶어도 눈물이 안 나오는 상황이야? 하지만 그런 것치고 아까 그 방에서는 밥도 평소처럼 잘 먹던데. 다마요 씨가 오늘 아침에 사 온 편의점 주먹밥 말이야."

오빠는 나의 결혼 상대, 즉 신랑 다와라야 히로토를 뜻한다. 다마요 씨는 이곳에서 일하는 가정부로 서른이 넘은 여성인데 말수가 적고 얌전하다. 또 이 저택에서는 그녀와 아미카만 머리카락을 밝은 갈색으로 물들였다. 가정부치고는 요리 솜씨가 좋지 않아 식사를 준비할 때 시판 반찬을 가게에서 사올 때가 많다. 오늘 아침에 먹은 주먹밥도 편의점에서 사온 것이었다.

아미카의 지적을 듣고 나는 겸연쩍은 마음에 고개를 숙였다.

"눈물이……."

"응?"

"원래 눈물이 별로 없어서……."

"눈물이 없다고? 뭐야 그게. 인간으로서 감정이 죽었다는 뜻인가?"

아미카는 고개를 살짝 기울인 채 말 장식품을 손에 들고 내 쪽으로 다가왔다. 내 얼굴을 은근슬쩍 엿보며 다시 입을 연다.

"그런 감정 없는 사람이 왜 결혼 같은 걸 해?"

나는 뭐라고 대답해야 좋을지 알 수 없었다.

아미카는 뚫어지게 내 얼굴을 쳐다봤다. 그러더니 갑자기 웃음을 풋 터뜨리고 반바지 주머니에서 담뱃갑을 꺼냈다. 담배 한 대를 입에 물고 진주 말 장식을 손가락으로 만지작거린다.

철컥하는 소리가 들리더니 말 등에서 불길이 훅 올라왔다. 라이터였다.

"아무튼 그건 그렇다 하고, 세나, 너 들었어?"

"뭘요?"

"오빠와 아빠의 사인."

"아뇨. 아직 못 들었어요."

"흠. 원래 네가 가장 먼저 궁금해 해야 하는 거 아닌가? 내가 알려줘?"

"네. 알려주세요."

"'비소 중독'이래."

순간 몸이 움찔했다.

비소…… 중독?

"놀랄 일이지. 비소라니, 독이잖아? 독살 같은 걸 할 때 쓰는 거 아니야? 아빠랑 오빠가 왜 그런 것에 중독돼서 죽었을까? 그 말은 곧."

그때 불현듯 뒤에서 누가 내 어깨를 붙잡았다.

"……죽인 사람이 있다는 뜻 아니겠어? 안 그래, 세나?"

소스라치게 놀라 돌아봤다. 나와 키가 머리 하나 차이인 기누아가 귀신같은 눈빛으로 나를 올려다보고 있다.

그때.

내 둔한 머리에도 그제야 피가 돌기 시작했다.

"아……."

"무시무시한 이야기지? 나도 의사 선생님께 처음 듣고 깜짝 놀랐지 뭐야. 너도 올 때 봤지? 현장 검증하는 경찰들. 오후부터 본격적으로 조사한다고 하니 마음의 준비를 해두는 게 좋을걸."

"그, 저는…… 설마 그런 사건일 줄은……."

"사건이 아니면 뭔데? 사고? 알코올 중독? 말이 되니? 그렇게 술을 좋아하던 아빠가 이제 와서 고작 그 정도를 마시고 죽었다고? 그런데 세나, 아까 이야기로 돌아가자면 넌 정말 감정이 없는 거야? 그런데 왜 오빠랑 결혼한 거니? 무슨 목적으로?"

"저, 저는……."

"확실히 사랑은 아니네. 감정이 없다고 했잖아. 아니면 오빠가 억지로 강요했니? 뭐 그 자식은 여자 꾀는 데 재주가 없으니 이해는 하지만. 그래도 결혼까지 할 정도면 역시 조금은 애정이 있어야 하는 거 아닌가? 그럼 눈물 정도는 나올 테고. 그런데도 눈물을 전혀 흘리지 않는다는 건…… 역시 그거네. 우리 집 재산이 목적이지?"

나는 또다시 말문이 막혔다.

"아뇨. 그런 건 절대……."

"괜찮아. 이렇게 된 마당에 우리 서로 솔직해지자."

아미카가 이를 보이며 웃었다.

"솔직히 말하면 나도 오빠를 별로 좋아하지 않았어. 그리고 너희 집안은 우리 아빠 회사에 빌린 돈이 있다지? 그것 때문에 결혼을 더 강요당한 거 아니니? 그 자식은 근본이 썩어

빠졌으니 그럴 만도 해."

"자……잠깐만요. 지금 혹시 절 의심하시는 건가요? 제가 재산을 노리고 두 분을 죽였다고?"

"아직 그렇게까지는 말 안 했는데."

"아직이라는 건 역시 속으로는 의심한다는 뜻이죠? 저를 범인으로. 어떻게 그런……. 쓰러진 사람 중에는 저희 아버지도 있었어요. 그런데 어떻게 제가……."

"그래서 더 대단하지."

내 등 뒤에서 다시 기누아가 귀에 숨결을 불어넣듯 말했다.

"존속 살해범."

무시무시한 단어를 듣고 내 몸이 순식간에 얼어붙었다.

아미카가 흐응 하고 코로 길게 연기를 내뿜었다.

"있지, 세나. 나도 근거 없이 사람을 의심하지는 않아. 우리 아빠도 뒤에서 더러운 짓들을 많이 하고 다녔다고 하니 죽이고 싶을 만큼 미워한 사람도 많았을 테고. 그런데 문제는 출처야."

"출처?"

"그래. 범인이 아빠랑 동생을 죽일 때 쓴 비소의 출처."

아미카의 얼굴 앞에서 담배 연기가 뱀처럼 똬리를 틀었다.

"비소란 건 요즘 같은 시대에 그리 쉽게 손에 넣을 수 있는 물건이 아니야. 취급점에 가서 살 때도 신분증 같은 게 필요하고. 그런데 이 집 안에도 있기는 있어. 밖에 있는 곳간 안에 쥐를 잡을 때 쓰려고 쟁여둔 비소가 있거든. 너도 알다시

피 이 건물이 되게 오래됐잖아. 무가의 저택이니 뭐니 해서 전에 어떤 거상의 자손이 소유한 건물을 우리 집안이 사들였지. 그때 그 곳간 안에 있는 물건도 같이 딸려온 듯해.

그런데 듣자 하니 그 비소가 든 깡통이 아직 미개봉 상태라지 뭐니? 이번 사건에 그게 쓰인 건 아니라는 뜻이야."

아미카가 담담하게 말을 이었다. 그녀의 이야기를 들으며 내 얼굴은 점점 더 창백해졌다. 이럴 수가. 혹시 이 자매는 이미 그걸 알고 있는 게…….

난 정말 바보야.

아미카는 피아노 옆 탁자에 가서 위에 있는 재떨이에 담배를 비벼 껐다. 그리고 팔짱을 끼고 나를 다시 돌아봤다.

"근데 세나. 이건 다른 이야기기는 한데, 네 방에 커다란 가방 같은 게 있지? 혹시 그 안에 든 내용물을 우리한테 보여줄 수 있니?"

$\mathcal{L}$♥

나는 얼굴에서 핏기가 가시는 것을 느끼며 들고 온 가방을 자매 앞에 내려놓았다.

세 자릿수 다이얼 자물쇠가 달린 갈색 가죽 여행 가방. 오래전에 서양 그림 속 영국인 소녀가 든 여행 가방을 보고 첫눈에 반해서 산 가방이다.

처음 샀을 때만 해도 물론 가방을 평범한 용도로 썼다. 하지만 지금 이 안에 들어 있는 건…….

"미안, 실은 나도 오해라고 생각해."

아미카가 한쪽 눈을 감고 기도하듯 양손을 모으더니 시치미를 떼며 내게 고개를 숙였다.

"그냥 기누아가 이 안에 있을 거라고 해서. 글쎄 봤다지 뭐니. 정원에서 네가 이 가방에서 '비소'라는 글자가 적힌 작은 병을 꺼내는 모습을. 망원경으로 봤으니 확실하다고는 하는데 그렇게 남을 몰래 훔쳐보는 건 범죄잖아."

버려야 했다. 어차피 사용할 용기가 없다면 한시라도 빨리 버려야 했다.

나는 바닥에 무릎을 꿇고 가방에 손을 얹고 입술을 덜덜 떨며 굳어 있었다. 그러자 아미카가 발끝으로 가방을 툭툭 쳤다.

"왜 그래? 얼른 열어 봐."

"아니에요. 아니에요. 이건……."

"응? 아니라니? 네 가방 아니니?"

"아뇨, 제 것이 맞아요. 하지만 이 안에 든 건……."

"위장약인가? 아니면 두통약? 그런데 뭐, 병에 뭐가 들었든 상관없어. 기누아가 잘못 봤다는 것만 밝혀지면 되니까. 일단 열어봐."

"죄송해요. 그게 아니라, 이건……."

"죄송해요? 지금 누구한테 뭘 사죄하는 거니? 괜찮아, 괜찮아. 오히려 사죄해야 하는 건 우리지. 억지로 남의 가방을 열게 하니. 아, 아니면 혹시 안에 속옷 같은 게 들었나? 그럼…… 어이, 남자들! 잠깐 다들 고개 좀 돌려줘. 여자들의 사생활이 걸린 문제야!"

나는 울면서 가방 위에 쓰러졌다. 그러자 뒤에서 또다시 누가 내 어깨를 붙들더니 억지로 일으켜 세웠다. 기누아가 내 앞머리를 붙잡고 코가 닿을 거리만큼 얼굴을 바짝 들이댄다. 기누아는 아이돌처럼 하얗고 자그마한 얼굴로 야쿠자가 위협하듯 으름장을 놨다.

"열어."

반복한다.

"열라고!"

나는 흐느껴 울면서 다이얼 자물쇠를 향해 떨리는 손가락을 뻗었다.

철컥하고 세 자릿수 번호가 맞춰졌다. 기누아가 나를 밀고 가방을 활짝 열어젖혔다. 내용물이 드러난다. 고무벨트로 고정된 여러 개의 작은 유리병. 한데 묶인 식물 뿌리. 잎. 열매. 그리고…….

표지에 '독'이라는 글자가 인쇄된 몇 권의 책.

"언니, 이건……."

기누아가 병 몇 개를 집어 언니에게 건넸다. 아미카는 말없이 말 모양 라이터를 바닥에 놓고 병을 하나하나 집어 눈높이까지 들어올렸다.

잠시 후 아미카는 냉정한 눈빛으로 나를 쳐다보며 갑자기 내 머리카락을 움켜쥐더니 얼굴을 바닥에 내리찍었다.

"……기누아. 가서 경찰 불러와."

충격으로 의식이 몽롱해졌다.

콧물인지 코피인지 모를 액체가 턱을 타고 흘렀다. 일그러지는 시야에서 문으로 향하는 기누아의 모습이 보였다. 나는 그녀의 뒷모습을 향해 필사적으로 손을 뻗었다.

아니야.

아니야, 이건…….

내가 죽을 때 쓰려고 준비한 거라고.

문이 닫혔다. 손이 힘없이 아래로 내려간다. 어쩌지. 이제 나는 범죄자가 되는 걸까. 이렇게 나는 살인 누명을 쓰고 마는 걸까.

비소는 불순물로 차이를 알 수 있다고 어디선가 읽은 기억이 있다. 그럼 경찰이 사건에 쓰인 비소를 분석해서 내 것과 일치하지 않는다고 밝혀내면……. 하지만 만약 누가 내 비소를 훔쳐서 썼다면? 아니, 그전에 경찰이 사건 이후 병 내용물을 바꿔치기했다고 추측한다면?

안 돼. 아무리 생각해도 가장 의심스러운 사람은 나다. 나는 결혼 상대에게 애정이 없었고 이 결혼을 원하지 않은 것도 사실이다. 아버지가 빌린 돈 때문에 억지로 결혼하게 된 것도 사실일뿐더러 나에게 그런 삶을 강요한 아버지에게 원한에 가까운 감정을 품었다는 것도 부정할 수 없다.

사실 나는 그 세 사람이 죽어서 마음이 몹시 가벼웠다.

그리고 하필 나는 그저께 가즈미 님을 참배했다. 만약 그 모습을 누군가가 증언한다면—적어도 그 차에 타고 있던 사람들은 목격했다—분명 나는 어떤 변명도 할 수 없을 것이다. 흉기와 동기까지 전부 갖춰진 상황. 이런 사실들 앞에서 나는 계속해서 저항할 수 있을까.

이 의지 약한 내가.

가즈미 님.

그 순간 내 귓가에 묘하게 밝은 어린아이의 목소리가 튀어 들어왔다.

"어이! 잠깐만요! 여러분! 침착하세요! 침착하세요!"

♌♥

어린 남자아이였다.

초등학생 정도 될까. 보라색 민소매 후드 티셔츠에 무릎까지 오는 반바지. 손잡이가 달린 가방을 등에 멨고 곱슬머리에는 까치집이 지어져 있다.

그런 남자아이가 열린 문 너머에서 한 손을 들고 가부키 배우 같은 자세를 취하고 있었다.

"……누구?"

잠시 후 아미카가 입을 열었다.

남자아이는 그 자세 그대로 훗 하고 웃었다.

"야쓰호시 렌. 탐정입니다. 이야기는 다 들었습니다. 방심은 금물, 지금은 서로 냉정하게 사건을 되돌아보는 자세가······."

아미카가 남자아이를 향해 뚜벅뚜벅 걸어가더니 머리를 꽉 움켜쥐었다.

"다마요 아줌마! 뭐 하고 있어? 집에 이상한 아이가 들어왔잖아!"

"자, 잠깐만요······ 전 수상한 사람이······ 아야, 아파요! 놔주세요!"

복도에서 기누아와 갈색 머리의 30대 여성, 그리고 중학생 정도 돼 보이는 여자아이가 연이어 나타났다. 갈색 머리 여성은 가정부 다마요 씨, 여자아이는 후타바다. 후타바는 울어서 통통 부은 얼굴이고 평상복 차림에 손에 목걸이 같은 것을 쥐고 있다.

아미카는 나이 많은 가정부에게 위압적인 목소리로 소리쳤다.

"다마요 아줌마. 제가 말했죠? 별채에는 아무도 못 들어오게 하라고요. 아줌마는 왜 그렇게 시키는 대로 못해요? 아까는 스이세이 오빠를 외부인이라고 생각해서 별채에 안 들여보내지를 않나."

"······죄송합니다, 아가씨. 그런데 이 초등학생들은······."

"잠깐! 우선 이야기를! 제 이야기를 들어주세요!"

"아미카 씨. 갑자기 들이닥쳐서 죄송해요. 하지만 제가 부탁했답니다. 조금 전 이야기를 저도 들어서…… 그리고 아주 머니, 전 초등학생이 아니라 중학생이에요."

"아, 후타바 친구니? 그럼 괜찮겠네. 그런데 후타바, 혹시 무기의 시신을 거두러 왔니? 그럼 미안하네. 그건 이미 경찰이."

"네, 경찰 아저씨한테 들었어요. 무기의 사인도 조사해야 한다고요. 그래서 목줄만 받으러 이곳에……. 그런데 아주머니께서 제가 강아지의 주인인 후타바라는 걸 좀처럼 믿지 않으셔서……."

"이야기가 또 다른 곳으로 새네요."

남자아이가 아미카의 손 안에서 몸부림을 쳤다. 그리고 몸을 비틀어 어떻게든 혼자 힘으로 탈출하고 머리카락이 흐트러진 채 하아, 하아 하고 거친 숨을 내쉬었다.

"여러분은 그렇게 공범이 되고 싶으세요?"

몸을 비틀어 혼신의 힘을 다해 소리친다. 우리는 모두 어안이 벙벙해졌다. 공범?

남자아이는 심호흡을 크게 한 번 하고 손등으로 입가를 쓱 닦았다.

"여러분, 제 이야기를 들어주세요. 만약 저 신부님을 이대로 경찰에 넘기면 여러분도 무사할 수 없어요. 왜냐하면 이 범행은 신부님 혼자의 힘으로는 성립하지 않기 때문입니다."

갑자기 어른스러운 말투로 말한다.

"다시 한번 떠올려보세요. 술잔을 돌릴 때의 순서를요. 술잔이 어떤 순서로 돌아갔죠? 처음부터 말해볼게요. **신랑**, 신부, **신랑 아버지**, 신랑 어머니, 신랑의 첫째 여동생, 신랑의 둘째 여동생, **신부 아버지**, 신부의 고모. 이중 피해자는 신랑, 신랑 아버지, 신부 아버지 세 사람. 즉, 피해자들 사이에 반드시 여러분 중 누군가가 포함된 거예요.

그러니 만약 신부 혼자서 술에 비소를 섞었다면 여러분도 돌아가셨어야 해요. 하지만 여러분은 전부 멀쩡히 살아 계시죠. 왜일까요? 우선 가장 먼저 떠오르는 건……."

남자아이의 둥그스름한 눈매가 매처럼 날카로워진다.

"이곳에 계신 모두가 공범이고, 술을 마시는 척만 했다. 그런 해석이 나옵니다."

모든 이들이 어안이 벙벙해져서 침묵에 잠겼다.

잠시 후 가장 먼저 아미카가 입을 열었다.

"흐음. 탐정 놀이? 저기, 꼬마야. 네가 장난삼아 뭘 하든 상관 안 하지만 진짜 유족들 앞에서 그런 짓을 하면 안 되는 거야. 그러다가 혼날 수도 있어."

"언니. 나 전에 이런 거 애니메이션 본 적이 있는 것 같아. 명탐정 코난."

"……전 약 같은 것 때문에 이런 모습이 되지 않았어요 _{〈명탐정 코난〉 속 코난은 의문의 약을 먹고 초등학생의 몸이 됐다는 설정이다.}"

남자아이는 아미카를 경계하듯 거리를 두고서 말을 이었다.

"우선 제 나이는 잊어주세요. 지금 가장 큰 문제는 경찰이 이 상황을 어떻게 받아들일지예요. 정황만 놓고 보면 이번 사건은 그야말로 불가사의한 '징검다리 살인'이에요. 이 트릭을 밝히지 못하는 한 여러분 **'전원 공범설'**은 경찰 안에서도 부상할 수밖에 없어요.

굳이 '나바리 독 포도주 사건 1961년 일본 미에현 나바리시에서 발생한 대량 독살 사건, 범인으로 지목된 인물이 무죄를 주장하다가 끝내 옥사했다' 등을 예시로 들 것도 없이 일반적인 독살 사건은 범행 입증이 어려워 무고한 누명을 쓰는 사람이 자주 나오고는 해요. 이 동네에서 다와라야 집안에 대한 평판이 별로 좋지 않다죠? 경찰이 선입견과 억지 섞인 각본으로 무고한 피해자를 만들 소지가 충분하다는 말이에요.

그러니 여러분. 오후에 본격적인 경찰 수사가 시작되기 전에 저희끼리 먼저 사건을 재검증해서 이론을 무장해두는 게 좋지 않을까요?"

또다시 내려온 침묵. 나는 조금 전 바닥에 쓰러졌을 때의 영향으로 코가 계속 시큰거렸다.

"아미카, 괜찮아 보이는데?"

구석 쪽에서 남자 목소리가 들렸다.

"이 아이의 정체가 불분명한 게 좀 걸리지만 일단 하는 말이 틀린 것 같지는 않네. 그리고 나도 이 기묘한 사건이 조금씩 궁금해지기 시작했고."

벽에 기댄 채 스마트폰을 만지작거리는 남성이 고개를 들지도 않고 말했다. 내 결혼 상대의 사촌 동생인 다치바나 스이세이. 나이는 서른이 넘었고 예복이 잘 어울리는 남자다.

아미카는 사촌 오빠를 힐끗 보더니 지금까지와 조금 다

른 표정으로 머리카락을 손가락으로 빙글빙글 돌렸다.

"뭐 스이세이 오빠가 그렇게 말하는 거면……."

남자아이가 주위를 둘러보며 고개를 끄덕였다.

"특별히 반대 의견은 없어 보이네요. 여러분의 협력 감사드립니다. 이로써 이곳에서 지낼 시간이 좀 더 길어지겠어요. 면목이 없네요, 푸린 씨."

거기서 나는 나직이 앗, 하고 소리쳤다.

반쯤 열린 문 너머로 또 한 명의 키 큰 여성이 서 있었다.

풍만하고 균형 잡힌 몸매. 자연스럽게 올린 검은 머리카락과 검정 탱크톱, 장딴지까지 오는 청바지. 수수한 차림이지만 잠자리 선글라스와 여기저기 단 고급 액세서리가 할리우드 배우 못지않은 존재감을 자아낸다.

저 사람은 분명.

그저께 산길에서 본 차 안에 있었던 미인……!

제5장

이름이 불리자 푸린은 문 뒤에서 칫, 하고 혀를 찼다.

쓸데없는 일에 휘말렸다. 가는 곳마다 발목을 붙잡는 아이다. 이럴 거면 수면제가 아닌 진짜 독이라도 타서 며칠 동안 병원에 보내야 했나. 하지만 후회해야 이미 늦었다.

지금까지의 경위는 다음과 같다.

❤

어제 일이다. 사건 이후 딸이 걱정돼 한달음에 달려간 야마자키를 일단 저택 문 앞에서 기다리고 있자 누군가가 옷을 잡아당겼다.

"드디어…… 찾았네요. 푸린 씨……."

돌아보니 야쓰호시가 있었다. 순간 등줄기가 오싹했다. 한 맺힌 귀신을 맞닥뜨린 기분이었다.

곧장 팔꿈치로 한 대 때려주려고 자세를 취했지만 자세히 보니 꼬마는 눈에 눈물을 머금은 채 무리에서 이탈한 새끼 사슴처럼 불쌍한 기운을 온몸으로 발산하고 있었다. 여기서 이 아이를 때리면 천벌을 받을지도 모른다. 푸린은 한숨을 내쉬고 포기한 얼굴로 팔을 내렸다.

"여기까지 어떻게 알고 온 거야?"

"어디서 내리시는진 알고 있었어요. 푸린 씨가 승차권을 살 때 옆에서 몰래 엿봤거든요……. 그래서 일단 그 역까지 갔고 거기서부터는 직접 수소문해서 '할리우드 여배우처럼 키가 큰 중국인 미녀'의 목격 증언을 수집하고 다니다가……. 그리고 푸린 씨가 투구벌레 채집 자체를 부정하지 않았으니 아마 목적지가 도심지가 아닌 산속이 아닐까 추측했어요. 또 마지막에 탄 열차 역무원에게 푸린 씨가 급행열차를 보내고 완행을 탔다는 말을 듣고 하차 역 후보를 좁혔죠. 그리고……"

쓸데없는 일에 추리 능력을 철저히 발휘했다. 푸린은 주머니를 뒤져 허브 맛 목캔디를 하나 꺼냈다. 야쓰호시의 손목을 붙들고 캔디를 손바닥 위에 톡 떨어뜨린다.

"고생 많았네. 상으로 이걸 줄게. 그런데 난 이제 돌아가야 하니 넌 여기서 마음껏 투구벌레 채집을 즐기렴. 그리고 보니 '가즈미 님'이라는 저주의 신을 모시는 사당 부근이 노다지 판이라던데. 참고하도록."

발을 돌리려 하자 야쓰호시가 곧 허리 부근을 붙들었다.

"부탁드려요, 푸린 씨. 더 이상 절 혼자 두지 말아 주세요."

이 무슨 소름 끼치는 대사인가.

"이상한 소리 하지 마. 왜 그래? 벌써 향수병이라도 걸렸어?"

"네. 부끄럽지만 그 말씀이 맞아요. 잘 알지도 못하는 곳에서 하는 노숙이 그렇게나 쓸쓸할 줄은……."

"노숙을 했다고? 왜 호텔에 묵지 않았지?"

"초등학생 혼자 그런 곳에 가봐야 경찰에 신고당할 거고, 그걸 떠나 돈도 없어요."

"숙박비도 안 가져왔어?"

"다 써버렸죠. 푸린 씨를 찾느라."

푸린은 잔뜩 찌푸린 얼굴로 아이를 봤다. 잠시 후 지갑에서 1만 엔 지폐를 몇 장 꺼내 아이의 손에 쥐여 줬다.

"……이건?"

"집에 갈 교통비랑 숙박비. 난 온천에서 하룻밤 자고 돌아갈 건데 따라오든 말든 맘대로 해."

"네? 주시는 거예요? 하지만……."

"누가 준댔어? 당연히 꿔주는 거지. 아는 사이니까 이자는 법정 이자만 받을 거야."

야쓰호시는 처음에는 표정이 밝았지만 꿔준 돈이라는 말을 듣자마자 1만 엔 지폐를 손에 들고 복잡한 얼굴로 생각에 잠겼다.

"고맙기는 하지만 왠지 받으면 안 될 것 같기도 하고……. 어쩌죠. 이런 돈을 빌렸다는 건 엄마한테도 말할 수 없어요. 올해 받은 세뱃돈을 전부 썼기도 했고……. 아 참."

야쓰호시는 웃는 얼굴로 손뼉을 짝 쳤다.

"푸린 씨. 한 가지 좋은 제안이 떠올랐어요. 이 돈은 제가 아닌 스승님 앞으로 하는 게 어떨까요? 빚이 1억 엔이니 몇만 엔쯤 늘어봐야 그냥 오차 정도잖아요."

푸린이 입을 떡 벌리고 있자 야쓰호시는 곧장 스마트폰을 꺼내 톡톡 두드리기 시작했다. 잠시 후 착신음이 울렸다.

"이것 보세요. 스승님의 허락도 받았어요."

의기양양하게 화면을 보여준다. 아무래도 이 녀석의 예전 스승인 파란 머리 탐정에게 문자를 보내 허락을 받은 듯하다.

답장은 짧은 한 마디, '상관없어'였다.

탐정은 분명 내게 억이 넘는 빚을 졌다. 이제는 생각하기도 지긋지긋해서 푸린은 한숨을 내쉬고 될 대로 되란 듯이 고개를 끄덕였다. 아이는 와, 하고 용돈이라도 받은 것처럼 제자리에서 폴짝폴짝 뛰었다.

이 거래가 과연 나에게 이득일까. 이득인지 손해인지도 불분명한 것이 걱정스러울 따름이다.

"오래 기다리셨죠? 리 씨. ……응? 아는 아이인가요?"

그때 가까운 곳에서 목소리가 들렸다. 야마자키가 딸을 데리고 돌아왔다. 사복으로 갈아입은 후타바는 어머니의 품에 안긴 채 세상이 떠나가라 오열하고 있었다.

"아니, 그냥 길 잃은 가엾은 아이야. 그보다 딸은 괜찮아?"

"느닷없이 눈앞에서 사람들이 쓰러지니 놀란 것 같아요. 그리고 무기가……."

"강아지? 무슨 일이라도 있었어?"

"그 술을 마시고 무기가 죽었다고 하네요. 근데 참 희한하죠. 그 정도 양이면 저희 집에서도 종종 핥아먹었는데……."

그러자 야쓰호시가 갑자기 점프를 멈췄다.

천천히 푸린 쪽을 돌아본다. 넓은 이마 아래로 영리해 보이는 눈동자가 보인다. 얼굴에서 갑자기 앳된 기운이 싹 사라지고 위엄마저 느껴지는 어른스러운 눈빛으로 푸린과 야마자키를 보고 있다.

"……잠깐만요. 그 이야기, 좀 더 자세히 들려주시겠어요?"

야쓰호시는 당연하다는 듯이 사건에 관심을 보였다. 푸린은 머리가 지끈거렸지만 그날 밤은 야쓰호시와 함께 후타바의 집에서 하룻밤 더 묵게 되었고, 다음 날 아침 후타바가 저택에 개의 유품을 가지러 가는 길에 따라왔다가 이 서양식 별채에 와서 유품인 목줄을 받았다. 그리고 돌아가는 길에 후타바가 객실에서 들리는 대화 소리를 듣더니 무슨 박애정신인지 몰라도 "신부님을 도와주세요" 하고 야쓰호시에게 쓸데없는 부탁을 하는 바람에…….

지금 이 상황이다.

이미 지목까지 받았으니 몸을 숨길 의미도 없어서 푸린은 포기하고 문 너머로 모습을 드러냈다. 순식간에 온몸에 가시

같은 시선이 꽂혔다.

손에 뭔지 모를 진주 말을 든 여자가 화장기 짙은 얼굴로 이맛살을 찌푸렸다.

"……누구? 혹시 이 아이 엄마?"

곰방대로 눈을 찔러주고 싶은 충동을 간신히 참았다.

"그냥 지나가는 사람. 일행이 폐를 끼쳤네. 이 아이, 그 애니메이션인가 뭔가의 영향을 받아 탐정 놀이를 좋아하거든. 지금 바로 데려갈 테니 신경 쓰지 말고 계속……."

"어째서…… 공범이라는 거죠?"

그때 안쪽에서 힘없는 목소리가 들렸다. 검은 기모노를 입은 여자가 피아노 의자에 걸터앉은 채 몸을 이쪽으로 향하고 있다. 푸린은 혀를 쯧 찼다.

"저는 남편과 아들을 동시에 잃었답니다. 공범이라는 이야기는 너무 잔인하네요."

신랑의 어머니다. 어젯밤 야쓰호시의 이야기가 떠올랐다. 이름이 아마도 기사코. 가냘픈 몸매에 피부가 하얀 미인이고 흐트러진 머리카락과 옷깃이 묘한 분위기를 자아냈다.

두 딸과 달리 왠지 툭 치면 쓰러질 것 같은 연약함이 느껴진다. 이런 분위기로 남자를 유혹하는 타입의 여자일까.

야쓰호시가 고개를 옆으로 흔들었다.

"죄송하지만 이 세상에 존속 살해가 그리 드문 일은 아니에요."

"애초에 비소가 그 술에 섞여 있었다고 단정 지을 순……."

"비소 급성 중독증은 빠르면 10분 이내, 늦어도 한 시간 안에는 증상이 나타나죠. 사건이 일어나기 세 시간 전에 '신부 여로'가 시작됐고, 조금 전 가정부 아주머님께 확인하니 그 시간 동안 사망하신 분들이 아무것도 입에 대지 않았다고 해요. 기사코 씨도 그건 증언하실 수 있겠죠?

　즉, 피해자들에게 비소를 먹일 기회는 그 술잔 돌리기가 시작된 이후밖에 없어요. 캡슐 등으로 증상이 나타나는 시간을 늦출 수 있지만 시판 캡슐의 용해 시간은 고작 몇 분에서 몇십 분 정도. 또 용해 시간에는 개인차도 있어서 그렇게 세 명이 동시에 쓰러지는 건 있을 수 없는 일이에요.

　그리고 애초에 결혼식 일정 자체가 한 시간 앞당겨졌죠? 만약 전용 캡슐 등을 만들었다고 해도 타이밍을 정확히 노리는 건 불가능하다는 말이에요."

　단숨에 몰아붙인다. 신랑 어머니가 눈을 희번덕거렸다. 꼬마의 외모와 입에서 나오는 말이 좀처럼 머릿속에서 일치되지 않을 것이다.

　주위의 웅성거림을 아랑곳하지 않고 야쓰호시는 종종걸음으로 신부의 가방 앞으로 갔다. 가방에 든 내용물을 대충 한 번 확인하고 잠시 후 병 하나를 손수건으로 집어 든다. 그러더니 천장에 달린 조명 불빛에 병을 비춰 봤다.

　"이 비소는…… 삼산화 이비소, 흔히 말하는 '아비산' 같네요. 성인 남성의 치사량은 대략 백에서 삼백 밀리그램, 무미무취에 물에 녹지만 녹는 속도는 조금 느린……. 보아하니

병 바닥에 조금밖에 남아 있지 않네요. 신부님, 이 병 속 비소는 처음부터 양이 이랬나요?"

바닥에 쓰러져 고개를 숙인 신부는 눈물과 코피로 얼룩진 얼굴을 들어 야쓰호시의 손 쪽을 지그시 바라보더니 고개를 저었다.

"아뇨…… 줄었어요……."

"그런가요. 그럼 사용된 흔적이 있다는 뜻이군요. 뭐 사건에 쓰인 비소가 정말 이 비소인지는 조만간 경찰 분석으로 판명되겠지만. 가방 속에 그 밖의 다른 물증은 없어 보이네요. 가능성의 폭을 너무 늘려도 혼란스럽기만 하니 지금은 일단 이 비소가 사건에 쓰였다는 걸 전제로 이야기를 이어갈게요."

야쓰호시는 병을 다시 가방에 넣고 주변을 둘러봤다.

"그런데 여러분. 여러분은 신부님이 비소를 가지고 있다는 사실을 사전에 아셨나요?"

잠시 반응이 없다. 얼마 지나 신랑의 첫째 여동생으로 보이는 진주 말을 든 여자, 아미카가 대답했다.

"적어도 우리 집안사람들과 가정부인 다마요 아줌마는 알고 있었을 거야. 기누아가 뒤에서 퍼뜨리고 다녔거든. 아빠나 동생이 다른 사람한테 얘기했는지는 모르겠네."

"기누아 씨가 그걸 알게 된 건 언제죠?"

"일주일 정도 전…… 기누아, 맞지?"

"응. 신부가 온 날 밤. 근데 잠깐. 그건 지금 우리를 의심한다는 뜻이야? 비소를 우리가 훔쳤을 수도 있다고?"

몸집이 작은 기누아가 험악한 얼굴로 야쓰호시에게 따졌다. 야쓰호시는 순간 개에게 물리기라도 한 것처럼 몸을 움찔했지만 얼굴은 평정을 유지하고 있다.

"아뇨. 어디까지나 가능성을 검토할 뿐이에요. 그런데 그럼 분명 가설의 폭이 넓어지겠네요. 누군가가 신부의 비소를 훔쳤다는 해석도 가능할 테니까요.

제가 생각하기에 이번 사건의 핵심은 두 가지예요.

첫째, 범인은 어떻게 신부의 비소를 입수했나.

둘째, 입수 후 어떻게 피해자 세 명과 강아지를 징검다리를 건너는 것처럼 띄엄띄엄 죽였나.

또 비소 입수 방법에는 사건 당시에는 다른 비소를 쓰고 나중에 그 비소와 신부님의 비소를 바꿔치기하는 방법도 포함돼요. 어째서 세 명을 죽였나, 왜 그 타이밍이었나 같은 의문도 남지만 우선 해명해야 할 건 역시 이 두 가지겠죠.

물론 앞으로 경찰 분석을 통해 술잔과 가방 등에서 새로운 비소 등의 흔적이 더 발견될 가능성이 없다곤 할 수 없어요. 하지만 그게 나오기만을 기다리다가는 선수를 칠 수 없겠죠. 이번 일이 계획적 범행이라면 범인도 섣불리 증거를 남기지 않았을 테고요. 그러니 현시점에 입수 가능한 정보를 근거로 여러분의 힘을 빌려 이 두 가지를 정리하고 싶은데, 괜찮을까요?"

대답이 없다. 야쓰호시의 논리정연한 설명에 압도된 듯하다. 야쓰호시는 침묵을 승낙으로 받아들였는지 다시 입을 열었다.

"고맙습니다. 그럼 우선 첫 번째 비소 입수 방법부터……."

그렇게 말하고 야쓰호시는 뒷짐을 지고 방 안을 천천히 걷기 시작했다.

$$\mathscr{L} \heartsuit$$

아이는 마치 대학에서 강의하는 노교수처럼 방 안을 느긋하게 돌아다니고 있다.

"우선 첫 번째로 확인할게요."

벽을 보며 검지를 하나 세워 보인다.

"사건 당일까지 신부의 비소는 다른 사람이 훔칠 수 있는 상태였나요?"

"아니, 어려웠을걸."

야쓰호시 못지않은 하얀 피부에 몸집이 작고 검은 머리카락과 붉은 트레이닝복이 인상적인 기누아가 대답했다.

"신부는 '시치야코' 때문에 일주일 전에 우리 집에 오고 나서 줄곧 자기 방 안에 틀어박혀 있었어. 왜일까. 그렇게 우리와 얼굴을 마주하기 싫었을까? 뭐 우리도 우리대로 바빴으니 별로 상대할 여유는 없었지만. 근데 가방을 철저하게 보호했던 것만은 사실이야. 가방에 다이얼식 자물쇠를 다는 것으로 모자라 와이어 자물쇠로 기둥에 묶어두기도 했고. 그래서 난 속으로 왜 저렇게까지 경계하는 걸까, 이상하다 싶어서 나도 모르게 그만……."

"가방의 내용물을 엿봤다는 말씀이시군요. 정원 협죽도 아래에서 망원경까지 써서요. 상대할 여유는 없어도 관찰할 여유는 있었던 거네요. 그건 그렇다 하고, 그럼 신부님. 신부님이 그렇게까지 가방을 엄중하게 관리하신 이유는 뭔가요?"

야쓰호시가 말을 걸어도 신부는 잠시 고개를 숙이고 있었다.

"……이……."

"이?"

"……독이…… 들어 있어서……."

기어들어 가는 목소리로 대답한다. 야쓰호시는 신부를 격려하듯 고개를 힘차게 끄덕였다.

"네. 분명 이런저런 것들이 들어 있었죠. 대충 둘러봐도 비소 외에 농약이나 탈륨 같은 독극물, 벨라도나와 디기탈리스 등의 식물독, 섭취하면 즉시 식중독을 일으킬 독버섯류, 독성이 제법 높아 보이는 생물독까지. 각각의 입수 방법은 둘째치고 왜 이렇게까지 독을 많이?"

"그건……."

신부가 말끝을 흐렸다.

"내가…… 자살할 때, 쓰려고……."

그 말을 듣고 기누아가 매섭게 눈초리를 치켜떴다.

"자살? 거짓말 마. 고작 자살 따위에 그렇게나 많은 독이 필요하다고? 그리고 왜 자살하려는 여자가 결혼 같은 걸

해? 아니면 설마 우리 오빠랑 결혼하는 게 죽을 만큼 싫었다는 건가? 죽어서 저항할 생각이었어?"

"진정해, 기누아."

언니가 동생 옆으로 다가가 어깨에 손을 얹었다.

"말이 잘못됐어. '죽을 만큼'이 아니라 '죽이고 싶을 만큼'이겠지."

순간 서리라도 내린 것처럼 방 안 분위기가 얼어붙었다.

야쓰호시가 헛기침을 한 번 하고 화제를 되돌렸다.

"그런데 신부님. 신부님도 하루 종일 가방을 보고 있을 수는 없었잖아요. 이를테면 식사를 하거나 화장실에 가거나 목욕 같은 걸 할 때는……."

"식사는 가정부 아주머니가 매번 방까지 가져다주셨어요. 화장실은 방 바로 옆에 있고…… 목욕은 가방을 탈의실까지 가져가서……."

"정말로 철저하셨군요. 그럼 신부님은 이곳에 온 이후 한 번도 가방에서 눈을 떼지 않으신 건가요?"

"네. 아, 아뇨. 그러고 보니……."

신부가 말을 머뭇거렸다.

"결혼식 전날 딱 한 번…… 가방을 방에 두고 외출을……."

"외출?"

신부가 다시 입을 다물었다.

"우리한테는 친정에 다녀오겠다고 했지."

아미카가 대신 보충했다. 푸린은 아아, 하고 떠올렸다. 그

'가즈미 님' 참배 때 말인가.

"그런가요. 뭐 목적지는 어디든 상관없습니다만. 그런데 조금 궁금해지네요. 그렇게까지 가방을 신경 쓰던 신부님이 왜 그때만은."

"그때는…… 저택에 아무도 없어서……."

"저택에 아무도 없었다?"

야쓰호시는 다와라야 자매에게 눈짓으로 물었다. 아미카가 성가신 듯이 대답했다.

"결혼식 전날 말이지? 오전에 리허설을 하고 오후에는 모두 집에서 나갔어."

"모두 집에서 나가셨다고요? 죄송하지만 그날 오전과 오후에 있었던 일을 조금 더 자세히 설명해주시겠어요?"

아미카는 시큰둥한 얼굴로 주머니에서 담배를 꺼냈다. 담배 한 대를 입에 물고 손에 든 진주 말 끝부분을 담배에 갖다 대고 손가락을 움직이자 말 등에서 불길이 훅 솟았다. 라이터였나.

"음, 결혼식 전날에는 아침 9시경부터 결혼식 리허설이 있었어. 거기에 참가한 사람은 우리랑 후타바, 그리고 방송국 제작진들……."

아미카의 설명이 시작되자 야쓰호시는 부랴부랴 등에 멘 가방을 내려놓고 안에서 공책과 필통을 꺼냈다. 바닥을 책상 삼아 꼼꼼하게 필기를 시작한다. 마지막에는 자를 써서 깨끗하게 표 안에 내용을 담았다.

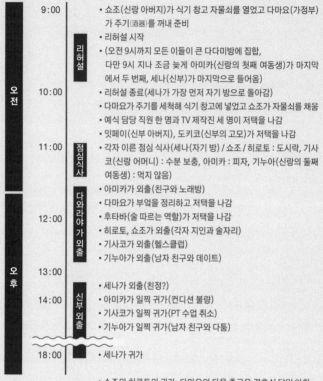

오전	9:00	리허설	• 쇼조(신랑 아버지)가 식기 창고 자물쇠를 열었고 다마요(가정부)가 주기(酒器)를 꺼내 준비
			• 리허설 시작
			• (오전 9시까지 모든 이들이 큰 다다미방에 집합, 다만 9시 지나 조금 늦게 아미카(신랑의 첫째 여동생)가 마지막에서 두 번째, 세나(신부)가 마지막으로 들어옴)
	10:00		• 리허설 종료(세나가 가장 먼저 자기 방으로 돌아감)
			• 다마요가 주기를 세척해 식기 창고에 넣었고 쇼조가 자물쇠를 채움
			• 예식 담당 직원 한 명과 TV 제작진 세 명이 저택을 나감
			• 잇페이(신부 아버지), 도키코(신부의 고모)가 저택을 나감
	11:00	점심식사	• 각자 이른 점심 식사(세나 : 자기 방 / 쇼조 · 히로토 : 도시락, 기사코(신랑 어머니) : 수분 보충, 아미카 : 피자, 기누아(신랑의 둘째 여동생) : 먹지 않음)
		다와라야가 외출	• 아미카가 외출(친구와 노래방)
			• 다마요가 부엌을 정리하고 저택을 나감
	12:00		• 후타바(술 따르는 역할)가 저택을 나감
			• 히로토, 쇼조가 외출(각자 지인과 술자리)
			• 기사코가 외출(헬스클럽)
			• 기누아가 외출(남자 친구와 데이트)
오후	13:00	신부외출	• 세나가 외출(친정?)
	14:00		• 아미카가 일찍 귀가(컨디션 불량)
			• 기사코가 일찍 귀가(PT 수업 취소)
			• 기누아가 일찍 귀가(남자 친구와 다툼)
	18:00		• 세나가 귀가

* 쇼조와 히로토의 귀가, 다마요의 다음 출근은 결혼식 당일 아침

인물 설명

- 와다 세나 : 신부
- 와다 잇페이 : 신부 아버지
- 와다 도키코 : 신부의 고모
- 다와라야 히로토 : 신랑
- 다와라야 쇼조 : 신랑 아버지
- 다와라야 기사코 : 신랑 어머니
- 다와라야 아미카 : 신랑의 첫째 여동생
- 다와라야 기누아 : 신랑의 둘째 여동생
- 야마자키 후타바 : 신부 들러리 / 술 따르는 역할
- 무로후시 다마요 : 가정부
- 그 밖에 예식 담당 직원 1명과 방송국 제작진 3명

전날 움직임

표를 본 기누아가 "와, 필기를 엄청 꼼꼼히 했네" 하고 지금과 별반 상관없는 반응을 보였다.

"그럼 확인할게요. 전날 저택을 드나든 분들은 술잔 돌리기 참가자인 신랑, 신부, 신랑의 부모님과 두 동생, 신부의 아버지와 고모, 그리고 후타바 씨. 거기에 가정부 아주머니와 방송국 제작진 세 명, 예식 담당 직원 한 명을 더하면 총 열네 명.

그리고 리허설은 오전 9시에 시작되어 10시에 종료. 11시에 점심 식사를 마친 후 다와라야 집안분들이 하나둘 외출했고 오후 1시 넘어 신부가 외출하자 저택은 완전히 무인 상태가 됐다. 그리고 오후 2시부터 다시 다와라야 집안 여성분들이 돌아왔고 마지막으로 신부가 오후 6시에 집에 왔다…… 이 흐름이 맞나요?"

야쓰호시가 주변에 있는 이들을 둘러봤다. 당황하는 어른들보다 후타바가 먼저 손을 들어 지적했다.

"렌 씨, 무기도 있었어요."

"아 참. 공연 준비차 후타바 씨가 강아지를 데려왔군요. 그렇다면…… 집을 드나든 게 사람 열네 명과 개 한 마리라고 해야 정확하겠네요. 그 밖에 다른 동물 등은 없었겠죠?"

야쓰호시의 질문에 기누아가 언짢은 듯이 대답했다.

"기르고 싶어도 못 길러. 아빠가 금지했거든. 집이 더러워진다고."

"알겠습니다. 덧붙여 다와라야 집안 여성분들 외에는 예식 담당 직원과 방송국 제작진들, 그리고 신부의 아버지와 고모가 리허설을 마치고 오전 10시경, 가정부 아주머니가 정오 전인 11시경, 후타바 씨가 정오 너머 제각각 저택을 나갔어요. 그 뒤로 신랑과 신랑 아버지는 다음 날 결혼식 당일 아침에 귀가했고 가정부 아주머니의 출근도 그 무렵이에요. 자, 이와 같은 시간 흐름에서 만약 이날 비소가 도난당했다면 언제, 누구에게 훔칠 기회가 있었는지 따져 봐야 하는데……."

야쓰호시가 바닥에 곧은 자세로 앉아 공책을 뚫어지게 보며 말했다.

"대충 보면, 역시 그럴 수 있었던 사람은 신부 외출 중에 집에 돌아온 다와라야 집안 여성 세 분 아닐까요?"

"야."

기누아가 득달같이 달려들었다.

"뭔 소리를 하는 거야. 역시 우리를 의심하고 있네. 신부 가방에는 자물쇠가 달려 있었다고. 우리가 어떻게 훔쳤다는 거야?"

"와이어 자물쇠는 불가능해도 가방 자체 자물쇠는 세 자릿수 다이얼식이에요. 1부터 순서대로 누르면 000부터 999까지 천 번. 하나 누르는 데 3초로 잡으면 최장 3천 초, 다시 말해 50분이면 열 수 있어요. 평균적으로는 좀 더 빠르겠죠. 시간만 있으면 어떻게든 된다는 소리예요. 하지만 그보다 더 큰 문제는……."

"더 큰 문제?"

기누아의 말을 무시하고 야쓰호시는 입가에 손을 댄 채 골똘히 생각에 잠겼다.

"아미카 씨. 죄송하지만 다시 한번 다와라야 집안분들의 외출과 귀가 이유를 알려주시겠어요?"

"음, 그래. 우선 외출 이유는 아빠와 오빠는 각각 지인과의 술자리, 나는 친구와 노래방, 기누아는 남자 친구랑 데이트, 엄마는 헬스장. 귀가 이유는 아빠와 오빠는 그대로 다음 날 아침에 돌아왔고, 나는 몸 상태가 안 좋아서 일찍 돌아온 거고, 기누아는 남자 친구랑 싸워서 왔고, 엄마는 전철이 연착되는 바람에 약속한 헬스장 PT를 못 받고 결국 포기하고 중간에 온 거야. 그리고 세나는 일단 친정에 다녀오겠다고 했는데 사실이었는지는 본인밖에 모르지."

야쓰호시는 공책을 바라보며 흐음 하고 신음했다.

"그럼 아미카 씨, 기누아 씨, 기사코 씨 세 분의 귀가는 예정보다 빨랐다는 거죠? 원래는 조금 더 늦어야 했는데."

"그래. 우리가 저녁을 안 먹어도 된다고 했으니 다마요 아주머니도 오전에 돌아갔고."

"즉, 신부 입장에서 보면 아미카 씨를 비롯한 세 분이 자신보다 일찍 저택에 돌아오는 건 예측할 수 없었다. 또 반대로 예정대로였던 신부의 귀가 시간을 세 분은 예측할 수 있었다……."

"뭐 그렇기는 한데, 그게 뭐?"

야쓰호시는 다시 생각에 잠기고는 "아뇨, 그러니까……"
하고 말끝을 흐렸다.

"그럼 신부 외출에 대해서는 이 정도로 하고 다음은 오전
에 한 리허설을 확인할게요. 신부님은 이 리허설에 가장 늦게
와서 리허설이 끝난 다음 가장 먼저 자신의 방으로 돌아갔
어요. 맞나요?"

"응. 맞아."

"알겠습니다. 그렇다면 이 리허설 시간에도 신부가 없는
방에 아무도 들어가지 않았다는 뜻이네요. 그리고 아미카
씨, 아미카 씨와 신부님만 리허설에 조금 늦으셨죠. 이유는
요?"

"난 부엌에 들렀다 오느라 늦었어. 세나는 단순히 늦잠을
잤다고 했고."

"부엌에 들렀다? 왜죠?"

"점심때 먹을 냉동 피자를 냉동실에서 꺼내려고 갔을 뿐
이야. 전에 많이 사서 한 조각씩 포장해뒀거든. 상온에서 해
동하고 다시 데우면 맛있다고 들었어. 근데 실제로 먹어보니
맛이 없어서 절반은 부엌 싱크대에 버렸지."

유형 문화재급 호화 저택에 사는 부잣집 아가씨치고는 꽤
나 서민적인 취향이다.

"그런데 왜 안채 부엌에? 여러분은 별채에서 지내시지 않나
요?"

"잠이야 별채에서 자지. 하지만 밥은 안채에 있는 작은 다

다미방에서 먹어. 다마요 아줌마가 평소에 안채에 있고 요리도 그쪽에서 하니까. 그런데 다마요 아줌마가 요리를 잘 못해서 다들 집에서 밥을 별로 안 먹기는 해. 메뉴도 대체로 마트에서 파는 반찬이라 외식할 때가 많고."

"왜 그렇게 요리를 못 하는 분을 가정부로 고용하셨죠?"

"글쎄. 아빠가 데려왔어. 참고로 말하면 아빠는 갈색 머리에 술집 여자 같은 스타일을 좋아해."

아미카가 킥킥거렸다. 야쓰호시는 고개를 살짝 기울였지만 곧장 다시 공책으로 시선을 돌렸다.

"일단 알겠어요. 그럼 마지막으로 점심시간 때 식사를 다 함께 모여서 하신 건 아니죠?"

그러자 아미카가 고개를 끄덕였다.

"맞아. 세나는 자기 방에서, 아빠랑 오빠는 작은 다다미방, 나는 부엌 식탁. 기누아는 없었고 엄마는 수분만 보충했어."

"즉 그때도 신부는 방에서 나오지 않았다."

"그래. 다마요 아줌마가 방까지 가져온 도시락을 혼자서 먹은 것 같아."

야쓰호시가 신부와 가정부에게 눈짓으로 확인하자 둘 다 말없이 고개를 끄덕였다. 결혼식 전날인데도 서로에게 정이라고는 없었던 모양이다.

그때 아미카가 갑자기 후타바를 돌아봤다.

"그러고 보니 후타바는 왜 결혼식 전날에 귀가가 늦었지?

리허설이 끝나고 집을 나가기 전까지 두 시간 정도 걸렸지?"

순간 후타바의 얼굴이 빨개졌다.

"아, 저, 그건…… 리허설 때 무기가 생각보다 묘기를 잘 못 부려서 조금 연습을……."

"연습? 어디서? 못 본 것 같은데?"

"그게……."

후타바는 느닷없이 "죄송해요!" 하고 고개를 숙였다. "실은 그때 연습 중간에 무기가 도망쳐서…… 찾으러 돌아다니다 보니 시간이 그렇게……."

아미카는 미안해하는 소녀를 흐음, 하고 값어치를 매기는 듯한 눈빛으로 쳐다봤다. 뭔가 의심하는 걸까. 분명 그 상황에서 유일하게 수상한 행동을 했다고 할 수 있다.

야쓰호시가 공책과 눈싸움을 하며 아미카에게 물었다.

"정말로 드나든 사람이 이들뿐인가요?"

"그뿐이야. 아까 경찰과 함께 문에 달린 방범 카메라 녹화 영상도 확인했어."

다와라야 집안은 경비 업체와 계약해 문에 방범 카메라를 달았다. 담을 넘거나 하늘에서 드론이 접근해 와도 센서에 포착된다고 한다.

"그 방범 카메라가 포착하지 못하는 구역은 없나요?"

"없을걸. 비록 나갈 때 뒷모습밖에 찍히지 않았지만 애초에 확인이 필요한 건 들어올 때니."

"그럼 뭔가 중간에 카메라의 시야를 가로막는 게 찍히지 않았나요? 이를테면 문 앞 도로에 차가 주차됐다거나 신문 구독을 권유하는 사람이 왔다거나……."

"그런 건 없었어. 오후에 차가 몇 대 통과했을 뿐."

"그럼 누군가가 손님의 짐 같은 것 안에 숨어 있었을 가능성은요? 방송국 제작진의 기자재 사이에 숨어 있었다거나."

"흐음…… 그렇게 커다란 기자재는 없었는데. 어깨에 짊어지는 카메라 정도가 다였지. 신부 아버지는 양산을 들고 휠체어를 탄 고모랑 함께 왔는데 그 의자 아래에 숨었을 리도 없을 거야. 그때는 내가 직접 맞으러 나가기도 했고."

야쓰호시는 "그런가요" 하고 아쉬운 듯이 중얼거렸다.

"그럼 아미카 씨. 이 결혼식 전날 이전에 누군가가 저택에 몰래 숨어들었을 가능성은요?"

"응? 누군가가 전부터 계속 이 집 안에 숨어 있었다고? 무서운 소리 하지 마. 그럴 리 없잖아. 며칠 전 전기 업자들이 큰 다다미방 조명을 교체하러 오기는 했는데 확실히 다 나갔어. 그리고 우리 집에 드나든 사람은 매일 아빠가 엄중히 확인하기도 했어. 도난과 바람 방지를 위해."

아미카는 말을 마치고 피아노 의자에 앉은 어머니를 향해 의미심장한 눈빛을 보냈다. 어머니는 반응하지 않았다.

"바람 방지……? 아무튼 알겠어요. 그리고 만약을 위해서 확인하는 건데 이곳에 비밀 지하 통로 같은 건 없겠죠?"

"뭐? 있을 리 없지."

이번에는 기누아가 싸움을 걸 듯한 기세로 대화에 끼어들었다.

"그런 게 있으면 나도 맘껏 남자 친구를 데려왔을걸. 정원에 작은 구멍 하나만 파도 아빠가 버럭버럭 화를 냈어. 문화재급 저택이니 하면서."

"……그렇겠죠. 죄송해요. 오래된 무가 저택이라고 하니 혹시나 했을 뿐이에요. 그냥 흘려들으세요. 그럼 결혼식 전날까지의 검증은 이 정도로 하고, 다음은 결혼식 당일 신부의 비소를 훔칠 기회가 있었는지 없었는지인데……."

야쓰호시는 별채 바깥을 봤다.

"신부는 신부 여로를 위해 저택을 출발하기 전까지 줄곧 방 안에 있었다고 했죠? 그럼 저택에서 출발한 뒤에는 누구든 신부 방에 들어갈 수 있었다는 말인가요?"

그러자 아미카가 고개를 흔들었다.

"아니. 그럴 수도 없었어. 신부는 방에서 나갈 때 거처동과 이어지는 연결 통로 문을 잠그고 갔거든. 손님들이 의상실에 못 들어가게 내가 아침에 부탁했어."

"……잠깐 약도를 보며 확인해도 될까요?"

야쓰호시가 저택 약도를 원해서 아미카가 가정부에게 가져오게 시켰다. 조금 전부터 가정부는 바빠 보인다(108~109쪽 '저택 약도' 참조).

"문을 잠근 곳은 이 안뜰 연결 통로의 서쪽 끝부분 쪽 문이죠? 하지만 정원을 돌아가면 툇마루를 통해 신부 방에 들어갈 수 있지 않나요?"

"아니. 그러기는 어려워. 이것 봐. 그러려면 큰 다다미방 앞을 지나야 하지? 하지만 그 무렵에 이미 다다미방에 아빠랑 오빠가 있었으니 누군가가 가로질러 갔으면 아빠가 발견하고 멈춰 세웠을 거야. 오래된 집치고 툇마루 높이가 낮아서 기어갈 수도 없어."

야쓰호시는 고개를 끄덕였다.

"알겠어요. 그럼 결혼식 당일 사건 전에 비소를 훔치는 건 불가능했다. 그렇다면 역시 사전에 신부의 비소를 손에 넣을 수 있었던 사람은…… 전날 신부가 없었을 때 저택 안에 있던 아미카 씨, 기누아 씨, 기사코 씨. 그리고 신부 자신. 그렇게 네 명으로 한정되네요."

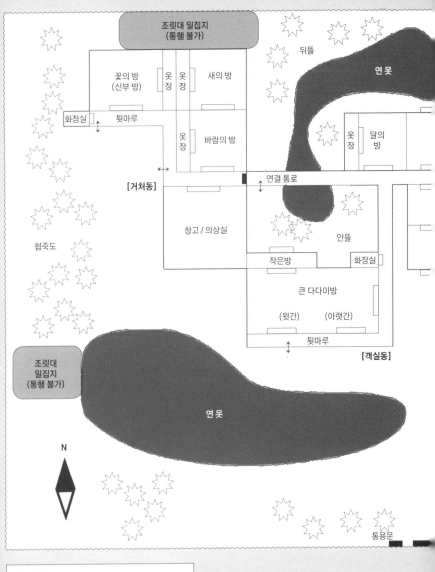

조릿대 밀집지
(통행 불가)

뒤뜰

연못

꽃의 방
(신부 방)

옷장

옷장

새의 방

화장실

툇마루

옷장

바람의 방

옷장

달의 방

[거처동]

연결 통로

창고 / 의상실

안뜰

협죽도

작은방

화장실

큰 다다미방

(윗간)

(아랫간)

툇마루

[객실동]

조릿대
밀집지
(통행 불가)

연못

N

연못

통용문

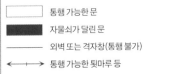

통행 가능한 문

자물쇠가 달린 문

외벽 또는 격자창(통행 불가)

통행 가능한 툇마루 등

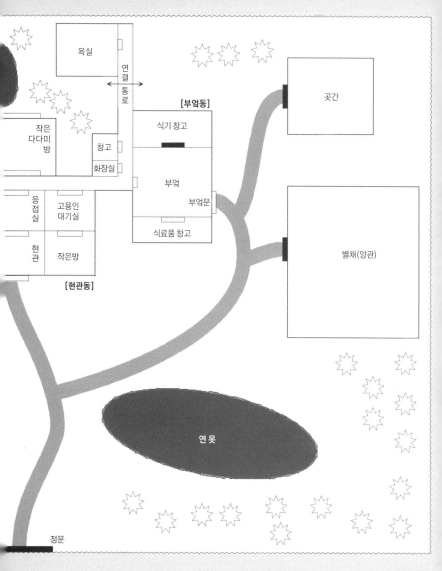

욕실

연결통로

[부엌동]

식기 창고

작은
다다미
방

창고

화장실

부엌

부엌문

응접실

고용인
대기실

식료품 창고

현관

작은방

[현관동]

곳간

별채(양관)

연못

정문

저택 약도

제6장

"……뭐?"

야쓰호시의 발언을 듣고 또다시 기누아가 달려들었다.

"야, 지금 나랑 장난해? 우리는 범인이 아니라고 했지. 명탐정 코난 놀이에도 정도가 있어. 자꾸 까불면 턱에 담뱃불로 점을 만들어버린다. 대불처럼."

아마 '백호白毫'를 뜻하는 것이리라. 부처님의 미간에 있어서 언뜻 보기에 점처럼 보이지만 정확히 말하면 돌돌 말린 흰색 털이다.

아미카가 동생의 입을 손으로 막으며 앞으로 나왔다.

"기누아, 입이 너무 험하잖아. 음, 이봐, 명탐정 소년. 대전제로 미리 말해두겠는데 분명 난 그 술을 마셨어. 그건 확실해."

"……저도 마셨습니다. 옆에 있던 딸도 꽤 오랫동안 소리를 내어 술을 여러 번 홀짝였지요. 예의 없는 행동 같아 몇 번인가 주의를 주려고 생각했을 정도예요."

"안타깝지만 입증할 수는 없어요."

야쓰호시는 아미카와 그녀의 어머니를 향해 딱 잘라 말하고 고개를 흔들었다.

"그 직후 알코올 검사라도 했으면 모르겠지만. 그런데 그렇게 서두르지 않으셔도 돼요. 지금은 아직 '사전에 독을 손에 넣을 수 있었던' 사람을 찾고 있을 뿐이니까요. 그 독을 실제로 썼는지 아닌지는 별개의 문제예요.

그럼 이어서 두 번째. 누가 독을 어떤 식으로 사용했는가. 이번에는 피해자의 비소 섭취 경로를 검증하고자 해요. 술잔 속 술에 비소를 넣는 것 외의 다른 방법이 나오면 공범설이 뒤집힐 수도 있으니 모쪼록 협력 부탁드립니다."

야쓰호시는 공책을 펄럭펄럭 펼치더니 어느 페이지를 모두에게 보여줬다.

"실은 결혼식 당일 움직임은 어젯밤 후타바 씨한테 들어서 이미 정리해뒀답니다. 확인해주세요."

푸린은 공책을 보고 '어젯밤 늦게까지 둘이 대화하던 이유가 이거였나' 하고 이해했다. 야쓰호시가 후타바를 살짝 의식하는 것처럼 보여서 속으로 이 꼬맹이 녀석, 하고 키득거렸지만 아무래도 목적은 건전했던 것 같다.

"결혼식이 TV로 생중계된 덕에 시간도 정확히 적었어요. 술잔을 돌리고 마시는 데 대략 한 사람당 1분씩 걸렸다는 계산이에요. 또 16시 45분 이후 움직임은 후타바 씨 등의 증언을 기초로 했어요.

개요를 살짝 말씀드리면 우선 당일 오후까지 '신부 여로'

오후		
12:00		• 저택의 큰 다다미방에 결혼식 참석자들이 모임(신부 여로 참가자 제외) 세나(신부)가 저택을 나감
13:00	신부 여로	• 세나가 본가에서 신부 여로를 시작 신부 여로 시작 직후 아미카(신랑의 첫째 여동생)가 식기 창고 자물쇠를 열고 주기를 준비해 큰 다다미방에 딸린 작은방으로 옮김(소요시간 약 10분)
16:00		• 세나가 저택에 도착

결혼식 상세

16:05	• 세나가 부엌에 들어감(아미카, 기누아(신랑의 둘째 여동생), 기사코(신랑 어머니)가 함께 신부를 맞음
16:08 ~	• 세나가 큰 다다미방에 들어감(그 전에 '달의 방'에서 잇페이(신부 아버지), 도키코(신부의 고모)와 합류) • 중매인 축사와 양가 인사, 혼례품 교환 등
16:30	• 후타바(술 따르는 역할)가 주기를 작은방에서 꺼낸 다음 모두가 보는 앞에서 주전자로 잔에 술을 따름
16:33	• 히로토가 술을 마심
16:35	• 쇼조가 술을 마심
16:38	• 개 난입
16:39	• 잇페이가 술잔을 비움
16:41	• 후타바가 주기를 일단 작은방으로 치움
16:42	• 춤과 노래 시작
16:45 ~	• 쇼조, 히로토, 잇페이가 차례로 쓰러짐(처음 히로토가 술 마시고 12분 경과) • 구급차 호출, 외부인이 저택을 나감(피해자들은 스이세이가 혼자 간호)
16:50	• 아미카가 후타바와 함께 주기를 식기 창고에 넣음
17:01	• 구급차 도착(신고한 지 15분, 다리가 통행금지라 늦음)

당일 움직임

에 참가하지 않는 결혼식 참가자가 저택 큰 다다미방에 집합. 그 뒤 신부가 저택을 나가 친정으로 향했고 13시부터 16시까지 장장 세 시간에 걸쳐 '신부 여로'가 진행됐어요.

또 그동안 아미카 씨가 식기 창고에서 주기를 꺼냈고 주전자에 술을 따라 큰 다다미방에 있는 작은방까지 운반. 그 시간이 약 10분 정도예요. 그리고 신부 도착 후 큰 다다미방에서 결혼식이 시작됐고, 잠시 후 술잔 돌리기 차례가 다가오자 후타바 씨가 다다미방 북쪽에 있는 작은방에서 주기를 꺼내 모두 앞에 잔을 준비. 그리고 사건에 이른 경위예요."

야쓰호시는 마지막에만 목소리를 살짝 낮춰 설명을 이었다.

"다시 말해 이 표를 보면 결혼식 당일 '술잔 돌리기' 전에 주기를 만진 사람은 아미카 씨와 후타바 씨뿐. 따라서 술에 독을 넣을 수 있었던 사람도 당연히 이 둘 중 한 명이라는 뜻이…… 되는…… 데요……."

야쓰호시의 목소리가 뒤로 갈수록 작아졌다. 옆에서 후타바가 뚱한 얼굴로 팔짱을 긴 채 야쓰호시에게 말없이 압력을 보내고 있다. 자신을 범인 취급하지 말라고 하고 싶을 것이다. 벌써부터 꽉 잡혀버린 걸까.

"하지만 결론을 내기는 아직 일러요. 자, 그럼 순서를 검증해보죠. 우선 주기 말인데, 아미카 씨. 그것들은 평소에 식기 창고 안에 들어 있나요?"

"그래. 그것도 국보급 물건이거든. 역사적 가치가 높다고 해서 어느 홈페이지에는 사진과 자세한 치수 데이터까지 공개돼 있어."

"그런 중요한 물건이면 왜 밖에 있는 곳간에 보관하지 않는 건가요?"

"오히려 바깥쪽 곳간 안에 별게 없어. 절도를 방지하려고 곳간에 둔 특별한 물건은 오래전부터 있었던 비소 캔 정도일까? 이런 주기처럼 진짜 자산 가치가 높은 물건은 전부 부엌동에 있는 창고에 넣어놨어."

"그렇군요. 그럼 이 창고 열쇠를 가지고 계신 분은……."

"늘 아빠가 들고 다녔고 결혼식 당일에만 내가 빌렸지. 주기를 준비해야 하니."

야쓰호시는 공책을 펼치고 '결혼식 전날 움직임' 표를 다시 한번 확인했다.

"분명 전날 리허설 때는 쇼조 씨가 창고 문을 여닫았네요. 주기 준비와 정리는 가정부 아주머니께서 하신 것 같지만요. 자, 그럼 자물쇠가 여러 개 나왔으니 혼란을 없애기 위해 일단 여기서 한번 정리하고 갈게요. 아미카 씨. 모든 자물쇠의 특징과 그것을 열 수 있는 사람들을 알려주세요."

야쓰호시는 그렇게 주문하고 공책의 새 페이지를 펼쳐 아미카를 심문하기 시작했다.

- **곳간 자물쇠** – 세 자릿수 다이얼식 자물쇠. 다와라야 집안사람들은 모두 암호를 알고 있다. 가정부와 신부는 모른다.

- **식기 창고 자물쇠** – 피킹이나 열쇠 구멍 파괴에 내성이 높은 실린더 자물쇠. 열쇠는 하나고 평소에는 쇼소 씨가 간직한다. 결혼식 당일에만 아미카 씨가 소지.
- **연결 통로 칸막이문 자물쇠** – 세 자릿수 다이얼식 자물쇠. 암호는 원할 때마다 다르게 설정할 수 있다. 평소에는 잠그지 않는다. 결혼식 당일에만 신부가 저택을 나갈 때 잠금. 암호는 신부밖에 모른다.
- **신부 가방 자물쇠** – 세 자릿수 다이얼식 자물쇠. 손잡이는 와이어 자물쇠로 신부 방의 도코노마 기둥에 고정. 암호는 신부만 알고 있고 와이어 자물쇠의 열쇠도 신부가 소지.

"대략 이 네 개로 좁힐 수 있겠죠. 그럼 아미카 씨. 결혼식 당일 이야기로 돌아갈게요. 아미카 씨는 '신부 여로' 시간에 주기를 식기 창고에서 꺼내셨죠?"

"그래. 신부 여로가 시작되고서 바로 꺼냈을걸. 직전에 허둥지둥하지 않게 미리 준비해두려고 했어."

"그때 술잔은 확실히 세척하셨나요?"

"물론 깨끗이 씻었고 주전자에 넣은 술도 개봉되지 않은 병에서 부은 거야. 그리고 곧장 큰 다다미방에 딸린 작은방에 가져갔고."

"그 뒤 누가 작은방에 들어가지는 않았나요?"

"아니. 신부 도착 시각까지 나도 큰 다다미방 안에 있었는데 작은방과 다다미방 사이를 누가 드나드는 건 못 봤어. 당일에 온 결혼식 참가자들은 모두 큰 다다미방 액정 TV로 신부 여로 중계를 보고 있었어. 다마요 아줌마를 포함해서."

야쓰호시는 "그런가요……" 하고 중얼거리고 공책을 지그시 바라봤다.

"혹시 그 TV 관람 당시 신랑과 신랑의 아버지가 뭔가를 입에 대지는 않았나요?"

"아빠랑 오빠가 특별히 뭘 먹은 건 없어. 굳이 꼽자면 페트병에 든 물 정도? 둘 다 숙취가 심해서 식욕이 없다고 했거든. 화분증 약도 안 먹을 정도였으니. 참, 미리 말해두자면 페트병 물은 개봉되지 않은 새것이었어."

"두 분이 화분증을 앓았나요?"

"다와라야 집안사람들은 전부 화분증을 달고 살아. 정원의 협죽도 때문이려나. 근데 나랑 기누아, 엄마는 약 먹는 걸 싫어해서 결혼식 당일에 안약을 넣었거든. 방에 일단 화분 제거 기능이 있는 에어컨도 켜져 있었고."

"안약은 신랑과 신랑 아버지도 쓰셨나요?"

"응. 근데 모두 같은 걸 썼어. 안약을 돌려쓰는 건 좋지 않다고들 하는데 다마요 아주머니가 하나만 사 놔서."

"알겠어요. 만약 안약에 뭔가를 주입했다면 세 분도 똑같은 피해를 봤겠네요. 이후 신부 도착 당시 세 분은 일단 부엌문까지 신부를 맞으러 갔는데 그때 방송국 카메라도 따라갔다. 또 신부의 아버지와 고모도 현관에서 곧장 '달의 방'으로 이동했으니 작은방에 갈 기회는 없었다……."

야쓰호시는 또다시 책상다리를 하고 앉아 허벅지에 팔을 괸 채 점잖은 얼굴로 잠시 생각에 잠겼다.

"……죄송해요. 조금 전 기사코 씨가 말씀하신 '딸도 술을 소리 내어 홀짝였다'라는 증언을 확인하고 싶은데 혹시 당시 방송 중계 녹화 영상이 있으면 보여주실 수 있나요?"

그러자 아미카가 "뭐하러 그런 걸 확인해" 하고 달아오른 얼굴로 말했다. 또다시 가정부가 태블릿 PC를 가져와 와이파이를 연결해 녹화 영상을 틀었다.

술잔 돌리기 장면이 나온다. 아랫간에서 윗간을 비추는 앵글이다. 상인방 때문에 윗간 천장은 거의 보이지 않는다.

정면에는 커다란 금빛 병풍과 신랑, 신부가 보인다. 강렬한 조명광으로 인해 금색 병풍이 과다 노출 현상을 일으켜 허옇게 보인다. 갑자기 화면 앞을 후리소데 기모노 차림의 후타바와 앞치마를 두른 가정부가 가로지르더니 후타바만 안쪽 작은방으로 사라진다. 몇 초 뒤 후타바가 안에서 조심스럽게 주기를 꺼내서 나왔다.

그리고 윗간 가운데에서 잔에 술을 따르고 술잔 돌리기가 시작된다. 아미카가 술을 마실 때는 분명 '홀짝'거리는 소리가 들렸다. 옆에서 영상을 보는 아미카가 "아, 짜증 나……" 하고 중얼거렸다.

"증언이 맞네요. 물론 아미카 씨께서 '소리만 내면서 술을 마시는 척했을 가능성'은 여전히 남아 있습니다만. 그리고 술잔을 든 방식에 대해 말씀드리자면, 거의 모든 분들이 잔의 좌우 양쪽을 잡으셨어요. 더 주의 깊게 보면 신부님과 기누아 씨는 잔을 옮길 때 비틀거리는 바람에 한 손을 잔 위에 올리셨네요. 두 분 다 오른손으로 잔의 앞쪽을 위에서 누르는 느낌으로요. 그리고 개가 중간에 방에 들어왔을 때 후타바 씨가 위에서 몸으로 덮쳐서 잔을 지켰어요.

눈에 띄는 움직임은 그 정도일까요. 아, 그리고 신부님의 아버지는 분명 남은 술을 혼자서 다 마신 것 같네요. 다음으로 넘기는 잔이 비어 있어요.”

야쓰호시가 화면에서 고개를 들어 감사 인사를 하고 다시 태블릿 PC를 가정부에게 넘겼다.

“그럼 마지막으로 사건 이후의 상황을 확인할게요. 우선 구급차가 오기 전까지 피해자들을 돌봤다고 하는 신랑의 사촌 동생분이 누구시죠?”

그러자 벽 옆에서 남자의 목소리가 들렸다.

“나야. 내가 피해자들을 돌보고 있었어.”

예복 넥타이를 벗은 남자가 술병이 늘어선 서랍장 앞에서 텀블러에 위스키를 따르고 있다. 나이는 30대 중반쯤 돼 보이고 짧게 깎은 머리가 단정해 보이는 미남이다.

“스이세이 씨신가요? 스이세이 씨는 당시 혼자서 세 분을 윗간에 눕히고 구급차가 도착할 때까지 돌보셨다더군요. 왜 혼자서 그런 행동을 하셨죠?”

“왜냐고 물어봐야 소용없어. 다른 사람들은 아무도 움직이지 않았거든. 다들 패닉 상태였고 피해자들이 구토까지 하는 바람에 기모노 차림의 기사코 외숙모님을 비롯한 다른 여성들은 가까이 가지 못하는 상황이었어."

"피해자들에게 물 같은 걸 먹였나요?"

"아니, 먹인 건 없어. 다들 의식이 몽롱한 상태여서 우선 옆으로 눕혀 기도를 확보했지. 그때는 단순히 급성 알코올 중독이라고 생각했어."

"응급 처치에 대해 잘 아시네요."

"대학 다닐 때 급성 알코올 중독으로 응급실에 실려 간 친구가 있었거든. 근데 뭐야, 설마 날 의심하는 건가? 응급 처치 방법쯤은 알고 있어도 이상할 거 없잖아."

"스이세이 오빠는 똑똑하답니다. 명탐정님."

옆에서 아미카가 간드러진 목소리로 끼어들었다. 푸린은 살짝 소름이 돋았다.

"아, 그냥 맞장구를 쳤을 뿐이니 신경 쓰지 않으셔도 돼요. 자, 그럼 구급차가 도착한 이후의 흐름인데……."

야쓰호시가 마지막 조사를 시작했다. 그 결과 다음과 같은 내용이 공책에 채워졌다.

- 사건 이후 세나, 아미카, 기누아, 기사코, 도키코와 후타바는 '달의 방'으로 이동. 거기서 구급차가 올 때까지 기다렸다가 구급차 도착 이후 세나를 선두로 부엌문을 통해 나갔다.
- 그 밖의 결혼식 참석자 및 외부 방송 제작진은 정문을 통해 저

택 부지 밖으로 나갔다. 스이세이를 포함한 나머지 친족들은 그대로 구급차가 올 때까지 큰 다다미방에 머물렀고, 다다미 위에 눕힌 피해자 세 명은 스이세이가 계속 상태를 확인했다. 개의 상태도 같이 확인했다.

- 사건 이후 아미카는 주기를 치우는 것을 잠시 잊고 있었지만, '달의 방' 안에 있을 때 떠올리고 곧장 작은방에 가서 주기를 들고 식기 창고에 가서 넣었다(표의 16시 50분). 이때 후타바도 주기 세척을 도왔다. 술잔과 주전자에 특별히 미심쩍은 점은 없었다. 두 사람 다 주기를 세척해서 집어넣은 것 외에 다른 행동은 하지 않았다고 증언했다.

- 기사코가 쓰러질 것처럼 상태가 좋지 않아서 기누아와 아미카가 옆에서 부축했다.

- 구급차 도착 이후 다와라야 집안 여자들은 만약을 대비해 가정부만 저택에 남기고 병원으로 향했다. 후타바는 어머니와 함께 집에 돌아갔다.

- 피해자 세 명의 사망이 확인된 시간은 오전 3시 무렵. 이후 모두 택시를 타고 저택에 돌아온 시간이 오전 5시 무렵.

- 가정부는 다음 날 아침 모든 이들이 먹을 아침 식사 거리를 사러 편의점에 갔다.

"아, 그리고 병원에서 신부가 이상한 말을 중얼거렸어."
마지막으로 기누아가 불현듯 떠오른 것처럼 말했다.
"'가즈미 님, 이건 당신의 뜻인가요?'라고. 혹시 세나는 결혼식 전날 집에 간다고 해놓고 가즈미 님의 사당에 간 게 아닐까?"

기누아의 날카로운 지적을 듣고 신부가 몸을 움찔했다. 야쓰호시는 살짝 곤혹스러워하는 표정이었다. 그 이야기는 어젯밤 야마자키에게 들었다는 것을 말해야 할지 고민하고 있을 것이다.

"그 가즈미 님의 사당이 여기서 가깝나요?"

"좀 멀지."

아미카는 허공을 바라보며 대답했다.

"지금은 근처에 있는 다리가 통행금지라 차를 타도 빙 돌아가야 해서 왕복 한 시간쯤 걸리지 않을까? 걸어서 갈 수 있는 산길도 있는데 그쪽도 왕복 30분 이상은 걸릴 거야. 그래도 산을 넘어가려면 그곳이 지름길이라 산 너머로 장을 보러 갈 때는 자주 그 길로 가."

"언니가 가끔 그곳까지 다마요 아줌마를 보내거든."

"그 사당 근처 자판기에서만 파는 음료수가 있어서 그래. 그리고 다마요 아줌마는 걸음도 빠르잖아. 얼마 전 왕복 30분이라는 신기록을 세우기도 했고."

푸린은 자기도 모르게 가정부를 힐끗 봤다. 가정부는 푸린의 시선을 느끼고 왠지 쑥스러운 듯 고개를 푹 숙였다. 이런 어린 여자아이들에게 부려 먹히는 모습을 보니 존재 자체가 애달파 보인다.

기누아는 바닥에 쪼그려 앉은 신부를 언짢은 얼굴로 내려다보며 마치 침을 뱉는 것처럼 말했다.

"그때 신부가 뭔가 이상하기는 했어. 계속 자기 왼쪽 발을 힐끔거렸는데 웬일인지 버선이 젖어 있었거든. 그리고 술 냄새가 난 것 같기도."

"……버선이 젖어 있었다? 하지만 술잔을 돌릴 때 술을 흘리지는 않았고 저택은 물기 없이 깨끗이 청소돼 있었죠?"

"응. 방송국 카메라가 집에 들어왔으니까. 저택 바닥이 깨끗했을 테고 우리가 더럽혔을 리도 없어. 실은 병원에 있을 때 몰래 숨어서 술이라도 마신 게 아닐까?"

야쓰호시가 신부에게 다가갔다. 초조해 보이는 신부와 둘이 속닥거리더니 또다시 공책에 뭔가를 적기 시작했다.

- 병원에서 신부의 왼쪽 버선 위와 아랫부분이 젖어 있었고 술 냄새도 희미하게 났다. 버선은 연분홍색으로 물들어 있었고 비슷한 색의 연분홍색 꽃잎이 붙어 있었다(신부는 술잔 돌리기 이후 아무것도 입에 대지 않았다).

"자, 이쯤 되니 비소를 술에 넣을 수 있는 용의자가 대략 좁혀졌네요. 우선 결혼식 당일 주기를 먼저 만졌던 사람이 아미카 씨와 후타바 씨. 술잔을 돌릴 때 술잔을 만진 사람은 모든 참석자들. 다만 신부님과 기누아 씨, 그리고 후타바 씨 세 사람 외에는 전부 잔의 좌우 끝부분만을 만졌어요. 그리고 쓰러진 피해자들을 혼자서 돌본 사람이 스이세이 씨. 또

잔은 당일 아미카 씨가 세척했고 술도 미개봉된 병에서 주전자에 따랐으니 그전에 잔이나 술에 비소를 집어넣는 건 일단 불가능하다고 할 수 있어요."

야쓰호시는 공책을 탁 덮고 영차, 하고 몸을 일으켰다.

"지금까지의 검증으로 독을 입수할 수 있었던 사람과 술에 넣을 수 있었던 사람, 이 양쪽이 거의 명백해졌어요. 앞으로는 양쪽을 잇는 접점을 하나씩 확인하다 보면 자연스럽게 올바른 조합, 즉 사건의 진상이 떠오를 거예요. 그러니 진실은 이미 이 공책 안에 있다……고 해도 과언이 아닌데……."

거기서 야쓰호시가 갑자기 입을 다물었다.

천장을 올려다보며 중얼거린다.

"그런가. 그렇다면 역시 범인은……."

그대로 몸이 굳은 채로 침묵. 푸린은 속으로 '응?' 하고 고개를 갸웃했다. 주변 사람들도 하나둘 당황하기 시작했다. 잠시 후 견디지 못한 기누아가 겁을 집어먹은 목소리로 물었다.

"뭐야. 설마 너, 범인을 밝혀냈다고 하려는 건 아니지?"

그러자 야쓰호시는 천천히 기누아에게 눈길을 향했다.

"아뇨. 전혀 모르겠네요."

제7장

푸린의 귓가에서 딸랑거리는 방울 소리가 들렸다.

후타바가 "앗!" 하고 목소리를 높이더니 황급히 몸을 웅크렸다. 바닥에 개의 목줄이 떨어진 듯하다. 사랑하는 개의 유품을 떨어뜨릴 만큼 기대를 배신한 뭔가가 있었던 모양이다.

"언니. 그 라이터로 저 녀석 팔에 난 털을 좀 지져주는 게 어때?"

기누아가 대수롭지 않게 말했다. 아미카는 말없이 담배를 입에 물고 보란 듯이 라이터를 치켜들어 불을 붙였다. 야쓰호시의 얼굴이 살짝 굳어졌다.

그때 "하하" 하는 남자의 웃음소리가 들렸다.

"뭐야. 안타깝네. 밝혀냈다는 대답을 기대했는데……."

스이세이다. 잠시 듣는 역할에만 몰두했는지 뒤늦게 반응하더니 오른손에 텀블러, 왼손에 위스키병을 들고 야쓰호시를 향해 다가갔다.

"중간까지는 합격점이었는데 결말이 빵점이야. 내가 사건에 대해 대신 추리해볼까?"

응? 저 녀석이, 추리?

야쓰호시는 손으로 양팔을 감싸고 무뚝뚝한 얼굴로 대답했다.

"아뇨. 괜찮아요. 탐정 역할은 저 혼자서 충분해요. 아마추어가 섣불리 나서 봐야 화상만 입을 거예요."

"지금은 오히려 네가 화상을 입을 것 같은데. 그렇게 매몰차게 굴지 말고 한번 들어봐. 내가 이래 봬도 추리소설을 제법 읽었거든. 이런 종류의 추리 놀이를 싫어하지 않아. 난 네 동료라고."

예복을 대충 걸쳐 입은 30대 남자는 그렇게 말하고 한쪽 눈을 찡긋하더니 엄지를 세웠다.

야쓰호시는 자신의 추리가 놀이 취급당하자 화가 났는지 발끈한 얼굴로 입을 다물었다. 스이세이는 꼬마의 바로 앞에서 발걸음을 멈추고 아이의 반응을 즐기는 것처럼 잠시 야쓰호시의 얼굴을 뚫어지게 바라봤다.

이후 그대로 야쓰호시 앞을 지나쳐 재떨이와 오셀로판이 놓인 피아노 옆 작은 탁자로 향했다. 그 위에 술과 잔을 내려놓고 피아노에 팔꿈치를 괸 채 몸을 기댄다. 오셀로판에 손을 뻗어 돌을 움켜쥐더니 엄지로 하나를 툭 튕겼다.

"네가 이야기를 정리하는 방식에는 감탄했지만 분석을 통해 새로운 발상을 만들지 못하면 50점에 불과해. 수렴과 발산, 인간의 사고가 앞으로 나아가려면 그 양축이 다 필요한

데 지금 네게는 뒤쪽이 결여돼 있다는 소리야. 자, 소년 탐정. 처음에 네가 선보인 추리대로라면 아무래도 이번 사건은 '전원 공범설'이 유력한 것 같은데 말이야."

남자는 설명하는 도중에 몇 번인가 돌을 튕기고 다시 허공에서 잡았다. 잠시 후 야쓰호시를 정면에서 응시한다. 온화해 보이는 남자의 눈에서 검객 같은 빛이 엿보였다.

"실은 이번 살인, 단독범의 소행으로도 가능하지 않나?"

♪♥

몇 초의 침묵 후 안쪽 소파에서 누군가가 일어섰다.

"그만하렴. 스이세이. 민폐잖니."

"괜찮아요. 미쓰에 고모님."

곧장 아미카가 나서서 제지했다.

"스이세이 오빠라면 이번 사건을 해결해줄지 몰라요. 우리 함께 들어봐요. 스이세이 오빠의 추리를."

교태를 부리는 듯한 목소리를 듣고 푸린은 또다시 닭살이 살짝 돋았다. 아무래도 호칭을 들으니 이 미쓰에라는 여자가 스이세이의 어머니로 보인다. 신랑 어머니와 똑같이 검은 도메소데 기모노 차림이지만 젊음과 총기 면에서는 한수 뒤진다.

"단독범…… 말인가요."

이번에는 야쓰호시가 도발적으로 되물었다. 스이세이가

고개를 끄덕인다.

"그래. 우선 네 말처럼 추리의 전제로 비소가 술에 섞였다고 단정 지을 수는 없어. 그리고 비소, 즉 삼산화 이비소의 치사량은 성인 남성의 경우 백에서 삼백 밀리그램. 다시 말해 귀이개 한 스푼 정도의 양이야. 그 정도면 술에 직접 넣지 않아도 먹일 방법이 있지 않을까? 이를테면 미리 술잔의 가장자리에 묻혀둔다든지."

"어려울걸요. 결혼식 때 쓰인 잔은 검은색이었어요. 반면 비소는 흰색 가루. 검은 면에 흰색 가루를 묻히면 눈에 띄기 마련이에요."

"하지만 눈에 띄지 않는 부분도 있었지. 그 잔을 직접 봤나? 검게 칠해졌다고 해도 단색은 아니야."

순간 야쓰호시는 말문이 막힌 듯했다.

"은물…… 말인가요."

스이세이가 고개를 끄덕였다.

"그래. 그 잔에는 용과 은물 폭포가 새겨져 있었지. 은은백은, 옆에서 보면 흰색에 가까워 보이니 그곳에 비소를 묻히면 사람들의 눈을 속일 수 있어. 덧붙이면 비소는 수용성이라 물에 녹여 무색의 젤리 형태로 만드는 방법도 있지만 그러면 젖어서 눈에 띄겠지? 그리고 만약 비소 가루를 검게 착색했다면 검은 가루가 술과 잔, 피해자의 입안이나 토사물, 위장 내용물 등에서 검출됐을 텐데 의사한테 그런 이야기는 못 들었어."

"그 가설은 이해하겠어요. 하지만 그래서는……."

야쓰호시가 어딘가를 힐끗 쳐다봤다. 스이세이도 그쪽으로 눈길을 향하더니 "흐음" 하고 중얼거리고 다시 위스키를 입에 가져갔다.

"너도 눈치채고 있었나. 그래, 맞아. 그런데 그게 뭐?"

야쓰호시는 입을 다물고 대답하지 않았다. 잘 모르겠지만 어딘가 아픈 곳을 찔린 듯하다. 결국 추리 대결에서 지고 마는 걸까.

"어때? 우리 스이세이 오빠, 되게 똑똑하지?"

어째서인지 아미카가 자랑스러운 듯이 말했다. 야쓰호시는 그런 아미카를 힐끗 보더니 한숨을 내쉬고 고개를 흔들었다.

"정말 낙천적인 분이시네요……."

그러자 이번에는 기누아가 "응?" 하고 날카롭게 목소리를 높였다. 기누아는 야쓰호시 앞에 가서 미간에 주름을 잡고 얼굴에 콧잔등을 바싹 들이댔다. 야쓰호시는 간신히 뒷걸음질 치지 않았지만 불쌍해 보일 만큼 시선이 허공을 맴돌고 있다.

스이세이가 작은 탁자에 있는 재떨이를 집어 들었다.

"그럼 확인을 위해 이 재떨이를 써서 방금 말한 '트릭'을 설명해볼게. 우선 이 재떨이의 재로 더럽혀진 가장자리 부분을 술잔의 '폭포 입구'라고 치면……."

스이세이는 그렇게 말하고 재떨이 둘레의 한 곳을 가리켰다.

"은물 폭포가 잔의 가장자리부터 흘러서 그곳에 입을 대고 마시면 정확히 용이 입에서 튀어나오는 형태가 돼. 그곳이 바로 '폭포 입구'지. 덧붙이면 이 잔은 그 '폭포 입구'를 앞쪽으로 향하는 게 일단 정위치야. 이 트릭은 우선 이 '폭포 입구'에 비소를 묻혀야 해. 그러면 겉에서 보면 비소가 은물 부분에 섞여 안 보이게 되지. 그리고 이곳에서부터 술을 마시면 술과 함께 비소가 입에 들어가는 구조인 거야.

다만 비소의 양에 따라 비소가 한 번에 다 사라지지 않을 수 있겠지. 또 그렇게 되면 비소는 용해 속도가 느려서 남은 비소가 술에 녹지 않고 모래처럼 남게 돼. 그리고 '폭포 입구' 근처에 있는 용 꼬리가 튀어나온 부분이 정확히 '사방沙防 댐' 같은 역할을 해서 비소는 잔의 밑바닥에 떨어지지 않고 거의 대부분 그 안에 모이게 되지.

이 상태로 다시 '폭포 입구'부터 술을 마시면 당연히 그 부분에 있던 비소가 다시 입에 들어가겠지? 다시 말해 이 안에 충분한 치사량의 비소가 남아 있는 한 몇 번이든 사람을 죽일 수 있다는 뜻이야."

스이세이는 재떨이를 들고 이번에는 아미카 쪽으로 향했다.

"그런 트릭이 잔에 심어져 있었다고 쳐. 그럼 다음으로 중요한 건 상대에게 잔을 건네는 방식이지. 자, 다들 떠올려 봐. 그 '술잔 돌리기' 자리에서 사람들 사이에서 어떤 식으로 잔이 돌았는지를."

잔을…… 건네는 방식?

"그래."

스이세이는 아미카의 정면에 서서 재떨이를 양손으로 내밀었다.

"잔은 이렇게 서로 마주 본 상태에서 건네졌어."

아미카는 조금 쑥스러워하면서도 웃는 얼굴로 재떨이를 받아들었다. 스이세이도 자상하게 미소 지어 보인다.

"자, 그럼…… 알아챘나? 이 상태라면 잔의 방향은 건네는 사람과 받는 사람이 서로 반대 방향이 되지. 다시 말해 다음으로 잔을 받는 사람은 반드시 앞사람이 입을 댄 곳의 반대편으로 술을 마시게 되는 거야.

차를 마시는 다도 자리도 아니었으니 잔을 돌려 입 대는 곳의 위치를 바꾸거나 할 일도 없어. 그리고 아마 가장 먼저 신랑이 입을 댄 곳이 정위치, 즉 '폭포 입구'였을 테고. 맞나? 너지? 그때 술을 따른 아이가."

스이세이가 후타바에게 물어서 확인했다. 소녀는 한 박자 늦게 "앗, 네" 하고 고개를 끄덕였다. 푸린의 시야 끝에 있는 신부도 고개를 살짝 끄덕이는 게 보였다.

스이세이는 아미카에게서 재떨이를 다시 받아들고 작은 탁자 쪽으로 돌아갔다.

"그럼 이제는 감이 오나? 첫 번째 타자였던 신랑이 정위치로 술을 마셨다면 다음 타자인 신부는 역위치. 그리고 이후 한 명의 간격을 두고 이 '폭포 입구'로 술을 마시게 된다……."

스이세이는 작은 탁자에 있는 오셀로 돌을 집어 들더니 탁

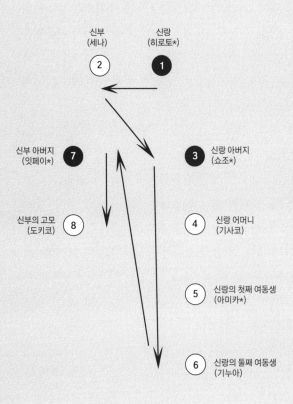

신부
(세나)

신랑
(히로토*)

② ①

신부 아버지
(잇페이*) ⑦

③ 신랑 아버지
(쇼조*)

신부의 고모
(도키코) ⑧

④ 신랑 어머니
(기사코)

⑤ 신랑의 첫째 여동생
(아미카*)

⑥ 신랑의 둘째 여동생
(기누아)

술잔 돌리기 상황

자에 걸터앉아 오셀로판에 검고 흰 돌을 늘어놓기 시작했다. 그리고 야쓰호시에게 손짓해 공책을 한 장 뜯어서 이름표를 만들더니 그것을 돌 옆에 얹었다.

오셀로판 주위에 사람들이 모였다. 푸린도 멀찌감치 서서 그 모습을 훔쳐봤다.

숫자가 순서, 검은 돌이 피해자일 것이다. 그리고 신랑부터 한 사람씩 간격을 두고 '＊' 표시가 붙어 있다. 이들이 '폭포 입구' 쪽으로 술을 마신 사람들일까.

"그림으로 그리면 이런 상황인데, 이대로라면 '폭포 입구'부터 술을 마신 사람은 반드시 홀수번째 사람, 즉 홀수번만 사망했다는 말이 되지. 그러니 이 가설은 **'홀수번 살해설'**이라고 이름 붙일까? 또 이때 우리를 제외한 다른 관계자들은 큰 다다미방의 아랫간에서 결혼식을 관람하고 있었으니 술잔 돌리기에 관여할 수 없었어."

그러자 기누아가 들뜬 듯이 말했다.

"와, 역시 스이세이 오빠. 완전 천재……"

그러다가 갑자기 다시 입을 다문다.

"응? 하지만 이 순서라면……."

아미카가 오셀로판을 뚫어지게 내려다봤다. 그대로 짧아진 담배를 재떨이에 버리더니 담뱃갑에서 다시 한 대를 꺼내 입에 물었다.

"스이세이 오빠……. 자꾸 끼어들어서 미안한데, 그냥 단순히 내 머리가 나쁜 걸 수도 있는데…… 단순한 오해라고 생각하는데……."

힘없는 목소리로 중얼거린다.

"이 순서면 나도 죽어야 하는 거 아니야?"

스이세이는 자신도 손을 뻗어 아미카의 담뱃갑에서 담배를 한 대 꺼내 입에 물었다.

"그렇지."

딱 잘라 대답했다.

"분명 이 가설대로라면 너도 죽었어야 해. 너도 홀수번이었고 술을 분명히 마셨다고 공언하기도 했으니. 그래서 이다음은 소년 탐정의 **'전원 공범설'**과 똑같은 논리야. 이때 가장 단순한 건 네가 술을 '마시는 척'만 했다는 해석이지. 그럼 '전원'이 공범이지 않아도 연기를 해야 했던 사람은 딱 한 사람뿐. 다시 말해……."

스이세이는 라이터로 담뱃불을 붙이고 식후의 한 대를 즐기는 것처럼 깊숙이 들이마셨다.

"이 트릭을 단독으로 실행할 수 있는 사람은 바로 너야, 아미카."

❤

방 안이 순식간에 고요해졌다.

아미카는 토우土偶처럼 몸이 굳었다. 시간이 지날수록 표정이 점점 일그러진다.

"그……."

뒤따르는 격노.

"그게 무슨 소리야, 스이세이 오빠! 내가 그랬을 리 없잖아!"

"그랬을 리 없다? 무슨 자격으로 그런 말을 하지? 네 전과를 벌써 잊었어? 그 일 때문에 기사코 외숙모님이 얼마나 힘들었는지."

"전과라니? 고등학교 때 일 말이야? 이미 합의를 봐서 다 해결됐잖아! 재판까지 간 것도 아니라고!"

"아무렇지 않게 그런 말을 하는 게 좀 무섭네. 반성이나 죄책감 같은 건 없나? 그리고 요새 히로토와 사이도 좋지 않았다고 들었어. 히로토가 네 친구를 차는 바람에 화가 많이 났다던데."

"아무리 그래도 그렇지!"

아미카가 진주 말을 허공에 휘둘렀다.

"그 정도로 가족을 죽이겠어?"

순간 픽 하는 둔탁한 소리를 내며 바닥에 깔린 카펫에 말다리가 꽂혔다.

스이세이는 담배를 입에 문 채 눈을 잠시 크게 뜨고 발밑을 바라봤다. 모두의 시선이 한곳에 쏠린다. 아래에 사람의 머리가 있었다면 가볍게 깨질 정도의 힘이었다.

아미카가 후우, 후우 하고 거친 숨을 내쉬었다. 잠시 후 한 손으로 얼굴을 감싸고 웃음을 터뜨린다.

"그래. 그런 거였어. 스이세이 오빠도 결국 날 그런 여자로 본 거야. 별것 아닌 다툼에 가족을 죽이는 그런 여자로. 뭐 그러고 보면 사소한 다툼 끝에 사람을 죽이는 일이 세상에 비일비재하기는 해. 하지만……."

아미카가 느닷없이 콧물을 훌쩍이며 쪼그려 앉아 양팔로 무릎을 감싸 안았다. 바닥에 떨어진 말 라이터에 손을 뻗어 "미안……" 하고 중얼거리고 다시 주워 든다.

"……스이세이 오빠. 뭐 좀 물어도 돼?"

"얼마든지."

"만약 오빠의 설명대로라면…… 개는 왜 죽은 건데?"

"그건 간단해. 개가 술을 마셨을 때 은물 부분을 핥았기 때문이야."

"그럼 내가 왜 아빠랑 신부의 아버지까지 죽이겠어? 오빠는 그렇다 쳐도 난 아빠랑은 사이가 좋았다고."

"위장 전술이겠지. 히로토 한 명이면 동기가 있는 사람이 한정되지만 여러 명을 죽이면 그만큼 용의자를 늘릴 수 있으니. 나무를 감추려면 숲에 가라는 말이 있지? 넌 한 사람을 죽일 목적을 감추려고 여러 사람을 죽인 거야. 추리소설에서는 흔한 수법이지."

"그건 소설 얘기잖아. 오빠도 꽤나 못 말리는 마니아구나. 그런 간극이 귀엽기는 한데……."

푸린은 목덜미를 벅벅 긁었다. 아무래도 조금 전부터 이 여자의 묘하게 교태 어린 목소리가 소름 돋는다.

얼른 이 우스꽝스러운 연극을 끝내게 하자. 그렇게 생각해 야쓰호시를 찾았지만 어느덧 아이는 사라지고 없었다. 도망 친 건가. 적진 앞에서 꽁무니를 뺐나 싶었지만 얼마 안 돼 피 아노 너머에서 조심스레 움직이는 그림자가 눈에 들어왔다.

조금 더 옆쪽에 있는 창가 앞 화분대를 책상 삼아 공책을 펼친 아이가 보였다.

푸린은 그 뒤로 다가가 아이의 엉덩이를 툭 때렸다.

"야, 꼬맹이."

야쓰호시는 공책에서 눈을 떼지 않고 대답했다.

"왜 그러세요, 푸린 씨."

"어느 쪽이야?"

"뭐가요?"

"저 남자의 가설. 정답? 오답?"

"잠깐만요. 아직 정리 중이에요."

"느려 빠졌네. 네 예전 스승이면 이미 오래전에 해답을 내 렸을 텐데."

"스승님과 비교하지 말아 주세요. 저도 아직 그 영역에 는……."

그때 툭 하는 소리가 났다.

고개를 돌리니 아미카가 스이세이의 손을 뿌리치는 모습 그대로 굳어 있다. 바닥에 재떨이가 떨어져 있다. 아무래도 스 이세이가 재떨이를 내밀자 아미카가 받기를 거절한 듯했다.

"알겠어. 이제 그만해, 스이세이 오빠. 계속 입 다물고 있으려고 했는데 더는 못 참겠어. 나도 다 말할래. 뒤늦게 후회하지 마."

아미카가 으스스한 분위기를 발산하며 천천히 고개를 들었다.

"오빠. 아까부터 꼭 자기만 외부인인 척하고 있는데, 오빠도 용의자 범위 안에 충분히 들지 않아?"

ℒ♥

순간 또다시 방 안의 시간이 멈췄다.

얼마 후 재생 버튼을 누른 것처럼 스이세이가 가장 먼저 몸을 움직였다. 그는 떨어진 재떨이를 줍더니 다시 탁자 위에 올리고 피우던 담배를 재떨이에 비벼 껐다.

"내가? 용의자? 왜지?"

"오빠. 그때 쓰러진 사람들을 혼자서 돌봤지? 실은 그때 오빠가 그들에게 비소를 먹였다면?"

"어이, 어이. 설마 그건 '시간차 살인 트릭'인가? 분명 그것도 추리소설에서 쓰는 흔한 수법이기는 하지만."

스이세이는 어이가 없다는 듯이 양팔을 활짝 펼쳤다.

"다시 말해 이런 거군. 그때 사망자들이 쓰러진 건 단지 연기였고 실제론 죽지 않았다. 그러나 그 뒤로 그들을 돌보던 내가 그들에게 비소를 먹였다……. 예를 들어 기도를 확보하는 척하면서 몰래 먹인다든지 해서. 이른바 '시간차 살인설'."

"그래. 그때 그들의 모습이 연기였다면 오빠한테도 죽일 기회는 있었어. 오빠도 어엿한 용의자야."

"말도 안 돼. 그 사람들이 왜 그런 연기를 했겠어?"

스이세이는 터무니없다는 듯이 한 손을 들어올렸다.

"그리고 애초에 내가 범인이라면 어떻게 신부의 비소를 훔쳤다는 거지? 비소를 훔칠 기회는 전날 신부가 외출했을 때뿐이야. 하지만 난 리허설 참가자가 아니라 결혼식 전날 저택에 들어오지도 않았어. 그런 상황에서는……."

"그래. 분명 어렵겠지. 만약 오빠가……."

아미카가 시선을 피아노 건반 앞 의자에 앉은 여자 쪽으로 향했다.

"우리 엄마와 그렇고 그런 관계만 아니라면."

또다시 모두가 무언극 속 등장인물들처럼 움직임을 멈췄다.

한 박자 늦게 모든 이의 시선이 신랑의 어머니 기사코에게 집중됐다. 그녀는 미동도 하지 않았다. 여배우처럼 아름다운 얼굴을 가면처럼 굳히고 그저 시선만 다리 밑 카펫으로 떨구고 있다.

딸은 허리에 한 손을 갖다 대고 잠시 검은 기모노 차림의 어머니를 바라봤다. 그러고서 갑자기 입꼬리를 올리고 히죽 웃었다.

"다 알아. 두 사람의 태도를 보면 평범한 사람들도 알 수밖에 없다고. 그리고 운동에 서툰 엄마가 갑자기 헬스장에

다니기 시작해서 의혹은 확정으로 변했어."

푸린은 창백해진 얼굴로 고개를 숙였다.

곰방대를 입에 문다. 익숙한 흡입구의 감촉으로 마음을 가라앉히고 야쓰호시의 엉덩이를 다시 한번 퍽 쳤다.

"어쩌냐. 네가 우물쭈물하고 있는 사이에 또 다음 가설이 나왔잖아."

"음…… 죄송해요. 다 제 역량이 부족한 탓이에요."

"게다가 왠지 다들 알고 싶지 않은 사실이 밝혀진 것 같은데."

"할 말이 없네요."

스이세이는 아미카에게서 눈길을 피하고 벽에 걸린 그림을 봤다.

"……헛소리군. 명예훼손에도 정도가 있어. 이건 나뿐만 아니라 기사코 외숙모님도……."

"저기 말이지. 줄곧 생각하던 건데, 남의 엄마를 그렇게 가볍게 성이 아닌 이름으로 부르지 말아 줄래? 기분 나쁘거든."

"그럼 원점으로 돌아가서 애초에 피해자들이 왜 그런 연기를 했다는 거야? 이유가 없지 않나?"

"꼭 없지도 않아. '연출'이었다고 가정하면."

"연출?"

"한마디로 알고 있었던 거야. 아빠도. 두 사람의 관계를."

아미카가 철컥 소리를 내며 말 등에 불을 붙이고 입에 문 담배에 가져갔다.

"아빠는 엄마의 바람기를 눈치채고 있었어. 그래서 결혼식 중간에 그런 연기를 해서 누군가가 탄 독을 마신 척한 거지. 결혼식은 TV로 생중계됐고 구경꾼도 많았으니 화제성은 충분하잖아?

그 뒤 불륜 의혹을 세간에 흘리면 당연히 범인으로 의심받을 사람은 엄마. 그럼 엄마는 괴로워지겠지. 매일매일 바늘방석에 앉은 기분이 될 거야."

"꽤나 빙 둘러 가는 복수법이군. 직접 따져 묻는 게 더 빠르지 않나?"

"아빠는 말이지. 원래 이런 음흉한 수법을 좋아해. 나도 성격이 비슷해서 알아. 그냥 따지는 것보다 몇만 배는 더 효과적이잖아. 바람기를 없애려면 이렇게 정신적으로 막다른 골목까지 몰아붙이는 방법이 최고야."

"진지하게 생각하기도 왠지 바보 같지만, 그래. 백번 양보해서 그게 연기였다고 치자. 하지만 그 뒤로 우리가 왜 그들을 죽여야 했을까? 그 자리에서 연기인 걸 폭로하면 그만 아닌가?"

"두 사람은 아마 절호의 기회라고 생각하지 않았을까? 아빠를 비롯한 사람들이 죽으면 둘은 앞으로 더 거리낌 없이 만날 테고 엄마도 남은 재산을 물려받을 수 있으니. 경찰도 그들이 처음에 쓰러진 게 설마 연기였다고는 생각하지 못할 거고…… 아, 참고로 신부 아버지까지 죽인 건 연기였다는 걸 증언하지 못하게 할 의도였을 거야, 분명."

"······별로 맞받아치고 싶지도 않은 논리네."

몸을 뒤로 돌린 스이세이가 어깨를 움츠렸다.

"나랑 기사코 외숙모님의 불륜이 가설이라면 외숙이 그것을 깨닫고 독을 마신 척했다는 것도 가설. 그리고 그 계획을 우리가 사전에 파악하고 역이용하려고 했다는 것도 가설. 가설에 가설에 가설. 그야말로 망상에 가까운 판타지잖아."

"하지만 앞뒤는 맞지 않아?"

"맞기는, 전혀. 오히려 모순투성이야. 우선 첫째, 내가 어떻게 외숙의 계획을 사전에 알았을까? 둘째, 외숙은 왜 그 계획을 혼자서 실행하지 않았을까? 셋째, 반대로 여러 명이 함께하는 계획이라면 왜 너희 자매는 참가하지 않았을까? 너희도 연기에 합세하면 엄마를 향한 의혹이 더 강해졌을 텐데. 그리고 넷째. 이게 아마 제일 치명적일 텐데, 그 가설로는 개가 죽은 이유를 설명할 수 없어."

아마카는 담배 연기를 휴우 내뱉더니 희미하게 미소 지으며 눈을 가늘게 떴다.

"필사적이네, 스이세이 오빠. 하지만 전부 쉽게 대답할 수 있어. 첫째, 엄마가 어떤 계기로 아빠의 계획을 눈치채고 스이세이 오빠를 찾아가 상담했다. 둘째, 뭐든 화려한 걸 좋아하는 아빠는 이런 계획도 머릿수를 늘려서 최대한 화려하게 하고 싶어 했다. 셋째, 남자인 히로토 오빠는 그렇다 쳐도 역시 딸들에게는 그런 이야기를 하기가 꺼려졌겠지. 넷째로 개가 처음에 쓰러진 건 그저 알코올 중독 증상 때문이었고, 뒤

늦게 '술잔에 비소가 있었다'라는 걸 강조하기 위해 스이세이 오빠가 몰래 개에게도 비소를 먹였다······는 어떨까?"

스이세이가 돌아보고 날카로운 눈빛으로 아미카를 노려봤다.

"너야말로 필사적이네. 혐의를 벗기 위해서."

"글쎄. 기왕 이렇게 된 김에 다 같이 사이좋게 손잡고 경찰서에 가볼까?"

아미카는 천연덕스럽게 미소 지었다. 방 안의 분위기가 잔뜩 얼어붙었다.

푸린이 힘 빠진 얼굴로 곰방대를 입에 물고 있자 옆에서 "아, 시끄러워라······" 하고 투덜거리는 소리가 들렸다. 야쓰호시가 양손으로 귀를 틀어막고 "음, 그게 이렇게 돼서 이렇게 되면······" 하고 뭔지 모를 말을 중얼거리며 공책과 눈싸움을 하고 있다.

그러다가 갑자기 뭔가를 깨달은 표정으로 화분대를 퍽 내려쳤다.

"그래! 이 관점이라면!"

동시에 날카로운 질책 소리가 귀에 박혔다.

"두 사람 다 그만하려무나. 볼썽사나우니."

$\mathscr{L}$❤

야쓰호시가 깜짝 놀라 제자리에서 몸을 휘청했다.

입을 연 사람은 또 한 명의 검은 기모노 차림의 여자였다. 스이세이의 어머니이자 신랑의 고모로 이름은 미쓰에. 나이는 쉰에서 예순 사이, 몸집이 작고 머리카락은 하얀 은발이다.

미쓰에는 두 사람 사이에 서서 천천히 양쪽의 얼굴을 번갈아 봤다. 그러고는 하아, 하고 호들갑스럽게 한숨을 내쉬었다. 허리를 꼿꼿이 세우고 옷깃 언저리에 손을 얹고 발걸음을 뗀다. 그녀가 어디로 향하는지를 깨달은 스이세이가 초조한 얼굴로 달려가 어머니의 팔을 붙들었다.

"잠깐만, 엄마."

그러나 미쓰에는 아들의 손을 완곡하게 뿌리치고 그대로 피아노 쪽을 향해 뚜벅뚜벅 걸어갔다. 야쓰호시가 "아아……" 하고 손으로 얼굴을 감쌌다.

미쓰에는 피아노 의자에 앉은 상대의 정면에 서서 천천히 입을 뗐다.

"올케."

기사코는 힘없는 작은 새처럼 고개만 움직였다.

"네."

"사실인가요?"

"……."

"우리 아들이 올케와 그러니까, 평범한 수준 이상의 남녀 관계였다는 게 사실이에요?"

스트레이트 직구다. 푸린은 내심 놀라며 말없이 상황을 지켜봤다.

"네. 죄송해요."

상대 여자의 입에서는 예상대로 말끔한 사죄가 나왔다. 그야말로 배짱이 두둑한 여인들이다.

미쓰에는 휴우, 하고 두통을 참는 것처럼 이마에 손을 갖다 댔다.

"언제부터?"

"그건……."

"아니, 역시 안 들어도 되겠어요. 듣고 싶지도 않고요."

말을 중간에 가로막는다.

"올케에게 하고 싶은 말이 산더미 같지만 여기서는 어른들끼리 점잖게 구는 게 좋을 것 같네요. 앞으로 절대 우리 아들 옆에 다가오지 마세요. 이 애도 지금 일이나 여러 면에서 중요한 시기예요."

"그만해. 엄마가 끼어들 자리가 아니야."

스이세이가 어머니의 어깨를 붙들었다. 그러자 미쓰에는 어깨너머로 아들을 돌아보며 "부끄러운 줄 알아라" 하고 냉정하게 툭 내뱉었다.

"어딜 하늘 무서운 줄도 모르고. 엄마는 네가 지난번에 데려온 아가씨가 교제 상대라고만 생각했다. 만약 보여주기 위한 교제였다면 지금 당장 헤어지거라. 상대 아가씨한테 그만한 실례가 또 있겠냐?"

미쓰에는 아들의 손을 뿌리쳤다. 그대로 잠시 얼음장 같은 표정으로 눈앞에 있는 여자를 바라본다. 오셀로판이 놓인 탁자 근처의 아미카와 기누아에게도 차례차례 눈길을 향했다.

미쓰에는 또다시 깊은 탄식을 내쉬었다.

"딸뿐만 아니라 부인까지 이런 사람이었다니. 정말 복이라고는 지지리도 없는 집안이구나. 역시 그 오빠에 그 집안이라고 해야 하나."

"이보세요. 고모님. 지금 뭐라고 했……."

"기누아."

아미카가 화를 내는 동생을 목소리와 눈빛으로 제지했다.

"고모님. 분명 저희 가족에게 문제가 많기는 해요. 그러니 스이세이 오빠한테 너무 뭐라고 하지 마세요. 그냥 엄마가 마성의 여자인 거예요. 남자들은 항상 엄마의 연기에 속았고 스이세이 오빠도 워낙에 착하고 순진해빠져서."

"너도 돼먹지 못한 계집애구나. 사촌 오빠에게까지 알랑거리는 걸 보니."

또다시 방 안의 분위기가 순식간에 얼어붙었다. 아미카가 풋 하고 웃음을 터뜨렸다. 그러더니 귀신같은 얼굴로 갑자기 팔을 휘둘러 뭔가를 집어던졌다. 쨍그랑하는 요란한 소리가 들리더니 창문 유리가 산산조각 났다.

밖에 있는 나무에 진주 말이 꽂혔다.

"……그만하지, 여보. 당신도 입이 험한 건 마찬가지야."

나직하게 달래는 목소리가 들렸다. 머리에 백발이 섞인 초로의 남성이 미쓰에의 등 뒤에 서 있다. 미쓰에는 고개만 옆으로 젖히고 입술을 내밀었다.

"하지만 당신. 이대로면 우리 스이세이가……."

"어차피 잘못한 건 둘 다 마찬가지야. 그리고 지금은 그런 일로 다툴 때가 아니지 않겠어? 이대로 있다가는 우리 아들까지 경찰에 잡혀갈 마당인데."

"우리 스이세이가 범인일 리 없잖아."

"그러니까 경찰한테 그걸 어떻게 증명하겠어? 지금 나온 두 가지 이야기는 둘 다 결정적인 증거가 없다는 점에서는 마찬가지야. 하지만 아무리 살인 동기를 감추기 위해서라고 해도 딸이 평소 사이가 좋은 아빠까지 죽였다는 건 역시 너무 억지스럽지 않아? 만약 경찰이 그렇게 생각하면 불리해지는 건 우리라고."

"당신…… 지금 우리 아들을 의심하는 거야?"

"내가 아니야. 경찰이 의심한다는 거지. 모두가 공범이었나. 아니면 범인이 아미카였나, 스이세이였나. 이 중 하나를 고르라고 하면 당연히 가장 의심스러운 건……."

"당신은 항상 그래. 뭘 하든 귀가 얇아서 다른 사람이 하는 말을 곧이곧대로 받아들여. 왜 그 세 가지로 한정되겠어? 그게 전부가 아니잖아."

미쓰에는 반쯤 뜬 눈으로 남편을 쏘아보며 고개를 흔들었다.

"조금만 생각해도 더 있잖아. 또 하나의 다른 해석이."

푸린 옆에서 야쓰호시가 머리를 감싼 채 주저앉았다.

아이의 모습이 왠지 개구리와 닮았다. 이렇게 생긴 장식물을 평소 자주 가는 골동품 가게에서 본 기억이 있다.

푸린이 곰방대를 한 손에 들고 말없이 야쓰호시가 괴로워하는 모습을 관찰하고 있자 코웃음을 치는 소리가 들렸다. 기누아가 미쓰에를 깔보는 것처럼 쳐다보고 있다.

"웃기시네. 아줌마가 웬 탐정 흉내?"

미쓰에는 차가운 눈빛으로 응수했다.

"넌 정말 오빠 딸이 맞구나. 미리 말해두겠는데 나도 평소에 추리소설 같은 건 읽는단다. 독극물 하면 애거사 크리스티 아니겠니? 그럼 반대로 묻겠는데, 왜 이렇게 모두가 똑같이 이번 일을 한 가지 살인사건이라고 믿고 있는 걸까? 세 명이 모두 같은 사람에게 살해됐다고 단정할 수는 없지 않을까?"

그러자 기누아가 악취라도 맡은 것 같은 표정을 지었다.

"네? 뭐라고요? 세 사람이 같은 술을 마시고 똑같이 죽었어요. 어디를 어떻게 봐도 하나의 사건이잖아요."

"한 사람 한 사람을 죽인 방식은…… '죽인 방식' 같은 야만스러운 단어는 입에 담고 싶지 않았지만 어쩔 수 없네. 그 '죽인 방식'은 분명 세 사람이 똑같은 게 맞아. 바로 우리 스이세이가 말한 방법이지. 다시 말해 '잔의 은물 부분에 비소를 묻었다'. 거기까지는 나도 아들의 가설을 지지해. 하지만 나는 독의 양이 달랐을 거라고 봐."

"독의…… 양?"

반사적으로 스이세이가 되물었다. 미쓰에가 너그럽게 미소 지었다.

"그래, 아들아. 엄마의 추리에서 독은 한 번에 한 사람 몫이 란다."

"한 사람 몫? 그게 무슨 말이야, 엄마. 그럼 가장 먼저 마신 한 명밖에……."

거기서 불현듯 스이세이는 깜짝 놀란 듯이 고개를 들었다.

"그렇구나. 그런 거였나."

미쓰에가 고개를 끄덕였다.

"그래. 그런 거란다. 한 사람 몫의 독으로는 다음으로 술을 마시는 첫 번째 사람밖에 죽일 수 없지. 반대로 말하면 모든 피해자의 한 단계 앞 사람이 각각 범인이라는 이야기가 성립하는 거야. 세 명의 피해자에 세 명의 범인. 사건도 세 가지 사건. 이건 '한 단계 앞 범행설'이라고 이름 붙일까요?"

미쓰에는 흐트러진 옷깃을 가다듬고 일단 한숨을 돌렸다.

"그럼 순서를 확인해볼까요. 신랑인 히로토는 일단 제쳐 놓고, 신랑 아버지, 즉 나의 오빠 쇼조의 한 단계 앞 사람은 신부인 세나 씨. 신부 아버지인 잇페이 씨의 한 단계 앞 사람은 신랑의 둘째 여동생 기누아. 신부와 기누아. 이 두 사람에게 어떤 공통점이 있는지 알고 있니, 스이세이?"

스이세이가 오셀로판을 돌아보며 대답했다.

"두 사람 다 일어서서 잔을 옮겼다……. 그리고 비틀거리면서 잔 앞부분을 위에서 한 손으로 눌렀다……."

"그래, 그 말이 맞아. 또 이때는 잔이 '역위치' 상태이니 그런 동작으로 '폭포 입구'에 손을 갖다 댈 수도 있었다는 말이지요. 즉, 이 두 사람은 잔을 넘기기 직전에 비소를 묻힐 수 있었다는 거예요. 그리고 아미카는 사전에 자유롭게 술잔을 만질 수 있었습니다. 그렇다면 이런 가설도 성립하겠지요. 신랑은 아미카, 신랑 아버지는 신부, 신부 아버지는 기누아가 각각 한 사람 몫의 비소를 잔에 묻혀 그들을 죽였다. 그래서 이런 징검다리 살인 같은 상황이 만들어졌다.

살인 동기는 아미카는 남매 다툼, 신부는 강압적인 결혼에 따른 원한, 기누아는 살인 욕구 정도로 할까요. 이 가설이면 아미카가 죽인 건 자신의 오빠뿐이고 우리 아들 스이세이와는 관계가 없는……."

"말도 안 돼! 제가 왜 신부의 아빠를 죽인다는 거예요?"

기누아가 득달같이 덤벼들었다. 한참 어린 여자에게 멱살을 움켜잡히면서도 초로의 여자는 스산한 미소를 잊지 않았다.

"왜? 글쎄. 그건 오히려 내가 묻고 싶네. 아무렇지 않게 법을 어기는 사람들의 심리는 원래 상상도 안 되는 법이니."

"혹시 도벽 말씀하시는 거예요? 내가 오래전에 자잘한 물건들을 훔치는 습관이 있었으니 의심스럽다? 하지만 절도와 살인은 차원이 다르잖아요. 그리고 전 이미 그런 짓에서 손을 뗀 지 오래라고요!"

"직접 털어놓으니 고맙네. 그리고 원래 범죄라는 건 저지를수록 점점 강도가 높아지기 마련이란다. 예를 들어 방화 같은 범죄라면 쓰레기를 불태우는 수준에서 집 같은 가옥을. 횡령이라면 잔돈 같은 돈에서 거금으로. 그렇다면 도벽도……."

"도벽은 그냥 스릴을 즐기는 거예요! 살인과는 전혀 다르다고요!"

"……그러니까 도덕심이 결여됐는데도 자각하지 못하는 네 그런 부분이 무섭다는 거야. 그리고 종종 듣지 못했니? 스릴이나 쾌락 목적으로 범행을 반복하는 대량 독살범의 이야기를."

그때 스이세이가 다가와 두 사람 사이에 끼어들었다. 기누아의 손목을 잡고 어머니의 옷깃에서 강제로 떼어낸다.

"하지만 엄마. 아미카와 기누아를 편드는 건 아니지만 그 가설이 맞는다면 한 가지 의문이 생겨. 그럼 개는 왜 죽은 거야? 개가 술을 마신 건 잔을 옮기기 전인데."

"그건 분명 '폭포 입구'에 아직 약간의 비소가 남아 있었기 때문이겠지. 개는 그걸 핥은 거고."

"하지만 그럼 먼저 아미카가 죽게 되는데."

"스이세이, 독의 치사량이라는 건 섭취하는 개체의 몸무게에 따라 달라진단다. 그 개는 귀여운 소형견이었지? 그럼 사람에게 무해한 양이 개에게도 무사할 거라고 단언할 수 없는 거야. 그러니 사람 한 명 몫의 독을 묻혔다면 두 번째인 아미카까지는 죽일 수 없지만 개는 별개. 그리고 어쩌면 개의 진짜 사인은 비소가 아닐지도 모르지. 비소는 덤이고 가장 큰 원인은 역시 알코올 중독일 수도."

"그걸로는 개의 죽음은 설명할 수 있겠지만……. 하지만 엄마, 역시 세 가지 살인이 동시에 일어났다는 가정이 너무 억지스럽지 않아?"

"그래, 아들아. 어쩌면 처음에는 신부의 계획만 있었을지도 모르지. 하지만 신부가 비소를 갖고 있다는 걸 눈치챈 기누아가 비소를 훔쳐서 써보고 싶어졌고, 다음으로 아미카가 동생이 비소를 훔치는 장면을 목격하거나 해서 자신도 편승해 오빠의 독살을 꾸미는 식의 연속된 살의가 만들어졌을 수도 있지 않을까? '연속된 살의'라고 하니 꼭 서스펜스 드라마의 광고 문구 같네."

지금 상황이 그야말로 '연속된 가설' 아닐까. 그러나 이 연쇄 반응을 멈추게 할 탐정이 없다는 게 그야말로 답답할 따름이다.

푸린은 다시 한번 옆을 봤다. 또다시 야쓰호시가 사라지고 없었다. 실내 이곳저곳을 둘러보니 이번에는 그랜드피아노 아래에서 반바지를 입은 엉덩이가 보였다. 창가에 있으면 뭔가가 날아와서 위험하다고 판단해 저곳으로 옮긴 걸까.

그때 기누아가 느닷없이 울음을 터뜨렸다.

"뭐야, 진짜 짜증 나…… 이미 오래전 일을 이제 와서 다시 끄집어내다니…… 그러니까 이제는 그런 쪽에서 깨끗이 손 털었다고 했잖아…… 머리도 검게 염색했고……."

붉은 트레이닝복 차림으로 얼굴이 눈물과 콧물로 범벅돼 분한 듯이 이를 꽉 깨문다.

"조금 전부터 일방적으로 나를 범죄자 취급하고 있는 데……. 그래, 다들 이런 식으로 나오는 거면 나도 여기서 한마디만 할게."

기누아는 손가락으로 어느 한곳을 가리키고 외쳤다.

"저 아이도 할 수 있었어!"

그녀의 손끝 방향에 우두커니 서 있는 사람은 검은 머리카락에 눈이 큼지막한 후타바였다.

$\mathcal{L}$❤

"네……?"

지목된 소녀는 청천벽력처럼 눈을 부릅떴다.

"네……?"

손가락으로 자기 자신을 가리키며 확인하듯 좌우를 둘러본다.

그때 쿵 하고 피아노 아래에서 둔탁한 소리가 들렸다. 야쓰호시가 황급히 일어서려다가 머리를 부딪친 듯했다.

"저…… 저는 아니에요! 전 그런 짓 안 했어요!"

"안 했는지 어떻게 알아! 생각해 봐. 개가 방 안에 뛰어들어왔을 때 너도 들어왔지! 그때 잔을 몸으로 감싸기도 했잖아! 그러니 너도 잔에 독을 묻히려고 마음먹었다면 얼마든지 할 수 있었어!"

"저, 저는……."

"개도 마찬가지야! 일부러 불렀을지도 모르지! 네가 기르는 개잖아? 그 정도는 시킬 수 있지 않았을까? 그리고 네가 맨 처음 잔을 만지기도 했고! 그 말은 곧 너랑 신부가 서로 입만 잘 맞추면 조금 전 고모가 설명한 방법을 둘이서 충분히 할 수 있었다는 말이 된다고!"

"저, 저는…… 절대 그런 짓은 하지 않았어요! 할 이유도 없어요!"

"이유가 없기는!"

기누아가 갑자기 목소리를 조금 낮추더니 앳된 얼굴에서 무시무시한 기운을 내뿜었다.

"돈이지."

그녀의 박력 때문에 쩔쩔매는 것처럼 후타바가 몇 걸음 뒤로 물러섰다.

"돈이 목적이었다면 이유로는 충분하지. 네가 그 역할을 맡은 것도 애초에 아르바이트비를 벌려고 그런 거잖아. 만약 신부가 '용돈 벌이라도 해볼래?'라고 널 꾀었다면?"

"하지만…… 돈 때문에, 사람을 죽이는 건……."

"누가 살인을 부탁받았대? 실은 넌 그게 비소인 줄도 모르지 않았니? 신부는 그냥 너한테 장난을 좀 쳐보고 싶다고 했겠지. 하지만 그럼 개가 불쌍하네. 개가 죽은 건 내가 그 술을 마시게 해서잖아. 그렇다고 나를 원망하지는 말아줘. 그것도 다 네 탓이니."

후타바는 어깨를 부들부들 떨더니 결국 울음을 터뜨렸다. 사랑하는 강아지의 유품인 목줄을 움켜쥐고 닭똥 같은 눈물을 방울방울 흘린다.

반면에 기누아는 원숭이처럼 추악한 울상으로 가까이 있는 사촌 오빠를 휙 돌아봤다.

"어때? 오빠? 내 말에 뭐 잘못된 거라도 있어?"

"……'개 고의 난입설'인가. 뭐 네 입에서 나온 것치고는 앞뒤가 맞기는 한데……."

그때 마침내 야쓰호시가 피아노 아래에서 엉금엉금 기어나왔다.

"휴, 이제야 정리했네."

드디어 끝낸 듯하다. 아이는 영차 하고 몸을 일으키더니 주변에서 시끄럽게 구는 어른들을 곁눈질하며 혼자 기지개를 쭉 켜고 옷에 묻은 먼지를 털어냈다. 그러더니 후타바 쪽으로 뚜벅뚜벅 걸어간다. 흐느끼는 후타바를 향해 고개는 옆으로 돌린 채 "……이거 쓰세요" 하고 어색하게 손수건을 내밀었다.

"렌 씨…… 전 범인이 아니에요……."

"저도 알아요."

역시 눈을 마주 보지 않고 대답한다. 둘은 정말로 분홍빛
인가.

만약 이 소녀의 정숙한 모습이 전부 연기라면 그야말로 재
미있는 이야기가 펼쳐질 텐데. 그런 사악한 상상에 잠긴 푸
린을 아랑곳하지 않고 야쓰호시는 몸을 뒤로 휙 돌리더니 기
세등등한 얼굴로 방 가운데를 향해 쓱쓱 나아간다.

야쓰호시는 공책을 옆구리에 낀 채 양손을 주머니에 찔러
넣은 자세로 입을 한일자로 다물고 천천히 주위를 둘러보고
입을 열었다.

"자, 여러분. 우선 말씀드리겠는데, 여러분의 가설은 하나
부터 열까지 다 엉터리예요."

제8장

멀리서 매미 울음소리가 한여름의 객실 안까지 울려 퍼졌다.

"⋯⋯오."

가장 먼저 스이세이가 입을 열었다.

"재밌네. 방금 네 말과 말투는 확실히 탐정 같았어."

"탐정이니까요."

야쓰호시는 무뚝뚝하게 대답하고 허리를 쭉 펴더니 공책을 펼쳐 얼굴 앞에 들었다.

대충 공책을 한번 훑어보고 웬일인지 다시 공책을 탁 닫았다.

"왜 그래?"

"⋯⋯너무 갈겨써서 글자를 못 알아보겠어요."

겸연쩍은 얼굴로 대답한다.

"하지만 괜찮습니다. 전부 머릿속에 들어 있으니까요. 자, 지금까지 이런저런 가설이 여기저기서 나왔지만 모든 가설은 단 하나의 논거로 부정할 수 있습니다. 그 논거란……."

야쓰호시는 공책을 피아노 위에 올렸다. 그러고는 허리에 찬 홀더로 손을 뻗는다. 그 안에서 게임 카드 같은 카드 다발을 꺼내더니 부채처럼 펼치고 한 장씩 뽑아 들었다.

"바로 사건에 신부의 비소가 쓰였다는 점이에요."

카드 앞면을 펼쳐 청중에게 내보인다. 카드에는 '영겁의 사랑'이라는 제목으로 신부 복장을 한 좀비 그림이 그려져 있었다.

또다시 곤혹 섞인 침묵이 내려앉았다.

"신부의 비소가 쓰였다는 게 부정의 논거? 그건 오히려 신부 범인설의 유력한 물증 아닌가? 그리고 사건에 쓰인 비소가 신부의 비소와 일치한다고 아직 정해진 것도 아닌데……."

"뒤에 말씀하신 건 맞아요. 비소의 동일 여부에 대해서는 경찰의 분석을 기다리는 중이니까요. 하지만 신부의 병에는 누군가가 손을 댄 흔적이 있었고, 여러분의 가설도 그걸 전제로 했어요. 그러니 지금 여기서는 처음 말한 대로 비소가 동일한 것으로 가정하고 설명을 이어가겠습니다. 자, 이제 시작해볼까요. 그럼 왜 이 '신부의 비소가 쓰였다'라는 사실이 부정의 논거가 될 수 있는가."

야쓰호시가 카드를 한 장 더 뽑아들었다.

"왜냐하면 그 사실로 인해 범인의 '누명 씌우기' 의도가 명확해지기 때문이에요."

카드에는 마방진을 둘러싼 검은 옷차림의 사람들과 가운데에서 꼬챙이에 끼워진 염소 그림이 그려져 있다. 제목은 그림을 고스란히 나타내는 '염소 제물'.

스이세이가 이맛살을 찌푸렸다.

"범인의 누명 씌우기…… 의도?"

"네. 범인이 자신이 아닌 다른 사람에게 죄를 덮어씌우려고 했다는 말이에요. 신부의 비소는 신부가 평소에 엄중히 관리했어요. 비소는 분명 아무 데서나 살 수 있는 물건이 아니지만 신분만 확실하면 쥐약 등의 형태로 아예 구입할 수 없는 것도 아니죠. 그러지 않고 일부러 신부가 감시 중인 비소를 훔쳤다는 건, 범인이 비소 입수 경로로부터 자신에 이르는 상황을 두려워했다. 즉 범인에게 범행을 숨기려는 의도가 있었다는 뜻이에요."

"……하지만 만약 신부의 범행이었다면? 혹은 범인이 신부의 비소를 훔친 건 이 집에 오기 전, 그러니까 조금 더 관리가 허술했을 때였을지도 모르지."

"만약 이번 일이 신부님의 범행이라면 보통은 물증이 될 비소가 든 병을 처분했겠죠. 신부님은 결혼식 전날 외출했으니 그럴 기회도 충분했어요. 그래도 굳이 병을 남겨뒀다는 건 떠올려볼 만한 이유가 두 가지. 하나는 처음부터 발각될 각오로 범행을 저질렀다. 또 하나는 다른 사람이 비소를 훔쳐간 것처럼 위장할 의도였다. 하지만 전자라면 지금 신부님이 범행을 부인하는 상황이 설명되지 않으니 이유는 필연적으로 후자, 즉 신부님이 다른 사람에게 죄를 덮어씌울 의도였다는 말이 돼요. 또 기누아 씨가 목격했다시피 신부님은 저택에 오고 나서 늘 비소가 든 병을 감시했어요. 신부님은 병 속 내용물이 '줄었다'라고 증언했으니 누군가가 비소를 훔쳤다면 반드시 저택에 온 이후라는 말이 되겠죠."

야쓰호시가 이야기를 잠깐 멈추더니 손으로 목덜미를 누르며 "죄송해요. 물 좀…… 마실 수 있을까요?" 하고 모두를 향해 물었다.

기누아가 "네 오줌이나 처마셔" 하고 모범적인 욕설로 되받아쳤다. 그때 휠체어에 앉은 중년 여성이 끼익 소리를 내며 바퀴를 굴려 야쓰호시에게 다가갔다. 신부의 고모 도키코다.

"자…… 마시렴."

도키코는 무뚝뚝하게 녹차가 든 미니 페트병을 야쓰호시에게 건네고 다시 끼익 소리를 내며 방 한구석으로 돌아갔다. 야쓰호시는 그녀의 뒷모습을 향해 고개를 꾸벅 숙이고 페트병 뚜껑이 미개봉 상태인 것을 확인하고서 뚜껑을 따서 녹차를 벌컥벌컥 들이켰다.

한숨을 휴우 내쉬고 손등으로 입을 닦는다.

"다시 말해 범인이 신부님이든 신부님 이외의 다른 사람이든 범행에 신부님의 비소를 쓴 목적은 '자신이 아닌 다른 누군가의 범행으로 연출하기'일 수밖에 없어요. 즉, 이 '징검다리 살인'은 다른 사람에게 죄를 덮어씌우기 위한 트릭. 그렇게 생각하면 정확히 앞뒤가 들어맞는 거죠.

처음에 저는 이 '징검다리 살인' 트릭의 목적을 범행 자체를 '불가능 범죄'로 연출해서 사건을 미궁에 빠뜨리려는 것이라고 생각했어요. 하지만 그런 것치고는 떠오르는 가능성이 너무 많더라고요. 만약 다른 사람에게 죄를 덮어씌우는 목적이라면 가능성이 많은 것도 이해할 수 있어요.

그럼 나머지는 간단한 문제예요. 그 '죄를 덮어씌운다'라는 '의도'와 '말'이 모순되는 사람을 한 명씩 용의자 목록에서 없애면 돼요. 그게 이번 제 추리의 방침이에요."

푸린은 하품을 참았다. 그게 아까 말한 '관점'이었나. 줄줄이 일장 연설을 늘어놓더니 정작 하고 싶은 말은 **범인은 다른 누군가에게 죄를 덮어씌우기 위해 신부의 비소를 사용했다**'라는 한마디로 요약할 수 있을 듯하다.

단순히 범행에 비소를 쓰고 싶었을 뿐이라면 저택 곳간 안에도 있었고, 사전에 훔칠 정도로 계획적이었다면 충동적인 범행도 아닐 테니 타당한 관점이라고 할 수 있을 것이다. 그러나 고작 그 정도 이야기를 하려고 이렇게까지 일장 연설을 늘어놓은 건 증명이라고 부르기에 아직 부족하다.

"지금부터는 빠르게 갈게요. 잘 들으세요."

야쓰호시가 카드 다발을 들고 흥을 돋우는 것처럼 차르륵 소리를 내며 카드를 오른손에서 왼손으로 옮겼다.

"우선 첫 번째, 스이세이 씨의 가설. 아미카 씨가 잔의 '폭포 입구'에 비소를 묻혔고 홀수번 사람들이 그곳에 입을 대어 마시는 방법으로 세 사람을 살해했다. 이른바 **'홀수번 살**

해설' 또는 '아미카 단독범설'.

　아미카 씨는 전날 비소를 훔칠 수 있었고 결혼식 당일 사전에 술잔도 만졌으니 범행 자체는 가능해요. 다만 문제는 방금 말씀드렸다시피 이때 아미카 씨가 대체 누구에게 죄를 덮어씌울 생각이었는가, 하는 거죠. 지금까지 검증에서 나온 범행 실행범의 후보는 아미카 씨, 스이세이 씨, 신부님, 기누아 씨, 후타바 씨까지 총 다섯 명. 그러나 신부님과 기누아 씨가 술잔을 옮기다가 중간에 비틀거리는 건 사전에 예측할 수 없었고, 또 쓰러진 피해자를 스이세이 씨가 돌보는 것도 예측할 수 없었어요. 전혀 관련 없는 제삼자가 피해자들을 돌봤으니 범행 동기를 만들기가 어렵죠. 그들에게 죄를 덮어씌우기로 계획하는 건 불가능하다는 뜻이에요.

　따라서 당연히 아미카 씨가 계획적으로 죄를 덮어씌울 수 있는 상대는 결혼식 당시 행동이 정해져 있었던 후타바 씨 한 명인 셈이 되죠. 하지만 만약 아미카 씨가 후타바 씨에게 죄를 덮어씌우려고 했다면 행동에 모순이 생겨요."

　"모순?"

　그렇게 되묻는 스이세이를 보며 야쓰호시는 고개를 끄덕였다.

　"네. 아미카 씨는 술을 마셨다고 증언했죠? 만약 아미카 씨가 후타바 씨를 범인으로 몰려고 했다면 가장 간단한 방법은 이 '홀수번 살해설'의 실행범을 자신에서 후타바 씨로 바꾸는 거예요. 신부에게서 비소를 입수했다면 후타바 씨도 똑같이 범행이 가능했으니까요. 하지만 그럼 문제가 하나 생기죠? 이 방법을 쓰면……."

"아미카 자신도 죽는다."

야쓰호시가 고개를 끄덕였다.

"그 말씀이 맞아요. 하지만 회피할 방법도 있어요. 바로 아미카 씨가 '나는 술을 마시지 않았다'라고 증언하는 거죠. 아미카 씨는 전날 몸 상태가 좋지 않아서 얼마든지 술을 마시지 못했다는 변명을 할 수 있었을 거예요. 아미카 씨는 그렇게만 증언하면 후타바 씨를 이 범행의 실행범으로 만들 수 있었어요. 하지만 실제로는 어땠나요? 아미카 씨는 그렇게 하기는커녕 오히려 '마셨다'라고 증언해서 자신에게 혐의가 씌워지게끔 했죠.

덧붙이면 개가 중간에 튀어들어 온 건 아미카 씨가 예측할 수 없었을 테니 그걸 포함한 범행 방법을 사전에 떠올리는 건 불가능해요. 다시 말해 아미카 씨는 다른 사람에게 죄를 덮어씌울 유일한 기회를 스스로 걷어차버렸다. 이는 '다른 사람에게 누명을 씌운다'라는 의도와 명백하게 모순되는 행위예요."

스이세이가 탁자로 팔을 뻗어 텀블러를 다시 집어 들었다.

"……하지만 아미카는 우리도 범행이 가능하다는 것을 깨닫고 죄를 덮어씌울 상대를 바꿨을지도 모르지."

"글쎄요. 영상으로 봤다시피 술잔 돌리기 때 아미카 씨는 일부러 소리를 내며 술을 마셨어요. 다시 말해 마시는 행위 자체를 내보이려 한 것 같아요. 이 시점에는 개의 난입과 스이세이 씨가 피해자들을 돌볼 것도 알 수 없으니 만약 아미카 씨가 후타바 씨에게 죄를 덮어씌울 작정이었다면 이미 이 시점에 행동에 모순이 생겨요."

"그럼 좀 더 다른 범행 방법을 떠올렸을 수도."

"그럴 경우 그 범행 방법이 지금 시점까지 언급되지 않은 게 문제예요. 다른 사람에게 죄를 덮어씌운다면 범행 방법은 최대한 모두가 쉽게 떠올릴 수 있는 것이어야 해요. 그러지 않으면 누구에게도 언급되지 않고 끝나버릴 테니까요. 자신의 입으로 넌지시 암시해도 방법 자체가 너무 돌발적이면 어떻게 그런 방법을 떠올릴 수 있겠냐고 반대로 의심을 사고 말겠죠. 그리고 애초에 범행 수법을 언급할 거면 이미 오래전에 했을 거예요. 당사자인 자신에게 혐의가 씌워져 있는 상황이니까요."

과연. 푸린은 내심 납득했다. 추리소설에서는 탐정이 '범인밖에 모르는 지식'이나 '범인이라면 취할 만한 행동'을 지적해서 범인을 폭로할 때가 많지만, 이건 반대다. '범인이라면 취하지 않을 행동'을 제시해서 용의자 목록에서 제외하는 것이다.

야쓰호시가 카드를 섞으면서 주변에 있는 어른들을 둘러봤다.

"지금까지 한 이야기에 반론은요?"

침묵이 흘렀다. 야쓰호시는 고개를 끄덕였다.

"없는 것 같네요. 그럼 일단 여기서 첫 번째 반증은 마칠게요. 제가 방금 말씀드린 이야기를 대략 정리하자면……."

야쓰호시는 또다시 다와라야 집안의 태블릿 PC를 빌려 그 안에 있는 문서 편집용 애플리케이션을 열더니 맹렬한 기세로 키보드를 치기 시작했다.

첫 번째 가설 부정

- **가설 이름 : 홀수번 살해설**/아미카 단독범설
- **제시자** : 스이세이
- **가설의 개요** : 아미카가 주기를 준비하면서 술잔의 은물 부분에 비소를 묻혀 홀수번 사람들을 살해했다.
- **가설의 상세** : 비소는 전날 신부가 집에 없을 때 입수. 범행 동기는 남매의 다툼이고 신랑 아버지와 신부 아버지까지 죽인 것은 범행 동기로부터 용의자가 좁혀지는 상황을 회피할 목적. 개는 비소가 남은 은물 부분을 핥고 죽었다.
- **반증(요지)**
  ① 신부의 비소를 사용했다는 점, 또 병을 처분하지 않았다는 점 등에서 범인에게는 '다른 사람에게 죄를 덮어씌울' 의도가 있었음을 추측할 수 있다.
  ② 실행범 후보는 사전에 술잔을 준비한 아미카와 후타바, 잔을 옮기는 도중 잔에 손을 갖다 댄 신부

와 기누아, 그리고 사후에 사망자들을 돌본 스이세이를 포함한 다섯 명.

③ 그러나 아미카는 신부와 기누아, 스이세이의 행동을 예측할 수 없었다.

④ 따라서 아미카가 죄를 덮어씌울 상대는 후타바밖에 없지만 그러려면 아미카는 술을 '마시지 않았다'라고 증언해야 했고, 이것은 '마셨다'라고 증언한 사실과 모순된다.

⑤ 그러므로 아미카의 행동은 '다른 사람에게 죄를 덮어씌운다'라는 범인의 의도와 모순되어 가설을 부정할 수 있다.

내용을 인쇄한 종이가 모두에게 한 장씩 배포됐다. 무선 와이파이로 데이터를 프린터로 전송해 인쇄한 것을 가정부가 별실까지 가지러 다녀온 듯했다.

푸린은 무심코 '학교 수업이냐' 하고 면박하고 싶어졌다.

"질문은 수시로 받겠습니다. 그럼 설명을 더 이어갈게요. 다음으로 두 번째 가설……."

야쓰호시는 쉬지 않고 다음 증명으로 돌입했다.

"아미카 씨의 가설. 피해자들이 쓰러진 건 연기였고 실제로는 그들을 돌본 스이세이 씨가 그들을 살해했다. 비소는 기사코 씨가 훔쳐서 건넸다. 즉 **'시간차 살인설'** 또는 **'스이세이, 기사코 공범설'**.

이 역시 두 사람이 누구를 희생양으로 삼으려 했는지가 문제예요. 두 사람도 '잔을 옮기다가 비틀거린 신부와 기누아 씨'나 '개의 난입'을 예측할 수 없었던 건 마찬가지니 역시 여기서 죄를 덮어씌울 수 있는 상대는 두 사람이 사전에 술잔에 손을 댈 것을 알 수 있었던 아미카 씨와 후타바 씨로 한정됩니다.

하지만 만약 두 사람이 아미카 씨에게 죄를 덮어씌울 생각이었다면 한 가지 의문이 생겨요. 두 사람은 굳이 신부의 비소를 훔쳐서 범행에 사용했죠. 그런데 비소 캔이면 저택 안 곳간에도 있었어요. 다와라야 집안분들은 모두 그곳 자물쇠의 암호를 알고 있어서 얼마든지 그 안에 있는 비소를 쓸 수 있었고요.

그쪽이 손에 넣기 더 쉬울뿐더러 아미카 씨가 훔친 것으로 하기도 쉬워요. 기사코 씨가 자신이 의심받는 상황을 고려해 곳간에 있는 비소를 쓰지 않았다고 생각할 수도 있지만, 아미카 씨에게 죄를 덮어씌울 경우 신부의 비소를 훔쳐 썼다고 해도 기사코 씨에 대한 혐의가 사라지는 건 아니에요. 아미카 씨가 훔칠 수 있었다면 기사코 씨도 훔칠 수 있었으니까요. 그럼에도 굳이 입수하기가 어려운 신부의 비소를 썼다는 건 역시 표적이 아미카 씨가 아니었다. 다시 말해 두 사람이 노린 사람은 후타바 씨……."

야쓰호시는 숨을 한 번 돌리고 페트병으로 목을 축였다.

"하지만 그럼 이번에는 또 다른 의문이 생겨요. 표적이 후타바 씨였다면 기사코 씨는 왜 '옆에 있던 딸도 꽤 오랫동안 소리를 내어 술을 여러 번 홀짝였다'라고, 굳이 아미카 씨가 술을 마신 걸 강조하는 듯한 증언을 했을까요?

만약 아미카 씨가 술을 마시고 무사했다면 후타바 씨가 실행범인 **'홀수번 살해설'**이 무너져요. '개의 난입'은 스이세이 씨와 기사코 씨가 예측할 수 없었으니, 만약 두 사람이 이번 일을 후타바 씨의 범행으로 삼고 싶었다면 두 사람은 무슨 일이 있어도 아미카 씨가 '술을 마시지 않았다'라고 증언하게 하거나, 마셨어도 아주 조금만 마셨다는 쪽으로 이야기를 끌고 가야 했어요. 반대로 '확실히 마셨다'라는 인상을 심는 듯한 그 증언은 '죄를 덮어씌울 의도'와 명백히 모순되는 거예요.

다시 말해 아미카 씨와 후타바 씨, 둘 중 어느 누구에게 죄를 덮어씌울 목적이었다고 해도 스이세이 씨와 기사코 씨의 말과 행동에는 모순이 생겨요. 그러므로 이 가설은 성립하지 않습니다."

얼마간 또 반응이 없었다. 모두들 야쓰호시의 설명을 따라가는 것만으로도 벅찬 느낌이다.

푸린은 중간부터 이야기를 대충 흘려들었다. 요컨대 이 가설도 조금 전의 부정과 논지는 똑같다. 만약 기사코가 범인이고 아미카나 후타바에게 죄를 덮어씌울 생각이었다면 굳어 신부의 비소를 사용하거나 '아미카가 술을 마셨다'라고 증언해 계획을 무너뜨릴 만한 행동은 할 리 없다는 말이다.

잠시 후 아미카가 자신의 가설이 부정당하는 게 언짢은지 반론에 나섰다.

"하지만, 아까 스이세이 오빠가 자기 입으로 말했듯이 만약 스이세이 오빠와 엄마가 사건 이후에 죄를 덮어씌울 상대를 바꿨다면? 이를테면 애당초 후타바로 하려고 했다가 나중에 나로 바꿨다면?"

"그 역시 불가능해요. 아미카 씨 범인설과 달리 이 두 사람의 경우에는 공범이에요. 혼자만의 판단으로 멋대로 계획을 바꿀 수 없어요. 계획을 도중에 바꾸려면 역시 의사소통을 해야 해요. 하지만 사건 이후 기사코 씨 곁에는 계속 아미카 씨 또는 기누아 씨가 달라붙어 있었어요. 스이세이 씨와 상세한 사안에 대해 상의하는 건 불가능했던 거나 마찬가지예요.

그렇다면 역시 처음 계획대로 갈 수밖에 없었고, 결국 증언의 모순은 피할 수 없어요. 덧붙이면 다른 범행 수법에 대해서는 아까도 말씀드린 대로 지금 여기서 고려할 필요는 없어요."

야쓰호시가 카드를 쓱쓱 뒤섞었다.

"자, 이해하셨나요? 그럼 이것도 정리해볼게요."

야쓰호시가 다시 빠르게 타이핑하고 다 쓴 내용을 인쇄했다.

두 번째 가설 부정

• **가설 이름 : 시간차 살인설** / 스이세이, 기사코 공범설

- **제시자** : 아미카

- **가설의 개요** : 피해자들이 술을 마시고 쓰러진 건 연기였고 실제로는 그들을 돌본 스이세이가 살해했다. 비소는 기사코가 훔쳐서 건넸다.

- **가설의 상세** : 비소는 전날 신부가 집에 없는 틈을 타서 기사코가 입수. 술을 마시고 쓰러지는 쇼조의 연기 계획을 이용해 스이세이가 그들을 돌보면서 실제로는 살해.

  범행 동기는 두 사람의 교제, 혹은 기사코가 집안의 유산을 가로채기 위해. 그리고 쇼조는 연기를 화려하게 연출하려고 아들과 잇페이도 참가시켰고, 스이세이는 그들이 쓰러진 게 연기인 것이 드러나지 않도록 개도 함께 죽였다.

- **반증(요지)**

  ① 범인의 목적은 '다른 사람에게 죄를 덮어씌우는 것'.

  ② 범행 실행범 후보는 아미카, 후타바, 신부, 기누아, 스이세이까지 다섯 명.

  ③ 그러나 신부와 기누아의 행동은 스이세이와 기사코가 예측할 수 없었다.

  ④ 따라서 스이세이와 기사코가 실행범으로 누명을 씌울 수 있는 상대는 아미카 또는 후타바.

  ⑤ 만약 상대가 아미카였다면 곳간에 있는 비소를 사용하지 않은 점이 모순.

⑥ 만약 상대가 후타바였다면 기사코가 '딸도 꽤 오랫동안 소리를 내어 술을 여러 번 홀짝였다'라며 아미카가 술을 마신 것을 강조하는 듯한 증언을 한 점이 모순.

⑦ 따라서 아미카와 후타바 둘 중 한 명에게 죄를 덮어씌울 계획이었다고 해도 실제 행동과 모순.

⑧ 그러므로 스이세이와 기사코의 행동은 '다른 사람에게 죄를 덮어씌운다'라는 범인의 의도와 모순되어 가설을 부정할 수 있다.

"……렌 씨는 어려운 말을 많이 아시네요."

후타바가 출력된 종이를 보며 감탄한 듯이 중얼거렸다.

"나중에 국어 좀 가르쳐주세요."

"네? 아, 아앗, 아…… 네. 나중에 연락처를……. 앗, 죄송합니다. 그럼 이어갈게요. 다음으로 세 번째……."

야쓰호시는 순진무구해 보이는 여자아이의 말을 듣고 눈에 띄게 당황하더니 곧장 양 볼을 찰싹 한 번 두드리고 기합을 넣었다.

"미쓰에 씨의 가설이에요. 이번 살인에는 한 가지 사건이 아닌 세 가지 사건이 겹쳤다. 다시 말해 신랑은 아미카 씨, 신랑의 아버지는 신부님, 신부님의 아버지는 기누아 씨가 각각 살해했다는 가설. 이른바 **'한 단계 앞 범행설'** 또는 **'아미카, 신부, 기누아 복수범설'**.

이 역시 지금까지 나온 것과 마찬가지로 핵심은 '각각의 범인이 누구에게 죄를 덮어씌우려고 했는가'예요. 그런데 문제는 신부님과 기누아 씨에게는 죄를 덮어씌울 상대가 없다는 점이죠. 이를테면 신부님이 '홀수번 살해설'에서 후타바 씨 또는 아미카 씨에게 죄를 덮어씌우려면 사전에 신랑이 죽는다는 것을 알아야 해요. 기누아 씨도 마찬가지고요.

또 만약 세 사람이 공범이었다고 해도 기누아 씨의 행동에 문제가 있어요. 기누아 씨는 개가 들어온 이후 술잔을 굳이 개가 핥게 했죠. 그 말은 곧 그 뒤에 개가 죽지 않고 신부님의 아버지가 죽었다면 독을 묻힌 사람은 중간에 잔을 옮긴 기누아 씨 한 명으로 한정돼버리는 거예요. 따라서 이 경우에도 범인의 의도와 행동에 모순이 생겨요."

기누아가 입을 떡 벌렸다.

"아, 그런가. 그렇구나. 흐음……."

천장을 올려다보더니 다시 고개를 내린다.

"그럼…… 뭐가 어떻게 되는 거야?"

그러자 스이세이가 끼어들었다.

"기누아. 그러니까 네가 개가 술을 마시지 못하게 했으면 넌 신부 아버지의 죽음을 너보다 순번이 빨랐던 사람의 죄로 돌릴 수 있었다는 말이야."

스이세이는 야쓰호시에게서 공책과 펜을 빌리고 요약한 내용을 적었다.

개가 술을 마신다 → 기누아가 술잔을 옮긴다 → 신부 아버지가 죽는다

"이런 흐름에서 개가 죽지 않고 신부 아버지가 죽었으면 네가 비소를 술잔에 묻혔다는 게 뻔해지겠지. 하지만 여기서 개가 빠지면 넌 너보다 순번이 앞에 있는 사람이 술잔에 비소를 묻혔고, 그래서 신부 아버지가 죽었다고 주장할 수 있어. 예컨대 '신부가 은물 부분에 비소를 묻혔고, 아미카는 술을 마시는 척하며 그냥 넘겼고, 신부 아버지가 결국 비소를 마셔서 죽었다' 같은 주장을 할 수 있었다는 거야. 하지만 넌 굳이 개에게 술을 마시게 해서 그 주장이 어려워질 만한 행동을 취했지. 그게 모순이라는 게 이 아이의 주장이야."

기누아는 팔짱을 끼고 잠시 생각에 잠겼다.

"음…… 뭐 그래. 알 것도 같아. 역시 스이세이 오빠는 설명을 잘하네."

이런 반응을 보인다는 점에서 기누아는 용의자 목록에서 제외해도 좋지 않을까. 푸린은 노파심에 문득 떠올렸지만 야쓰호시 입장에서는 시치미를 떼는 그녀의 모습이 연기일 가능성도 버리지 못할 테니 실로 성가실 것이다.

"모두 이해하셨나요? 그럼 이 가설도 정리해볼게요."

야쓰호시는 작은 손가락을 톡톡톡 하고 경쾌하게 움직였다.

세 번째 가설 부정

- **가설 이름** : 한 단계 앞 범행설 / 아미카, 신부, 기누아 복
  수범설
- **제시자** : 미쓰에
- **가설의 개요** : 신랑은 아미카, 신랑 아버지는 신부, 신
  부 아버지는 기누아가 각각 살해했다.
- **가설의 상세** : 아미카와 기누아는 각각 비소를 훔쳤
  다. 신부와 기누아는 술잔을 옮길 때 비틀거리는 척
  하며 잔의 은물 부분에 비소를 묻혔다. 살해 동기는
  아미카는 남매 다툼, 신부는 강압적인 결혼에 따른
  원한, 기누아의 살인 욕구. 또 개는 신부가 묻힌 독의
  나머지(사람에게는 영향을 미치지 않는 정도) 양을 핥
  고 죽었다.
- **반증(요지)**
  ① 범인의 목적은 '다른 사람에게 죄를 덮어씌우는 것'.
  ② 그러나 이 경우 신부와 기누아에게 죄를 덮어씌울
  상대가 없다.
  ③ 또 기누아는 개에게 술을 핥게 했지만 만약 개가
  죽지 않았다면 그 시점에 잔에 독이 없는 것이 밝
  혀져 신부 아버지를 죽이려고 술잔에 독을 묻힌 사
  실이 고스란히 드러난다.
  ④ 따라서 범인의 의도와 행동이 모순되어 가설은 부

정할 수 있다.

"휴. 이로써 세 번째도 종료. 자, 그럼 마지막 네 번째……."
야쓰호시는 깊숙이 심호흡을 하고 고개를 번쩍 들었다.

"후타바 씨가 개를 고의로 방 안에 들였고 신부님과 결탁해 비소를 묻혔다는 가설. '**개 고의 난입설**' 또는 '**후타바, 신부 공범설**'. 이 경우 신부님과 후타바 씨는 스이세이 씨와 기누아 씨의 행동을 예측할 수 없었으니 죄를 덮어씌울 수 있는 상대는 아미카 씨가 돼요. 하지만 여기서 가장 큰 문제는 당사자인 신부님이 다른 사람에게 비소를 훔치거나 바꿔치기할 기회를 주지 않았다는 점이죠.

신부님이 아미카 씨에게 죄를 덮어씌우려면 당연히 아미카 씨 또는 아미카 씨의 공범이 될 사람이 사건 전에 자신의 비소를 훔치거나 사건 이후 바꿔치기할 기회를 줘야 해요. 하지만 신부님은 일주일 동안 거의 방 안에만 틀어박혀 있었고 사건 전에는 그 가방에서 한시도 눈을 떼지 않았어요."

"하지만 결혼식 전날에는 외출했잖아."
곧장 기누아가 반론했다.

"신부님이 결혼식 전날 외출했고 그 사이에 다와라야 집안 여자분들이 집에 돌아오신 건 맞아요. 하지만 아미카 씨는 컨디션 불량, 기누아 씨는 남자 친구와의 다툼, 기사코 씨는 헬스장 수업에 늦었다는 이유로 저마다 일찍 돌아오지 않았으면 그 누구도 신부의 비소를 훔칠 기회는 없었던 거예요.

또 사건 이후 누가 저택에 남는지 알 수 없으니 사건 이후 바꿔치기도 기대할 수 없어요. 이번에는 우연히 가정부 아주머니께서 남으셨지만 모두 병원에 가서 그대로 경찰의 참고인 조사를 받는 상황 전개도 충분히 있을 법한 일이에요. 그런 불확실한 방법에 의지할 정도면 차라리 사전에 비소를 훔칠 기회를 만들어두겠죠. 그러니 이 역시 의도와 행동이 모순되어 가설이 성립하지 않아요."

야쓰호시는 이제는 다른 사람의 반응을 기다리지도 않고 자연스럽게 정리한 내용을 쓰기 시작했다. 가정부도 익숙해졌는지 말하기도 전에 출력 용지를 가지러 방을 나갔다. 푸린은 야쓰호시 뒤로 돌아가 태블릿 PC 화면을 봤다.

네 번째 가설 부정

- **가설 이름 :** 개 고의 난입설 / 후타바, 신부 공범설
- **제시자 :** 기누아
- **가설의 개요 :** 후타바가 개를 고의로 방 안에 들였고 신부와 결탁해 술잔에 비소를 묻혔다.
- **가설의 상세 :** 신부가 후타바에게 비소를 건넸고, 후타바가 술잔을 준비할 때 신랑을, 신부가 잔을 옮길 때 신랑 아버지를, 후타바가 개를 방 안에 들였을 때 신부 아버지를 각각 잔에 비소를 묻혀 살해했다.
- **반증(요지)**

① 범인의 목적은 '다른 사람에게 죄를 덮어씌우는 것'.

② 만약 신부가 다른 사람에게 죄를 덮어씌울 생각이 었다면 당연히 누군가가 비소를 훔치게 하거나 바꿔치기할 기회를 주어야 한다.

③ 그러나 사건 전에 신부는 다른 사람이 가방에 든 비소를 훔칠 기회를 주지 않았다(전날 다와라야 집 안 여성들이 집에 일찍 돌아오는 것을 신부는 예측 할 수 없었다).

④ 또 사건 이후에는 누가 저택에 남을지 알 수 없으 니 바꿔치기도 기대할 수 없다.

⑤ 따라서 신부의 행동은 '다른 사람에게 죄를 덮어씌 운다'라는 범인의 의도와 모순되어 가설은 부정할 수 있다.

야쓰호시는 네 번째 가설 정리를 마쳐도 그대로 손을 쉬지 않고 말했다.

"그리고 말이 나온 김에 제가 맨 처음에 제시한 가설, 즉 **'전원 공범설'**에 대해서도 이제는 부정할게요. 이건 간단해요. 모두가 범죄를 저질렀다면 죄를 덮어씌울 상대가 없어요. 굳 이 꼽자면 스이세이 씨 정도가 있겠지만 스이세이 씨가 범행 을 저지르려면 비소를 손에 넣을 협력자가 반드시 필요하죠. 하지만 그럴 수 있는 사람은 모두 이 공범에 포함되니 역시 다른 누군가를 희생양으로 삼는 건 불가능해요."

다섯 번째 가설 부정

- 가설 이름 : **주독**酒毒 **혼입설**/전원 공범설
- 제시자 : 야쓰호시
- 가설의 개요 : 술에 직접 비소를 넣었고 피해자를 제외한 모든 이들이 결탁해서 술을 마시는 척만 했다.
- 가설의 상세 : 생략
- 반증(요지)

  ① 범인의 목적은 '다른 사람에게 죄를 덮어씌우는 것'.

  ② 실행범 후보는 아미카, 후타바, 신부, 기누아, 스이세이까지 총 다섯 명.

  ③ 그러나 모두가 공범이라면 죄를 덮어씌울 사람이 스이세이밖에 없고 스이세이는 단독으로 비소를 손에 넣을 수 없다.

  ④ 따라서 죄를 덮어씌울 상대가 없어 가설은 부정할 수 있다.

마지막으로 야쓰호시가 화면을 가볍게 두드렸고 잠시 후 가정부가 인쇄된 종이를 묶어서 가져왔다. 종이를 받아 들고 내용을 읽어 본 후타바가 한달음에 달려가 야쓰호시를 와락 껴안았다.

"고마워요, 렌 씨. 약속대로 신부님의 무죄를 증명해주셨군요."

야쓰호시는 대번에 몸이 굳었다. 키가 머리 하나 차이라 옆에서 보면 사이좋은 누나 동생 같기도 하다.

그나저나 이 꼬맹이, 돈 한 푼 주지 않는 일을 이렇게까지 열심히 하다니. 푸린이 쓴웃음을 지으며 인쇄물을 읽고 있자 잠시 후 후타바가 야쓰호시에게서 떨어졌고 야쓰호시도 제정신을 차렸다. 꿈에서 깬 것처럼 좌우를 두리번거리고 갑자기 삶은 꽃게처럼 얼굴이 확 달아오르더니 쑥스러움을 감추는 것처럼 헛기침을 한 번 콜록했다.

"이상 총 다섯 가지 가설, 즉 '아미카 단독범설' '스이세이, 기사코 공범설' '아미카, 신부, 기누아 복수범설' '후타바, 신부 공범설' '전원 공범설'에 대해 모두 부정했어요. 이로써 저 자신의 가설을 포함해 지금까지 나온 가설은 하나같이 엉터리였다는 말이 돼요."

깨진 유리창 너머에서 맴맴맴 하고 끊임없이 울어대는 매미 소리만이 울려 퍼졌다.

"……하지만 그런 추리를 범인이 역이용했을 가능성은 없을까?"

잠시 후 스이세이가 술잔을 기울이며 골똘히 생각에 잠긴 얼굴로 말했다.

"그러니까, 범인은 처음부터 그런 논리로 부정될 것을 예상해 일부러 비합리적인 행동을 했다……."

"그건 세 가지 관점에서 무리예요."

야쓰호시는 즉시 손가락 세 개를 세우고 받아쳤다.

"첫째는 경찰이 이런 식으로 생각할 거라고 단언할 수 없다는 점이에요. 제가 지금 이 자리에 있는 건 그저 우연일 뿐이에요. 그리고 독살 사건은 원래 원죄^{억울하게 뒤집어쓴 죄}가 만들어지기 쉽고 경찰의 억지 섞인 해석이나 자백 강요 등으로 무고한 사람이 범인으로 지목될 가능성도 충분해요. 그런 상황에서 범인이 과연 경찰을 그렇게까지 믿고 의지할까요?

둘째는 이 반증에는 당사자의 의도가 아닌 사실들이 포함됐다는 점이에요. 이를테면 기누아 씨의 반증에선 개의 난입이 필요하지만 이건 기누아 씨가 어떻게 할 수 없는 문제예요.

셋째는 이 논법을 통해 '자신의 범행 가능성'은 부정할 수 있어도 다른 사람에게 죄를 덮어씌울 수는 없다는 점이에요. 정확히 나는 그럴 수 없었다는 것을 제시해야 하니까요.

그런 불확실하고 에둘러 가는 방법으로 자신의 무죄를 주장할 정도면 보통은 다른 사람에게 죄를 덮어씌우려고 하지 않을까요?"

기누아가 혀를 쯧 차더니 트레이닝복 하의에 손을 집어넣어 배를 벅벅 긁었다.

"그럼 범인이 대체 누구라는 거야."

그러자 야쓰호시는 입을 꾹 다물었다.

"그래서…… 모르겠어요."

"뭐? 모르겠다고?"

"네. 제가 처음에 말씀드렸다시피 전혀 모르겠어요. 적어도 이번 범행을 실행에 옮길 수 있었던 사람은 주기에 손을 댄 아미카 씨, 후타바 씨, 신부님, 기누아 씨, 그리고 사망자들을 돌본 스이세이 씨예요. 하지만 방금 증명한 것처럼 그중 누군가를 범인으로 지목하면 모순이 생겨요."

"저 아줌마는 용의자에 포함되지 않나?"

"신부님의 고모 도키코 씨 말인가요. 신부님의 고모는 결혼식 전날에는 신부님이 외출하시기 전에 저택을 떠났고, 당일에는 신부 여로에 참가해서 신부님과 함께 저택에 왔으니 비소를 훔칠 기회가 없었거니와 비소를 술잔에 묻힐 기회도 없었어요. 같은 이유로 신부님의 아버지도 용의자 목록에서 제외할 수 있겠죠. 그리고 무엇보다 신부님의 가족은 굳이 신부님의 비소를 사용해서 신부님께 죄를 덮어씌울 이유가 없어요. 만약 신부님의 아버지가 다와라야 집안에 복수하기 위해 자폭을 각오하고 독살을 계획했다면 다른 경로를 통해서 입수한 독을 쓰면 그만이니까요."

"……하지만 범인이 있지 않을 리는 없잖아."

스이세이의 헛기침 소리를 듣고 야쓰호시는 갑자기 투지가 불타는 것처럼 다리를 한 발자국 앞으로 내밀었다.

"범인은 분명히 있어요. 반드시 존재해요. 이 세상에 논리로 설명할 수 없는 현상 같은 건 없어요. 만약 설명할 수 없다면 그건 단순히 인간의 능력과 노력 부족이죠. 그냥 간과했을 뿐인 사실 오인, 아니면 사고의 태만이 있을 뿐이에요."

아이는 힘차게 말하고 양 주먹을 불끈 움켜쥐었다.

"저는 인정 못 해요. 인간 이성의 패배를 인정할 수 없어요.

저는 인간의 이성과 지식으로 이해할 수 없는 영역이 있다는 걸 인정하지 않고, 더욱이 '기적'의 존재 같은 건 무슨 일이 있어도 인정 못 해요!"

♪❤

그로부터 몇 초 동안 이번에는 지금까지와는 다른 곤혹의 침묵이 방 안을 가득 채웠다.

"······기적?"

스이세이가 되묻자 야쓰호시는 얼굴을 살짝 붉혔다.

"아······ 그냥 저와 관련된 이야기고 큰 의미가 있는 건 아니에요. 신경 쓰지 않으셔도 돼요."

푸린은 후우 하고 형태가 뒤틀린 원 모양의 연기를 내뿜었다. 확실히 큰 의미가 있는 건 아니다.

그저 이 꼬마가 한때 스승으로 떠받든 인간이 기인의 영역에 속해 있다는 이야기일 뿐이다.

그 파란 머리 탐정 이야기다. 탐정은 어느 복잡한 사정 탓에 '이 세상에 기적이 존재하는 것'을 증명하려고 안달이 나 있다. 그런 스승의 뒷모습을 보며 자란 이 예전 제자는 절대로 스승과 똑같은 전철을 밟지 않겠다며 굳게 다짐하고 있을 것이다.

실제로 그 남자는 지금껏 수십 가지의 '기적' 증명에 도전했지만 그때마다 무참한 실패로 끝났다.

"……다만 아직 제가 모든 가능성을 검증한 건 아니에요. 아직 검증하지 못한 실행범 조합이 더 있고, 거기에 앞서 한 말을 뒤집는 것 같아서 죄송하지만 아직 사건에 쓰인 비소가 정말로 신부님의 비소라고 정해진 것도 아니죠. 만약 경찰의 분석을 통해 양쪽이 일치하지 않는 게 밝혀지면 또 다른 가능성도 부상할 거예요.

다만…… 만약 양쪽이 일치하고 그 밖의 다른 물증과 유효한 범행 수법이 나오지 않는다면……."

야쓰호시의 얼굴에 그늘이 드리웠다.

"그러면…… 역시 제 검증 방식의 어딘가가 틀렸다는 뜻이 되겠죠. 별로 인정하고 싶지는 않지만요. 그래도 '기적'의 존재 같은 걸 인정하는 것보다는 훨씬 나아요……."

"기적은 있어요."

그때 생각지도 못한 곳에서 반론이 튀어나왔다.

"렌 씨. 기적은 있어요. 어제 말씀드렸죠? 신부님이 가즈미 님을 찾아가 참배하는 모습을 어머니가 봤다고요. 신부님은 원래 이번 결혼을 하고 싶지 않았을 거라고요. 그러니 분명 이건 가즈미 님이에요. 가즈미 님이 하신 일이에요. 가즈미 님이 신부님의 기도를 듣고 신부님을 지켜주신 거예요."

"……후타바 씨."

티 없이 맑은 소녀가 사건에 얽힌 신부에게 달려가 온몸으로 신부를 감쌌다. 여행 간 곳에서 길 잃은 개를 데려왔다는 이야기나 조금 전 꼬맹이에게도 달려가 포옹한 것을 보면 이 아이는 아무래도 보호 본능이 강한 듯하다.

"'가즈미 님'이 하신 일……."

야쓰호시는 지그시 생각에 잠긴 것처럼 한곳을 보며 카드를 섞었다.

"……하지만 그 역시 불가능해요."

그러자 후타바가 결의에 찬 눈빛으로 항의했다.

"왜죠? '가즈미 님'이라면……."

"'가즈미 님'이라서예요. 후타바 씨."

야쓰호시도 후타바를 정면에서 바라봤다.

"만약 이번 일이 '가즈미 님'의 가호였다면 신부님의 비소 같은 걸 쓸 필요는 없어요. 천벌이라면 심근 경색 정도로 충분하죠. 그리고 떠올려보세요. 이번 사건에서는 무기도 죽었어요. '가즈미 님'은 왜 이번 일과 상관도 없는 무기까지 죽여야 했을까요? 특별히 '가즈미 님'이 개를 싫어했다는 이야기는 못 들어본 것 같아요. 혹은 '가즈미 님'의 원한이 너무도 강렬해서 인간뿐 아니라 이 세상의 남성적인 것들은 모조리 증오했다고 해도……."

야쓰호시는 조용히 카드를 뒤집었다.

"어젯밤에 확인하셨죠. 무기는…… '암컷'이었어요."

오. 푸린은 무심코 신음했다.

생각지도 못한 곳에 모순이 있었다. 그 개가 암컷이었다면 분명 백번 양보해 이번 일을 '가즈미 님'의 가호라는 이야기로 매듭짓고 싶어도 앞뒤가 맞지 않는다.

인지人知도 천지天知도 닿지 않았다면 이 대체 어찌 된 괴탄불경怪歎不經일까…….

거기까지 떠올리다가 푸린은 문득 제정신을 차렸다. 이러면 안 된다. 이번 일이 '기적' 따위일 리 없다. 죽인 것도 인간. 죽은 것도 인간. 그 만고불변의 진리를 억지로 비틀어서 도대체 세상의 어떤 진실에 도달할 수 있다는 말인가.

그 파란 머리 탐정을 가까이하다 보니 나 자신의 상식까지 흔들려서 곤란할 따름이다. 푸린은 쓴웃음을 지으며 눈앞의 꼬마를 바라봤다. 그 건방진 탐정의 예전 제자도 언뜻 보기에 스승과 같은 길을 걷기를 거부하는 듯하지만 그래도 '기적'의 가능성을 다 버리지는 못하는 것 같아서 옆에서 보기 딱한 구석이 있다. 그야말로 설득하러 갔다가 도리어 설득당해서 온 꼴이다. 그 파란 머리 탐정은 몸에서 타인의 이성을 썩게 하는 장기瘴氣, 열병을 일으킨다는 습하고 독한 기운라도 내뿜는 걸까.

아무튼 더 분발해야 한다.

푸린은 야쓰호시 뒤에서 아이가 번민하는 뒷모습을 감정 없이 쳐다봤다. 비소 분석을 제외하면 대략적인 증언과 증거가 갖춰졌다. 물론 이런 것은 신통력도 뭣도 아니다. 꼬마야, 정말로 네가 스승을 뛰어넘고 싶다면 어떤 역경이든 돌파해서 이번 일을 인간의 소행으로 만들어야 한다.

그러나 그 역시 어려울 것이다. 꼬마의 눈이 아직 그쪽을 향하고 있는 한.

왜냐하면 범인은 바로 이 야오 푸린이니까.

2
부

장
례

(葬)

단상

협죽도 숲이 주황빛과 검은빛 두 색으로 그린 판화처럼 석양에 물들었다.

어느새 해 질 녘이다. 갑갑한 저택을 몰래 빠져나와 개구리 울음소리로 시끄러운 논길을 정처 없이 산책하는 동안 자연스레 다리가 이곳으로 향했다. 이름 없는 비석. 죄인의 묘. 신부 금지 구역.

가즈미 님의 사당이다.

누가 보기라도 하면 내 처지는 더욱 곤란해질 것이다. 스스로도 그렇게 생각했지만 나는 상관없다며 무릎을 굽히고 길가에 쪼그려 앉았다. 이제 와서 혐의 한두 개 늘어봐야 별 영향도 없다. 그리고 무엇보다 내게는 '나의 비소가 범행에 쓰였다'라는 결코 흔들리지 않는 혐의가 있다.

사건이 일어난 지 일주일. 지금껏 사건은 해결되지 않았다.

그날 이후 경찰에 불려가 이런저런 조사를 받았지만 경찰은 아직 용의자를 좁히지 못했다고 한다. 다만 범행에 내 병에 든 비소가 쓰였고 피해자 세 명이 그 비소 때문에 사망한 것만은 확실한 듯하다.

덧붙이면 후타바가 기르던 개에게서도 비소가 검출됐다. 그것이 내가 지닌 비소와 일치하는지 확인하려면 조사가 좀 더 필요하겠지만 경찰은 같은 것으로 판단했다. 그리고 술잔에서도 미량의 비소가 검출됐지만 이미 세척한 뒤여서 어디서 어떻게 혼입됐는지는 밝혀지지 않았다. 술에 섞었는지, 잔에 묻혔는지 아무도 모른다.

그건 그렇고, 그 2인조의 정체는 대체 뭐였을까.

그날의 기억이 어렴풋이 떠올랐다. 터무니없이 머리가 좋은 남자아이와 터무니없이 아름다운 중국인 여성. 모자 관계는 아닐 것이다. 남자아이가 열심히 경찰을 설득한 덕에 나는 아직 피의자가 아닌 중요 참고인이다.

어쨌든 남자아이의 증명 덕에 나의 혐의가 완전히 벗겨진 것은 아니지만 다른 사람들의 혐의도 비슷하게 벗겨지지 않아서 우열을 가리기 어렵다는 식으로 상황이 전개되는 듯하다. 그 남자아이가 관계자들의 수상함의 정도를 가지런하게 만들어줬다고 해야 할까.

혹시 그 아이는 '가즈미 님'이 보낸 사자였을까.

그런 유치한 생각도 들었지만 그럴 리는 없다. 가즈미 님이 나를 구해줄 리 없으니까.

정말로 나를 구해줄 생각이었다면 가즈미 님은 내 비소를 썼을 리 없으니까.

만약 그 일이 가즈미 님의 천벌이라면 가즈미 님은 나를 구원한 것이 아니다. 그녀는 화를 낸 것이다. 한심한 나를. 제 힘으로는 무엇 하나 바꾸지 못하는 나를. 원치 않는 처우에 목숨을 걸어서라도 저항하지 않는 나의 의지박약을.

그래서 가즈미 님은 마지막의 마지막에 이르러 내게 책임을 떠맡겼다. 그녀의 심판은 쌍방 처벌이다. 하지만 내가 어떤 불만을 토로할 수 있을까. 스스로 제 앞길을 열지 못한 사람은 늘 누군가가 준비해놓은 길 위에서 갈 곳을 정할 수밖에 없다.

그래도 가즈미 님. 후타바가 기르던 강아지의 목숨까지 앗아가신 건 조금 너무한 것 아닌가요.

그녀의 비석에 묻은 먼지를 손으로 털어내며 나는 속으로 작은 이의를 제기했다.

그때였다. 부릉 하는 자동차 시동 소리가 들렸다. 관광 택시일까. 나는 좁은 길을 터주려고 영차 하고 소처럼 무거운 허리를 일으켜 갓길로 향했다.

그러자 창문을 검게 칠한 밴이 끽 하는 브레이크 소리를 울리며 내 바로 앞에 멈춰 섰다. 뒤이어 슬라이드식 문이 활짝 열리더니 안에서 흰색 장갑을 낀 손이 나왔다.

제9장

사건으로부터 일주일이 넘게 흘렀다.

나의 예측대로 경찰 수사는 혼란에 빠진 듯하다. 야쓰호시의 등장으로 각본은 다소 바뀌었지만 예상과 달라진 것은 없다. 이 뒤로는 적당한 시기를 노려 계획의 최종 단계로 옮겨가면 된다.

한 가지 신경 쓰이는 것은 야쓰호시가 혹시 그 탐정에게 도움을 요청하지 않을까 하는 점이다.

그러나 그 역시 기우일 것이다. 지금 그 탐정은 '기적 조사' 때문에 외국 출장 중이고, 무엇보다 꼬마는 '기적의 존재 증명'에 집착하는 탐정을 항상 말리고 싶어 한다. 말 그대로 '기적의 소재'가 될 만한 이번 사건을 제 손으로 먹잇감으로 던져주듯 넘기지는 않을 것이다.

푸린이 그런 생각을 하며 자택 아파트 방 안에서 느긋하게 낮술을 즐기고 있을 때 스마트폰 착신음이 울렸다.

—아르바이트를 하지 않겠어요?

그렇게 적힌 중국어 메일이 도착했다. 보낸 이의 메일 주소는 @ 이하를 제외하면 'queen-mother-of-the-west-610° queen mother of the west—西王母'.

푸린은 얼굴을 찌푸렸다. 본의는 아니지만 이런 독특한 이름을 쓸 만한 유감스러운 여자를 한 명 알고 있다. 쑹 리시. 오래전 직장 동료인데 선녀 같은 가련함과 야수 같은 잔혹함을 겸비한 액운의 덩어리 같은 여자다.

주소에 같은 단어가 반복된 것은 다른 사람에게 주소를 선점당해서일 것이다. 숫자는 치환 문자로 추정된다. 문득 그런 해석을 하고 있는 자기 자신에게 또다시 화를 내며 푸린은 곧장 답장을 보냈다.

―거절할게.

그러자 몇 초 만에 다시 답장이 왔다.

―선 라오다沈老大의 지시입니다만.

푸린은 혀를 쯧 찼다. 선은 전에 내가 이 여자와 함께 속했던 조직의 라오다보스다.

―지금 세탁 건이면 이미 정리된 거 아닌가?

―네, 물론이죠. 이번에는 그런 부업이 아니라 라오포예老佛爺, 중국 3대 악녀 중 한 명으로 불리는 서태후의 애칭의 본업에 대한 일이에요.

―난 이미 현역에서 은퇴한 몸이야. 보스의 기대에 부응할 실력은 남아 있지 않아.

―또 겸손을. 약간의 부종과 늘어진 부분이 눈에 띈다고 해도 라오포예의 훌륭한 솜씨와 수려한 자태는 여전히 건재

하지요. 검은 의장을 입고 무대에 오르면 객석에서 댜오수이러우-폭포吊水樓瀑布, 중국 헤이룽장성에 있는 유명 폭포처럼 환호성이 터져나올 거라고 확신합니다.

—무대? 연회에서 노래라도 부르게 할 셈인가?

—비슷합니다. 장례식에서 대곡녀장례식에 고용되어 대신 곡하는 여자를 일컫는 말를 울리는 역할이에요.

……장례식? 푸린은 고개를 갸웃했다. 현역 시절에는 사방팔방에서 초청을 받았지만 그렇다고 장례식장에서 실력을 발휘한 기억은 없다. 덧붙이면 라오포예는 당시 푸린의 별명이다.

—혹시 어느 귀인이라도 죽었나?

—네. 실은 보스의 소중한 가족이 얼마 전 요절해서……
이 이상은 함구령이 떨어진 탓에 나머지는 보스를 직접 만나서 이야기를 들으시기를. 그럼 라오포예, 이번 일을 수락하는 것으로 받아들여도 될까요?

—그래.

푸린은 못마땅하게 답장했다. 예전 보스의 요청이면 어쩔 수 없다.

—셰셰謝謝, 감사합니다. 이로써 제 면도 서겠네요. 그럼 곧장 밖에 있는 리무진으로.

밖에 있는 리무진?

동시에 딩동 하는 인터폰 벨 소리가 울렸다. 화면을 보니 눈처럼 새하얀 피부에 훤히 비치는 흰색 자수 블라우스를 입은 여자가 서 있다. 카메라 렌즈를 향해 빙그레 미소 지으며 손에 든 흰 부채를 인사 대신 흔들거린다.

　모든 게 이미 준비된 상태에서 굳이 이런 번거로운 짓을. 푸린은 떠나기도 전에 벌써 지긋지긋함을 느끼며 체념한 얼굴로 공용 현관 자물쇠를 풀었다.

✐♥

　리무진이 도쿄만에 있는 어느 부두에 도착하자 그곳에서부터는 소형 크루즈선으로 갈아타고 바다로 나갔다.

　아무래도 해양장海洋葬인 듯하다. 잠시 후 여객선이 앞에 나타나서 그 위에서 장례식이 열리는 줄 알았지만 그저 갈아타는 용도인 듯했다. 푸린은 여객선을 타고 더욱 먼 대양으로 향했다.

　갈팡질팡하는 사이 영해를 벗어났다. 객실에서 와인을 마시며 끈기 있게 리시의 말 상대를 해주고 있자 잠시 후 목적지에 도착했다. 갑판에 나가자 지금 탄 배보다 한 단계 더 큰 여객선이 눈앞에 정박해 있었다. 선체에 알파벳과 번체자를 병기한 글씨가 보인다. 보스의 전용선일까.

　망망대해의 한복판이다. 바람과 파도를 견디며 배를 옮겨 타자 선내는 예상보다 한산했다. 엄청나게 큰 배의 규모에 걸맞은 승객이 없다. 꼭 사람 없는 유령선 같기도 했다.

　몇 명의 선원과 리시의 안내를 받으며 아래층으로 향했다.

앞에 있는 리시가 온몸에서 발산하는 백단향 때문에 난감해하면서도 어떻게든 나아가자 중앙 구역에 가까워지면서 뭔가를 읊는 듯한 목소리가 들렸다. 맑고 청량한 중국 비파 반주 소리에 실어 절절하게 토해내는 추도의 목소리. 한시漢詩다.

푸른 바다를 넘나든 자에게 강 따위가 성에 찰 리 있으랴 曾經滄海難爲水

우산 巫山의 구름이 아니면 구름이라 할 수도 없네 除卻巫山不是雲

흐드러지게 핀 꽃 사이를 걸어도 돌아보지 않는 것은 取次花叢懶回顧

반은 수행 때문이고 반은 그대 때문이리 半緣修道半緣君

"……〈리쓰〉인가."

"네?"

발음이 비슷해서일까. 리시가 이름을 불렀다고 착각해 푸린을 돌아봤다. 푸린은 못 본 척 넘어갔다. 〈리쓰離思〉란 당나라 중기의 시인 원진이 쓴 시로 사별한 아내를 그리워하며 지은 애가哀歌다. 지금 선에게 반려인은 없을 테니 애인이라도 떠나보낸 걸까.

"식은 이미 시작됐나?"

"아뇨. 본 식은 내일 오후부터랍니다. 지금은 아무래도 리허설 중인 듯하네요."

"리허설? 꽤나 공을 들이네."

"다른 여러 조직의 보스와 요인들도 초청했으니까요."

그래서 구경거리가 필요하다는 걸까.

푸린은 그제야 자신이 초청된 이유를 깨달았다. 내일은 장례식이라는 구실로 전 세계의 변태 자식이 모이는 날이 될 것이 뻔하다.

중앙 구역에 도착했다. 조명이 드문드문 비치는 어스름한 곳에서 식당같이 테이블이 쭉 놓인 공간을 빠져나가자 극장처럼 넓은 공간에 도착했다.

백 명은 족히 수용할 만한 강당이다. 붉은 카펫 위에는 둥근 테이블과 관객석이 놓였고 안쪽에는 큰 무대가 있다. 다만 지금은 무대 장막이 내려와 있었다.

무대에서 객석 방향으로 툭 튀어나온 부분에 조명이 비치고 있었다. 낭송 소리는 그곳에서 들려온 듯했다. 두 명의 모습. 둘 중 양복 차림의 백인 남성이 한시를 열창하고 있다. 그 옆에는 둥근 의자에 걸터앉아 능숙하게 중국 비파를 연주하는 중국인 연주자가 한 명.

"보스. 라오포예를 데려왔습니다."

리시가 중국어로 그들에게 보고하자 비파 연주가 뚝 멈췄다.

"……고생했다. 쑹 리시. 잘 왔다. 야오 푸린."

비파 연주자 쪽이 그렇게 대답하더니 비파를 옆에 내려놓고 몸을 일으켰다. 큰 키에 수려한 외모. 짧은 머리카락에 간소한 셔츠와 꼭 끼는 바지. 여성스러운 분위기라고는 일절 없지만 본성은 규중에서 남자를 거미처럼 사냥하는 무시무시한 요부다.

선원쥐안沈雯絹.

조직의 최고 권력자.

옆에 있는 백인 남성은 새 애인일 것이다. 선은 무대에서 풀쩍 뛰어 내려와 푸린에게 다가왔다. 경계심 없이 거리를 좁혀 와서 푸린의 왼쪽 어깨에 손, 오른쪽 어깨에 턱을 얹는다.

"미안하다, 야오. 지난번 자금 세탁 건 때문에 고생시킨 지 얼마 되지 않았는데 질리지도 않고 또 널 초청하고 말았구나. 넌 이미 은퇴한 몸인데."

동성인데도 몸의 깊숙한 곳까지 뒤흔드는 목소리와 달콤한 냄새에 푸린은 순간 소름이 돋았다.

"……보스의 분부라면 언제든. 그나저나 대체 어느 가족분을 잃으신 건지?"

"빙니冰妮."

"빙니?"

"나의 애첩이었지. 겉은 얼음장 같지만 속은 사려 깊고 정이 많은 데다가 품에 안으면 마치 욕조 물처럼 뜨거운…… 현생에서 그만한 여성을 다시 만날 일은 이제 없겠지."

"그 애첩분이 어째서……?"

"살해됐다."

"살해됐다는 말입니까? 누구에게?"

"후보는 몇 명인가를 붙잡았다. 하지만 내일 장례식에서 진범을 빙니의 제물로 바칠 생각인데 어느 쪽이 진범인지 알

길이 없어서."

"그렇다면……."

"그래. 되도록 장례식이 시작되기 전에 너의 심문 실력을 마음껏 발휘해 사실을 밝혀줬으면 한다. 진실이 어둠 속에 파묻히면 빙니의 원혼도 마음 편히 저세상에 가지 못할 테니."

선이 한 손을 들어 누군가에게 신호를 보냈다.

천천히 장막이 열리기 시작했다. 푸린은 아무 생각 없이 그 모습을 지켜봤다. 그리고 보니 이 여자, 서른이 넘어서부터 동침 상대로 남녀를 가리지 않는다고 들었다. 그렇다면 딱히 여자가 애인이어도 이상하지 않지만.

붉은 무대 장막 틈새로 거대한 제단이 서서히 모습을 드러냈다. 그 뒤로 흰색 장막 앞에 있는 관이 보인다. 상하좌우에는 산처럼 쌓인 헌화. 그리고 제단 가운데에 벽화처럼 우뚝 솟은 특대형 사진 한 장.

그 영정을 보자마자 푸린은 숨이 턱 멎었다.

"어이…… 리시……." 푸린은 간신히 목과 혀를 움직이며 쉰 목소리로 입을 열었다. "보스의 가족이라는 게 설마……."

"네. 그렇습니다."

리시는 변함없는 투로 대답했다.

"저 영정 사진 속 주인공이 바로 보스의 애첩인 빙니 님이십니다. 윤기 있는 머리칼, 흑요석 같은 눈동자, 붉은 산호처럼 자그마한 혀……. 그야말로 아름다움과 사랑스러움으로 한 나라를 기울어지게 하고 하늘을 떨어뜨릴 만하죠. 설상가상으로 태생은 고귀한 금지옥엽. 예전 서태후의 장례식에서 그녀의 관을 선도했다는 명견 '모탕'의 혈통인 진정으로 존귀한 페키니즈이십니다."

※♥

페키니즈?

푸린은 당황한 나머지 하마터면 비명을 지를 뻔했다. 개! 개라니! 저 색정광, 인간에게 질린 나머지 짐승에게까지…….

아니, 그런 건 상관없다. 문제는 저 개가 바로 '그 개'라는 점이다.

영정 사진 속 개는 틀림없는 그 소녀가 기르던 개. 물론 개의 얼굴을 완벽하게 구분하는 것은 아니지만 저 독특한 방울 달린 목줄은 또렷이 기억하고 있다. 그 후타바라는 아이의 강아지가 실은 선이 기르던 개였다고? 그러고 보니 아이는 분명 개를 주웠다고 했다. 하지만 아무리 그래도 이런 우연이.

"……야오, 나에게도 일말의 책임은 있다. 네가 추천한 일본 별장이 있지. 그곳에 올봄에 빙니를 함께 데려갔는데 다른 나라의 익숙하지 않은 곳이라 그런지 아무래도 아이가 들떴던 것 같다. 체류 중에 불현듯 자취를 감추고는……."

아니, 단순히 우연인 것도 아닌 듯하다.

푸린은 곧장 모든 일의 전말을 깨달았다. 접점은 나다. 이 여자와 그 후타바 모녀에게 공교롭게도 같은 관광지를 소개해준 것이 모든 사달의 원흉이다. 게다가 소녀에게 보낸 '침향'은 이 여자의 애용품이고 더욱이 숙소가 있었던 관광지는 매화의 명소라고 했다. 그렇다면 내방 시기도 겹칠 것이다.

즉 이런 흐름일 것이다. 개는 아마도 선과 떨어진 후 침향 냄새에 의지해 길을 찾다가 비슷한 냄새가 풍기는 후타바의 차를 발견해서 올라탔다……

"비보를 접한 건 바로 어제다. 일본 경찰이 빙니를 검시하던 중 개체 식별 마이크로칩을 발견했다더군. 살아 있을 때 발견해줬으면 좋으련만, 무능한 녀석들……. 화풀이로 녀석들이 저지른 부정 정보를 두어 가지 누설했지만 여전히 분은 풀리지 않는구나."

진정해.

푸린은 어쨌든 스스로 그렇게 되뇌었다.

여기서 초조하게 굴어서 본색을 드러내서는 안 된다. 문제는 사건이 나의 소행인 것을 상대가 간파했는지다. 만약 그렇다면 이 초대 자체가 덫이라는 뜻이 되는데.

뒤이어 드르르르 하고 뭔가를 옮기는 소리가 들렸다.

극장 홀 입구에서 바퀴가 달린 거대한 강철 감옥이 모습을 드러냈다. 선의 부하들이 끌고 왔다. 안에는 사람들이 있는데 모두 쇠사슬에 묶여 있고 눈이 가려진 것으로 모자라 입에는 재갈이 물려 있다.

얼굴이 잘 보이지 않지만 누군지 대략 가늠이 됐다. 무슨 수로 납치해온 걸까. 포로가 된 이들은 그 사건의 관계자들이다. 신부, 기사코, 아미카, 기누아, 신부의 고모 도키코, 스이세이, 그리고 후타바까지.

총 일곱 명.

하나같이 축 늘어져 있어 비명을 지를 여력도 없어 보인다. 약이라도 먹였을 것이다.

마치 암시장에 죽 늘어서서 상품처럼 팔리는 노예들 같다.

"왜 그러지, 야오?"

숨결이 닿을 정도의 거리에서 선이 속삭였다.

"……아뇨, 실은……."

푸린은 마른 침을 꿀꺽 삼켰다.

"빙니 님과 이자들이 왠지 낯익어서……."

"낯익다? 왜지?"

"제 지인 중에 빙니 님과 닮은 강…… 선생님을 모시던 자가 있어서 말입니다. 또 그자와의 인연으로 어느 결혼식을 구경하러…… 거기서 저자들의 얼굴도."

"뭐라고!"

선은 양손으로 푸린의 양어깨를 팍 두드렸다.

"야오, 바로 그것이다! 우리 빙니가 맞닥뜨린 흉사가! 그렇다면 너도 빙니의 죽음을 목도했다는 말인가. 이것도 다 전세의 인연인가……."

그러더니 선은 푸린의 목에 팔을 감고 갑자기 허탈한 것처럼 몸을 기댔다.

푸린은 순간 경계했다. 하지만 상대는 단순히 포옹을 원하는 듯하다. 푸린은 주의 깊게 응하고 신중히 관찰했다.

이것은 덫인가. 아니, 조금 전 선의 말에 의미심장한 기운은 없었다. 지금 이 몸을 통해 전해지는 오열과 떨림도 연기 같지는 않고 절절한 슬픔을 표출하는 것 외에 특별히 상대가 나의 속마음을 떠보려는 기색도 없다.

아직 눈치채지 못한 걸까⋯⋯?

그때 옆에서 첫소리가 들렸다.

리시가 어디선가 은색 트레이를 가져왔다. 바늘. 실톱. 집게. 펜치, 쇠갈퀴, 주사기, 라이터와 알코올. 목수나 치과 의사가 갖출 법한 공구류가 장식이 과한 은색 트레이 위에 나란히 놓여 있다.

"그럼 라오포예. 슬슬 심문을 시작해야 할 것 같네요. 향락을 즐기기에 하룻밤은 너무도 짧습니다."

알아차리지 못한 듯하다.

리시의 발랄한 웃는 얼굴을 보며 푸린은 그렇게 결론 내렸다.

애초에 푸린이 그 다와라야 집안사람들을 죽인 건, 녀석들이 투자 사기에 내 회사를 끌어들인 것으로 모자라 자금 세탁 사실을 캐내어 뒤에서 협박해 왔기 때문이다. 그러나 그건은 나와 전직 사장밖에 모르는 일이고 선에게는 전직 사장이 돈을 횡령했다고만 했다.

실은 그 전직 사장은 아직 살아 있다. 절벽에서 뛰어내릴 때 아래에 설치한 그물에 걸리고 대신 가짜 시신이 떨어지는 계획을 짰다. 처형할 때 선의 수하도 참석해서 어쩔 수 없이 그런 성가신 방법을 썼다. 어두워지기를 기다린 건 계획이 들통 나는 상황을 염려했기 때문이다.

박진감 넘치는 반응을 끌어내기 위해 밀어서 떨어뜨리기 직전까지 계획을 그에게도 숨겼다. 그를 살린 이유는 아직 이용 가치가 있어서지만 지금은 외국으로 도피해 있고, 만약 그가 선에게 붙잡혔다면 감시 역할을 맡은 이에게서 연락이 올 터였다.

그리고 만약 내가 범인으로 의심받고 있다면 선은 이런 에두른 방법은 쓰지 않는다. 직접 붙잡아서 심문할 터이다. 그러니 괜찮다. 나를 의심하고 있지는 않다. 그렇다면 이제는.

리시가 쪼그려 앉아 트레이 아랫단에서 뭔가를 꺼냈다. 금속 깔때기와 물뿌리개.

"……역시 '수'로?"

푸린은 리시가 내민 도구를 물끄러미 바라봤다.

"아니. '금'으로."

고문 도구를 목화토금수木火土金水 오행으로 갖추는 건 두 사람 사이에 언젠가부터 이어져온 관습이다. 리시는 공구를 트레이에 나란히 늘어놓고 공손하게 푸린을 돌아봤다. 푸린은 그중에서 대충 펜치를 집었다. "하나로?"라고 물어서 고개를 끄덕이자 살결이 하얀 여자는 버들가지 같은 허리를 깊숙이 숙여 인사했다.

그때 선이 검지를 쓱 세우고 감옥 안에 있는 포로 중 한 명을 가리켰다.

후타바.

저 아이부터 시작인가.

곧장 선의 부하가 감옥에서 소녀를 끌어냈다. 푸린은 속으로 당황하면서도 그 모습을 말없이 지켜봤다. 어쩌지. 이대로 계속 시치미를 떼야 하나. 하지만 그러려면 나를 대신해 선에게 바칠 산 제물이 필요하다. 그리고 이대로 가면 그 최초의 희생양은…….

소녀의 몸이 무대 위로 끌어올려졌다. 푸린은 머릿속이 미처 정리되지 않은 상태에서 무대로 향하는 계단을 올랐다. 후타바 앞에 서자 소녀는 인기척을 느꼈는지 천으로 눈과 입이 가려진 얼굴을 들었다. 푸린은 한쪽 무릎을 꿇고 손을 뻗어 얼굴을 가린 천을 정중히 풀었다.

천 아래로 울어서 퉁퉁 부은 큰 눈이 나타났다. 겁먹을 단계는 이미 오래전에 지났는지 소녀는 왠지 공허한 얼굴로 멍하니 푸린을 바라봤다.

그러더니 천천히 그 눈을 부릅떴다.

"언……니……?"

쉰 목소리로 일본어를 중얼거린다.

"저를…… 구해……주시려고……?"

그러자 뒤에서 큭 하는 리시의 웃음소리가 들렸다.

"그럼 라오포예. 우선 손톱 하나부터."

······커우可惡, 젠장.

그때.

"기다려!"

강당에 앳된 목소리가 울려 퍼졌다.

"그런 잔악무도한 짓은 내가 결코 용서하지 않는다!"

제10장

천장에 외침이 메아리쳤다.

푸린은 위를 봤다. 낮은 2층 관람석에 아이 한 명의 모습이 보인다. 오른손에 라이터, 왼손에는 원통형의 물건을 들고 난간 틈새로 이쪽을 노려보고 있다.

야쓰호시다.

"선원쥐안! 인질들을 빨리 풀어줘! 아니면 이 다이너마이트로!"

순간 탁 하는 소리와 함께 야쓰호시의 손에서 라이터가 날아갔다.

이번에는 흰 부채. 나비 날개처럼 펼쳐진 부채가 날쌘 제비처럼 날아가 꼬마가 손에 든 불씨를 때려 아래로 떨어뜨렸다. 동시에 2층 관람석으로 달려가는 흰색 잔영. 리시다. 탁자 같은 것을 발판 삼아 어느새 위로 옮겨간 듯하다.

황급히 어깨에 멘 가방으로 손을 뻗은 야쓰호시의 배에 자세를 낮춘 리시의 팔꿈치가 꽂혔다. 숨이 턱 막힌 것처럼 허리를 숙이는 아이. 뒤이어 리시의 발뒤꿈치가 포물선을 그리자 꼬마가 난간과 함께 계단 아래로 떨어졌다. 나무가 와그작 부러지는 소리. 뒤이은 추락의 굉음.

부서진 테이블 위에서 야쓰호시가 등을 손으로 누르며 신음했다.

떨어진 아이를 뒤쫓듯 또다시 흰색 잔영이 아이 옆에 착지했다. 리시는 꼬마를 힐끗 한 번 보고 바닥에서 주운 흰 부채로 입가를 가린 채 새침한 얼굴로 푸린 곁으로 돌아왔다. 오는 길에 허공에 흩날리는 먼지 때문에 헛기침을 작게 한 번 한다.

"……저 아이는 뭐지?"

선의 질문에 옆에 있던 백인 남자가 이어마이크로 누군가에게 확인했다.

"레이더에 접근한 배는 확인되지 않는다고 합니다. 아마 용의자들을 연행해온 배에 몰래 잠입했을 가능성이."

"일본 경찰의 움직임은?"

"특별한 건 없습니다. 독단적인 행동이겠죠. 이곳은 공해이고 그쪽도 아직 용의자를 추리지 못한 듯하니까요."

푸린은 펜치를 쥔 손을 툭 떨궜다. 리시 옆을 지나 야쓰호시에게 다가갔다. 깨진 나무 파편 사이에서 고통스러워하는 아이 앞에 서서 무표정한 얼굴로 아이를 내려다봤다.

"푸…… 린…… 씨……."

야쓰호시가 피가 흐르는 얼굴을 들어 일본어로 물었다.

"어째서…… 푸린 씨께서…… 이곳에……?"

"속세의 의리라는 거지. 그보다 하나 묻겠는데, 혹시 그 남자도 같이 왔나?"

"부탁드려요……. 제발 후타바 씨를…… 후타바 씨는 죄가 없어요……."

"질문에 답이나 해. 네 스승도 이곳에 숨어들어 왔나?"

"스승님은…… 안 계세요."

야쓰호시는 이를 꽉 깨물었다.

"스승님은 지금 외국에 계셔서…… 긴급 사태라 일단 제가 아는 정보는 전부 전했지만……."

그 녀석은 없다.

그때 극장 입구에서 선의 부하들이 우르르 몰려와 야쓰호시를 둘러쌌다. 꼬마는 순식간에 몸을 붙들려 뒤로 팔이 묶였다. 야쓰호시는 억세 보이는 거한들의 손아귀에서 몸부림치며 푸린에게 목을 내밀고 필사적으로 호소했다.

"푸린 씨! 모쪼록 부탁드려요! 후타바 씨를 포함해 저분들은 무죄예요! 부디 저분들이 무사히 돌아갈 수 있도록 제발 선원쥐안을 설득해주세요!"

푸린은 말없이 야쓰호시를 내려다보며 담뱃잎을 채우지 않은 곰방대를 입에 물었다. 안타깝지만 들어주기 어려운 바람이다. 저들이 무죄면 누구보다 곤란할 사람이 바로 나니까.

"푸린 씨……."

화를 피하려면 마땅한 제물이 필요하다. 파란 머리 탐정이 없다면 일단 사건의 진상이 즉각 밝혀질 염려는 없다. 그러나 내 처지가 위태위태한 것만은 변함없다. 그럼 나는 역시 다른 누군가에게 내 죄를 떠넘길 수밖에 없다.

"푸린 씨……."

다시 말해 이 꼬마와의 대립은 불가피하다. 내 뒤처리는 스스로 해야 한다. 애초에 왜 혼자 이곳에 기어들어 왔을까. 다이너마이트 하나로 어떻게 해볼 수 있는 상대라 판단했을까. 일본 경찰을 움직이기가 어렵다면 적어도 무승부를 각오하고 배의 기관실이라도…….

"푸린 씨! 마지막으로 연락했을 때 스승님은 확실히 말씀하셨어요! 이번 사건은 '기적'이라고요! 이 사건에 '범인'은 없다고요! 그러니 누가 어떤 이유로 처벌받아도 '원죄'인 거예요!"

흔들리던 푸린의 곰방대가 멈칫했다.

뭐?

이번 일이…… 기적?

야쓰호시가 얼굴 아래에 있는 남자의 팔을 덥석 깨물었다.

비명이 터졌다. 팔을 물린 남자가 화를 내며 야쓰호시를 두들겨 팼다. 그러나 이미 다 계산했는지 야쓰호시는 얻어맞고 날아간 곳에서 곧장 다시 일어나 피를 퉤 뱉고 손이 뒤로 묶인 채 선을 향해 달려갔다.

노성이 울려 퍼졌다. 백인 남자가 잽싸게 둘 사이를 가로막고 섰다. 야쓰호시는 미끄러지듯 남자 앞에 가서 책상다리를 하고 앉아 고개를 팟 치켜들었다.

"선원쥐안! 외람되지만 감히 간언을 하나 하겠다!"

배 속 깊숙한 곳에서부터 목소리를 끌어올린다.

"당신은 지금 존대한 불의를 범하고 있어! 대체 무엇 때문에 은혜를 원수로 갚으려는 거지?"

푸린은 문득 선을 봤다. 마치 남장여자 같은 분위기를 자아내는 여두령은 관객석 한곳에서 다리를 포개고 앉아 화를 내지 않고 꼬마의 무례한 모습이 그저 흥미롭다는 듯이 지켜보고 있다.

"……무슨 소리를 하는 거냐?"

"당신의 배은망덕에 대해 말하는 거야! 개도 닷새가 되면 주인을 안다는 말이 있어! 짐승도 한 번 입은 은혜를 잊지 않는데 왜 인간인 당신은 그토록 도리에 어긋나는 짓을 하는 거지?"

"도리에 어긋난다? 내가? 언제? 누구에게?"

"지금 이 순간 저기 있는 후타바 씨에게! 후타바 씨는 무죄야! 하물며 후타바 씨는 네 애첩의 목숨을 구한 은인이라고! 길을 잃고 쓰러지기 직전이던 빙니를 자기 손으로 직접 보호하고 구해준 사람이 다름 아닌 후타바 씨야! 당신은 지금 그런 은인을 잔혹하게 괴롭히고 있어!"

"이 아이는 내 애첩을 납치한 것으로 모자라 독살까지 한 대역죄인이다. 그런 자를 유린하려는 게 뭐가 잘못됐다는 거지?"

"아니야! 납치한 게 아니라 보호한 거라고! 후타바 씨의 따뜻한 마음씨를 왜 이해 못 하지? 나이를 먹으니 망령이 들어 충과 역도 구분하지 못하게 된 건가, 선원쥐안!"

바보 자식. 푸린은 얼굴을 찌푸렸다. 이 여자 앞에서 나이를 들먹이는 건 금기다.

"……오."

아니나 다를까 여자가 얼음처럼 차가운 냉기를 발산하기 시작했다.

"듣기 거북하군. 그래, 분명 세월을 이길 장사는 없지. 그럼 소년이여. 백번 양보해 저 여자아이가 우리 빙니를 보호하려 했다고 치겠다. 하지만 그 뒤의 독살에 대해서는 어떻게 생각하지?"

"그것도 후타바 씨 잘못은 아니야. 책임은 사건의 범인에게 물어야지!"

"범인이 저 여자아이일 수도 있지."

"그럴 리 없어. 후타바 씨의 결백은 내가 증명할 수 있어!"

부하 몇 명이 다시 꼬마를 붙잡을 기세로 다가가자 선이 손을 들어 그들을 제지했다. 그러고는 탁자 위에 턱을 괴고 미소 지었다.

"좋아. 그렇다면 변호할 기회를 주겠다. 그 뱀 같은 혀로 저 여자아이의 결백을 증명하도록. 그러면 특별 사면을 고려 못 할 것도 없지. 허나 그러지 못할 때는 어떻게 될지 알고 있겠지? 내 앞에서 궤변을 늘어놓은 죄는 무겁다. 네게도 걸맞은 중죄를 부과할 거다."

야쓰호시는 깊숙이 숨을 들이마셨다.

"……고맙습니다, 선 라오다."

푸린은 뜻밖의 상황이 펼쳐져서 흠칫 놀랐다.

과연. 일부러 역린을 건드려 해명할 기회를 얻은 건가.

조금만 엇나가도 목숨을 빼앗길 도박이지만 그런 도박에 나서서 기회를 쟁취해낸 두둑한 배짱과 강운은 인정할 수밖에 없다.

이렇게 되면 궁지에 몰리는 건 나다. 지금까지 본 대로 이 꼬마는 여기 있는 일곱 명의 혐의를 전부 벗겼다. 만약 꼬마의 증명을 선이 인정하면 필연적으로 화살은 그 밖의 다른 사람에게 향하게 된다.

만약 그자가 용의자로 부상한다면…….

선의 지시로 부하들이 야쓰호시를 포박한 줄을 풀었다. 의자와 수건을 가져와 온몸에 생긴 상처도 얼추 응급 처치를 마쳤다.

음료수도 제공됐다. 그러나 야쓰호시는 음료수를 거부하고 허리춤에 찬 자신의 페트병에 손을 가져갔다. 뚜껑을 열어 한 모금 마시고 이번에는 다른 홀더에서 카드 다발을 꺼냈다.

"그럼, 지금 바로 변호를 시작하겠습니다."

야쓰호시는 낭랑한 목소리로 카드 그림을 제시해가며 저택에서 했던 것처럼 후타바 소녀의 무죄를 증명하기 시작했다. 이런. 푸린은 시간이 갈수록 초조해졌다. 이대로 모든 이들의 무죄가 증명되면 나 대신 범인으로 내세울 상대가 없어진다. 지금 당장 대책을 마련해야 한다.

그때 선이 갑자기 한 손을 들어올렸다.

"기다려라, 소년. 한 가지 묻고 싶은데, 설마 그 증명이니 뭐니 하는 게 '신부가 다른 사람에게 죄를 덮어씌울 수 없는 것'을 전제하는 건 아니겠지?"

그 말에 야쓰호시의 설명이 뚝 멈췄다.

"……그 전제에 무슨 문제라도?"

그러자 선은 대뜸 흥이 식은 표정을 지었다.

"뭐야. 고작 그 정도 논거로 이 선에게 칼날을 들이민 건가? 패기 하나는 대단하군."

선은 한숨을 푹 내쉬고 고개를 흔들었다.

"잘 들어라, 소년. 그런 건 나도 이미 검토를 마쳤다. 나 역시 법이라는 것을 업신여기지는 않는다. 아직 직접 심문은 하지 않았지만 입수할 수 있는 모든 정보를 입수했고, 대략적인 증명도 이미 마친 상황이다. 지금 네 증명에 커다란 허점이 있다는 것도 이미 판명됐다. 그렇지 않나? 나의 사랑하는 연인이여."

선이 고개를 옆으로 돌렸다. 그녀의 시야 끝에 있는 백인 남자가 빙그레 미소 지으며 고개를 숙였다.

커다란…… 허점?

그때였다. 앗, 하고 나직한 비명 소리가 들렸다. 야쓰호시가 눈을 휘둥그레 뜨고 백인 남자의 얼굴을 뚫어지게 바라본다.

잠시 후 야쓰호시가 일본어로 물었다.

"당신은 설마…… 엘리오 볼조니?"

✍♥

이름을 알고 있다?

지인인가? 푸린은 다시 백인 남자를 쳐다봤다. 이름으로 추정하건대 이탈리아인. 나이는 아마 20대. 천진난만한 파란 눈빛의 미남이지만 두꺼운 눈썹과 짧은 턱수염에서는 야성미도 느껴진다.

엘리오라고 불린 남자는 야쓰호시의 질문을 받고도 고개를 갸웃했다. 일본어를 모르는 건가 싶었지만 그건 아닌지 남자는 한 발짝 앞으로 나아가 야쓰호시를 내려다보며 똑같이 일본어로 대답했다.

"내 이름을 어떻게 알지?"

야쓰호시는 입을 반쯤 벌린 채 그를 봤다.

"전에 스승님의 앨범에서 당신을 본 기억이……. 그때는 좀 더 어렸지만 아무튼 당신은 분명 카바리엘 밑에 있었던 걸로……."

"스승님? 누구 말이지? 나와 카바리엘 사이를 아는 일본인이라면…… 우에오로인가?"

"그렇습니다. 파란 머리 탐정님이지요. 하지만 카바리엘의 수하였던 당신이 왜 이런 곳에?"

엘리오는 마지막 질문에는 답하지 않고 말없이 미소 지으며 어깨를 으쓱했다.

선이 초조한 듯이 입을 열었다.

"리시. 통역을 부탁한다. 지금 저 천것이 무슨 말을 하는지 알아들을 수 없구나."

리시가 쪼르르 옆으로 달려가 발돋움을 하며 선의 귓가에 입을 갖다 댔다. 경호원부터 통역까지 그야말로 쓸모 많은 여자다.

"……오, 소년. 네가 그 파란 머리의 관계자였나."

선이 자못 유쾌한 듯이 웃었다.

"파란 머리에 대한 소문은 이곳저곳에서 들었다. 그 카바리엘이 파란 머리를 눈엣가시처럼 여긴다더군. 그 정도 악당도 애를 먹는 수준이라고 하니 도대체 어떤 남자인지 한 번쯤 만나보고 싶었는데…… 아, 미리 말하자면 이 아이도 그 카바리엘이 선물해줬다."

선은 그렇게 말하고 턱으로 엘리오를 가리켰다.

"전에 그쪽에서 상도를 깨뜨린 적이 있어서 말이야. 배상품 중 하나로 받았지. 물론 약간의 금전과 이 이탈리아 남자 정도로는 도저히 메울 수 없는 손해였지만, 배상 안에 빙니도 있어서 용서해줬다. 빙니는 그야말로 천금 같은 여자……."

카바리엘은 이탈리아인 추기경을 일컫는다.

겉으로는 바티칸 로마 교황청에 소속된 경건한 가톨릭교도지만 뒤로 보이는 얼굴은 마피아에 뒤지지 않을 만큼 검디검다. 그래서 평소에 선 같은 상대와 빈번히 갈등을 일으킨다.

또 그는 어떤 사정 때문에 파란 머리 탐정과 대립 관계에 있어 탐정에게 이따금 쓸데없는 참견을 할 때가 있다. 하지만 저 이탈리아인 남자는 현재 선의 소유물인 듯하니 이번만큼은 추기경의 사주 같지는 않다.

엘리오가 선 옆으로 갔다. 선은 남자의 등 뒤에 서서 팔다리를 돌려 거미줄처럼 달라붙었다. 그리고 엘리오의 얼굴에 자신의 볼을 비비고는 손가락을 세워 짧은 머리카락을 만지작거렸다.

"……그럼 설명하거라. 엘리오. 저 꼬마의 얕은꾀에 무엇이 부족한지를."

엘리오는 일단 눈을 한 번 감더니 다시 천천히 파란색 눈동자를 보였다.

"그럼 보스의 지시로 지금부터 제 의견을 말씀드리겠습니다."

그는 갑자기 딱딱한 중국어로 설명을 시작했다.

"지금 당신의 주장에서는 당일 술을 따랐던 소녀와 신부가 공범일 수 없다고 했습니다. 그 개요는 다음과 같습니다. 신부를 범인으로 가정한다. 하지만 신부는 다른 사람이 자신의 비소를 훔치거나 바꿔치기할 기회를 주지 않았으니 이것은 '다른 사람에게 죄를 덮어씌운다'라는 의도에 반한다……."

그는 마치 기계처럼 감정 없는 목소리로 담담하게 말을 이어갔다.

"그러나 정말로 신부는 그 누구에게도 비소를 훔칠 기회를 주지 않았을까요?"

위이잉 하는 배의 환풍기 소리가 들렸다.

"신부는 결혼식 전날 외출했습니다. 가방을 그대로 두고요. 이는 그전까지 신부가 보인 용의주도한 태도와는 명백하게 어긋나는 행위입니다."

"그…… 그렇지 않아요! 신부님은 그동안 저택이 빈다는 걸 알고 있었어요! 오히려 가방을 두고 갈 기회를 얻었으니 외출했다고 생각해야 마땅할……."

"과연 그럴까요?"

엘리오는 야쓰호시에게 되묻고 자신의 몸을 감싼 선의 손을 부드럽게 풀었다.

그러더니 야쓰호시에게 뚜벅뚜벅 다가간다. 남자가 걸을 때 가슴 가에서 뭔가가 반짝였다. 검의 모양새를 한 은색 펜던트 목걸이. 남자가 몸에 두른 액세서리 중 오직 그것만이 묘하게 촌스럽다.

엘리오가 야쓰호시를 마주 보고 섰다. 잠시 후 그는 친근한 중국어로 말을 이었다.

"소년. 당신의 이름은?"

"······야쓰호시."

"야쓰호시 씨. 그럼 잘 들으세요. 당신의 반증에는 허점이 있습니다. 조금 전 당신은 '신부는 다와라야 집안의 세 여자가 집에 일찍 오는 걸 예측할 수 없었다'라고 했지만, 반드시 그렇다고 단언할 수는 없습니다."

"······왜죠? 다와라야 집안 여성 세 분이 예정보다 일찍 돌아온 건 전부 신부가 예측할 수 없는 사정 때문이었어요. 아미카 씨는 컨디션 불량, 기누아 씨는 남자 친구와의 다툼, 기사코 씨는 전철 연착에 따른 약속 취소······."

엘리오는 말없이 야쓰호시를 내려다봤다.

"숙련자인 제가 보기에."

······숙련자?

"독을 독살 목적으로만 쓰는 건 그야말로 아마추어지요."

독살 목적으로만 쓰는 건, 아마추어?

"실로 독에 정통한 사람은 독을 용도에 맞춰서 씁니다. 이를테면 아트로핀. 아트로핀은 과다 섭취 시 환각과 호흡 곤란을 일으키다가 끝내 죽음에 이르는 신경독이지만 적당량은 약으로도 쓰입니다. 점안제, 위장약, 마취 전 투여제. 심지어 사린 등의 유기인계 중독의 치료제로도 쓰이죠.

사실 아트로핀의 산동散瞳 작용, 즉 동공을 키우는 약효를 악용해 범죄 은폐를 꾀한 사례도 있습니다. 바로 1892년 발생한 안나 뷰캐넌 살인사건입니다. 이 사건의 피해 여성은 모르핀으로 살해됐는데 모르핀 중독의 가장 큰 증상 중 하나로 동공 수축이 있습니다. 눈동자가 바늘 끝처럼 작게 수축되는 거죠. 사건의 범인이었던 그녀의 스승은 그 사실을 알고 있어서 경찰이 증상을 통해 모르핀 중독임을 알아채지 못하도록 일부러 아트로핀을 써서 피해자의 동공을 키웠습니다."

툭, 하고 야쓰호시의 발밑에 뭔가가 떨어졌다.

카드다. 야쓰호시가 떨어뜨린 것이다. 뒤이어 야쓰호시는 바닥을 길 기세로 힘없이 쪼그려 앉았다.

"설마…… 설마 그런……."

"그럼 되돌아가서 이번 사건은 어떨까요. 마땅히 의심해볼 만한 요소는 바로 아미카 씨의 컨디션 불량입니다. 대다수의 중독은 초기에 감기와 비슷한 증상이 나타납니다. 아미카 씨는 전날 점심에 냉동 피자를 먹었으니 그 피자에 어떤 독을 넣었다면 의도적으로 그 같은 증상을 끌어낼 수 있고요. 섭취 몇 시간 만에 증상 발현, 증상이 가볍고 하룻밤이면 회복될 독성이라면 가능성이 높은 건 역시 식중독.

그중에서도 전갱이나 고등어류를 먹어서 발생하는 히스타민 중독, 감자 싹으로 유명한 솔라닌 중독, 혹은 경도의 살모넬라균 중독 등이 후보로 꼽히겠지만 역시 조건에 가장 부합하는 건 '황색 포도상 구균'일 겁니다.

이 황색 포도상 구균이 만드는 독소는 가열해도 독성이 쉽게 사라지지 않고 무미 무취에다 보존할 수도 있습니다. 또 일상생활 중에 번식하는 균이라 입수하기도 쉽지요. 구체적인 수단을 짐작해보자면 이 균에 오염된 치즈 가루 등을 피자에 뿌린다. 그걸로 준비는 끝, 쓰고 남은 찌꺼기는 외출할 때 처분하면 그만입니다."

야쓰호시가 공처럼 허리를 둥글게 웅크렸다. 엘리오는 표정 없는 얼굴로 아이의 뒷모습을 바라보더니 잠시 후 주머니에 손을 찔러 넣고 몸을 휙 돌렸다.

"따라서 당신의 논거는 여기서 무너집니다, 야쓰호시 소년. 당신의 반증은 아직 한 수 모자랍니다."

멀어져 가는 엘리오의 뒷모습을 보며 야쓰호시가 카드 한 장을 꾹 움켜쥐었다.

하하하하하哈哈哈哈哈! 하는 호쾌한 웃음소리가 울려 퍼졌다.

"자, 소년. 얼른 반박해보거라. 내 한 시간이라는 시간을 주마. 그 안에는 마음껏 선소리를 늘어놓아도 된다. 다만 절대 잊지 말거라. 네가 저 여자아이의 무죄를 주장한 이상 단 하나의 의혹도 남겨서는 안 된다는 것을. 의혹은 곧 고문이다."

기우뚱하고 바닥이 기우는 느낌이 들었다.

배가 높은 파도와 만난 걸까. 천장을 보니 샹들리에가 흔들리고 있다. 푸린은 한숨 돌리고 손에 든 곰방대를 다시 입에 물었다.

리시를 눈으로 찾아 손가락을 들어서 불렀다. 리시는 강아지처럼 쪼르르 달려와 익숙한 몸짓으로 몸 어딘가에서 마술처럼 성냥을 꺼내더니 잽싸게 불을 붙이고 푸린에게 내밀었다.

"리시, 저 남자는 대체 뭐야?"

푸린은 곰방대를 들이밀며 물었다.

"저 남자 말인가요? 카바리엘이 어릴 적부터 기른 청부살인업자예요."

"청부살인업자? 그냥 정부 아니었나?"

"호랑이도 사육하면 온순해지는 법이죠. 보스의 침실 상대를 맡는 것도 맞지만 독극물 취급에 아주 능숙하다더군요. 암살 실력을 발휘해 이미 보스의 라이벌을 몇 명인가 쓰러뜨린 적도 있어 보스도 몹시 높게 평가한다고 하네요. 물론 총애의 정도는 빙니 님의 발끝에도 못 미칠 테지만……."

즉 선이 카바리엘에게 받은 선물이 완구가 아닌 도구라는 뜻일까.

"하지만……."

그때 힘없는 목소리가 들렸다. 야쓰호시가 만두처럼 몸을 웅크린 채 끈질기게 호소했다.

"신부님이…… 독에 대한 그런 지식을, 지녔을 거라고는……."

"그녀는 독에 대한 참고 자료를 소유하고 있었습니다. 또 평범한 가정에서도 황색 포도상 구균에 의한 식중독 사례가 빈번할뿐더러 이 정도 지식은 요즘 인터넷에서도 쉽게 찾을 수 있지요."

"하지만…… 신부님이 언제 그런 행동을……."

"신부는 가장 늦게 리허설에 참석했습니다. 그리고 아미카 씨는 그전에 피자를 상온 해동하려고 냉동실에서 꺼내 부엌에 두었으니 균을 넣을 기회도 충분했습니다. 신부는 아미카 씨가 부엌에서 나오는 모습을 보고 곧장 그 계획을 떠올렸겠죠."

"그럼 신부님은 왜 갑자기 그런 행동을……."

"물론 아미카 씨에게 죄를 덮어씌우기 위해서입니다. 결혼식 전날 갑자기 범행을 떠올렸다면 독을 훔치게 할 기회는 그때밖에 없죠. 신부가 결혼식을 앞두고 정서가 불안정한 상태였다면 그런 급격한 심경 변화도 앞뒤가 맞습니다."

이길 수 없다.

두 사람의 질문과 대답을 들으며 푸린은 먼 허공에 연기를 내뿜었다.

이런 가설까지 전부 검토를 마쳤다면 그 정도 의문은 상대도 다 해결했을 것이다. 무엇보다 이것은 범죄의 증명이 아니다.

의혹은 곧 고문.

조금이라도 의심의 여지가 있으면 피의자는 잔혹한 고문을 당할 거라는 뜻이다.

이른바 중세의 '마녀재판'. 정적이나 저항 세력의 트집을 잡아 고문대로 보내는 건 선이 자주 쓰는 수법이다. 예를 들어 음식이 짠 건 요리사로 고용한 아무개가 나의 요절을 노렸을 가능성이 있다. 예를 들어 복도에 병이 떨어져 있는 건 누군가 내가 병을 밟고 넘어져 죽기를 바랐을 가능성이 있다. 그 혐의에서 벗어나려면 피의자는 어떻게든 자신의 완전한 결백을 증명해야 한다. 그러나 진범이 아닌 이상 강제로 다른 희생양을 만들어 증명하거나, 아니면 그런 가능성 자체가 불가능하다는 것을 모든 수단을 동원해 선에게 인정받아야 한다.

그것과 똑같다.

푸린은 문득 지금 이곳에 없는 파란 머리 탐정을 떠올렸다. 탐정은 어떤 이유에서 '기적이 이 세상에 존재함'을 증명하기 위해 안달이 나 있다. 그리고 그 증명법은 기적이 아닌 다른 수단의 부정, 다시 말해 '인간이 떠올릴 수 있는 가능성을 모두 부정한다'라는 터무니없이 고된 방법인데 이 해명도 그것과 똑같은 것이다.

피의자를 규탄하는 쪽에서는 범행의 '가능성'만 암시하면 된다. 반대로 피의자를 변호하는 쪽에서는 그 '가능성이 존재하지 않는다'라는 것을 엄밀한 논증으로 제시해야 한다. 보통의 재판과는 정반대. '한 것'이 아닌 '하지 않은 것'을 증명한다.

흔히 말하는 '악마의 증명'.

그 길이 가시밭길인 것은 스승을 통해 이 꼬마도 뼈에 사무칠 만큼 잘 알고 있을 터다. 어차피 '가능성'이란 수도꼭지 같은 것이다. 비틀면 비틀수록 나온다. 논리의 그물망으로 가능성이라는 이름의 물고기를 아무리 잡으려고 발버둥 쳐도 그물코로 빠져나가는 작은 물고기가 수없이 많을 수밖에 없다.

지금 단 하나 신경 쓰이는 것은 조금 전 꼬마가 입에 담은 말.

그 파란 머리가 이번 일을 '기적'이라고 했다?

"소년. 이제 곧 한 시간이 지난다."

선이 흥미진진해하며 말했다. 야쓰호시는 울상이 되어 카드를 바닥에 뿌리고 필사적으로 방법을 찾았다. 아무래도 카드 그림을 보며 영감을 받으려는 것 같다. 꼬마 나름의 추리법인 듯한데 이제는 더 방법이 없어 보인다.

잠시 후 선이 회중시계로 시간을 확인하고 무정하게 알렸다.

"시간이 다 됐다."

야쓰호시가 주먹으로 바닥을 내려쳤다.

진심으로 유쾌해하는 선의 요란한 웃음소리가 울려 퍼졌다. 선이 엘리오를 불러 뭔가를 속삭이자 엘리오가 자리를 벗어나 어딘가로 향했다. 잠시 후 그는 트레이에 술과 안주를 싣고 돌아왔다.

선은 엘리오에게 와인을 따르게 하더니 독이 있는지 먼저 마셔보게 했다. 그리고 와인 잔을 한 손에 들고 우아하게 의자에서 자세를 고쳐 앉아 관람 준비를 마치고 지시를 내렸다.

"저 소년은 나중에 처리하도록 하지. 그럼 야오, 시작해라."

이제는 어쩔 수 없다.

푸린은 얼굴에서 표정을 지우고 바닥에 주저앉은 후타바를 돌아봤다. 소녀는 아침잠에서 막 깨어난 듯한 몽롱한 얼굴로 푸린을 보더니 일본어로 힘없이 물었다.

"저…… 무슨 이야기를…… 하신 건가요?"

후타바는 고개를 돌려 무대 아래에서 울고 있는 야쓰호시를 공허하게 바라보더니 다시 물었다.

"렌 씨는 왜 저기서 울고 있는 건가요……?"

중국어로 대화를 나눠서 상황을 아직 파악하지 못한 듯하다. 역시 어쩔 수 없는 일이다.

"라오포예."

리시가 푸린에게 간이의자를 가져왔다.

그러고는 소녀의 목덜미를 난폭하게 움켜잡고 집어던지듯 의자에 앉혔다. 후타바는 약과 피로 때문에 몸이 잘 움직이지 않는지 별 저항도 없이 의자에 축 늘어졌다. 푸린은 그런 마네킹 같은 소녀 옆에 무릎을 꿇고 앉아 기르는 고양이의 발톱이라도 깎는 것처럼 아이의 한 손을 들었다.

손을 지그시 관찰한다. 가느다란 손가락이다. 힘을 잘못 집어넣으면 손톱보다 손가락뼈가 먼저 부러질 것이다.

10초 정도 소녀의 손을 말없이 바라봤다.

"왜 그러지?"

"아뇨……."

푸린은 선을 향해 고개를 숙였다.

"보스. 부끄럽지만 이 야오, 아무래도 일선에서 잠시 물러나 있어서 그런지 감이 무뎌진 것 같습니다. 이 연약한 여자아이를 상대로는 힘 조절을 못 해서 아깝게 시체만 쌓을 것 같네요. 우선 조금 더 몸이 튼튼한 자부터 시작해 손맛을 되찾고 싶습니다만……."

"음? 다른 자부터 하고 싶다는 말이냐? 뭐 상관없겠지. 마음대로 해라."

그러자 리시가 옆에서 나무랐다.

"라오포예. 혹시나 했는데…… 설마 이 여자아이에게 연민의 정을 느끼기라도?"

허튼소리 마.

푸린은 리시의 말을 무시하고 몸을 일으켰다. 이 정도로 연민을 느낀다면 이미 오래전에 죄책감 때문에 스스로 목숨을 끊었을 것이다. 내 부탁의 진의는 그런 곳에 있지 않다.

그저 염려한 것이다.

고문을 받아 이 여자아이가 쓸데없는 말을 입에 담는 상황을.

이 아이는 결혼식 날 술을 따랐다. 그렇다면 그때 약간의 위화감을 느꼈을 수도 있다.

물론 사소한 걱정일 수 있지만 상대는 다름 아닌 선이다. 바늘 끝처럼 가느다란 방심도 목숨과 이어지지 않을 거라고 누가 단언하겠는가. 저 엘리오인지 뭔지 하는 남자의 실력도 아직 미지수다. 조심해서 나쁠 것은 없다.

다행히 나를 대신할 제물이라면 얼마든지 있다. 이 녀석들은 어차피 평범한 일반인 아니면 시정잡배들이다. 조금만 위협하면 얼마든지 강제로 자백을 받아낼 수 있다. 지금은 일단 운이 나빴다며 다와라야 자매 정도를 포기하게 하고 그다음은 선을 설득할 수 있는 수준으로 이야기의 앞뒤를 맞추면…….

"잠깐."

그때 검고 음울한 목소리가 푸린의 다리를 멈춰 세웠다.

"네. 라오포예는 나태의 도가 지나쳐서 분명 왕년의 감을 잃은 것 같습니다. 그러나 칼에 슨 녹은 조금만 갈면 떨어지기 마련이지요. 라오포예 정도 되는 명검을 군이 그렇게까지 해서 회복시키는 건 시간 낭비 아닐까요."

돌아보니 한 손에 실톱, 다른 한 손에 소녀의 머리카락을 쥔 리시가 저승사자처럼 푸린을 보고 있었다.

"이리 오세요, 라오포예. 우선 이 리시가 본보기를 보여드리죠. 라오포예에게 배운 기술을 제가 다시 가르쳐드릴 날이 올 줄이야. 그야말로 반면눙푸班門弄斧, 공자 앞에서 문자 쓴다지만, 오래전 공자님께서도 말씀하셨습니다. '아랫사람에게 묻는 것을 부끄러워하지 말라'라고요. 지금은 이 리시를 어미 고양이라고 생각하시고 새끼 고양이가 사냥을 처음 배우는 것처럼 순순히 제 솜씨를 보시면서……."

푸린의 입이 목어木魚처럼 쩍 벌어졌다.

상황이 왜 이렇게 굴러가는가.

혹시 내가 고문을 회피한 게 이 여자의 눈에 심약하게 비쳐서 거슬린 걸까. 제기랄, 정말 까다로운 여자다.

그러고 보면 이 여자는 예전부터 나의 조직 탈퇴를 달갑게 생각하지 않아서 걸핏하면 다시 조직에 돌아오라고 회유했다. 애초에 리시를 조직에 끌어들인 사람은 나다. 그런 내가 멋대로 조직을 빠져나간 것으로 모자라 선량한 척까지 하는 것은 용서할 수 없다는 뜻일까.

"푸린 씨……."

이번에는 무대 아래에서 목소리가 들렸다.

"부탁드려요. 스승님은 지금 어디 계시는지 모르겠지만 분명 저희를 구하러 오실 거예요. 스승님은 이번 일을 '기적'이라고 말씀하셨어요. 그러니 일본 경찰 기관이 움직이지 않아도 스승님이 이곳에 오시기만 하면 반드시 모든 이들의 무죄를 증명해주실 거예요. 그러니……."

그래서 뭐 어쩌라고. 푸린은 욱신거리는 두통을 견뎠다. 이제 와서 그런 우는 소리가 먹힐 성싶으냐. 이 여자나 저 꼬맹이나 정말 하나같이.

야쓰호시는 상처 입은 몸을 무대 옆으로 질질 끌고 가서 웃음과 울음이 섞인 얼굴을 보였다.

"그러니 그전까지 시간을 벌기 위해…… 부디 제 몸으로, 연습을……."

순간 푸린의 표정이 굳었다.

뭐라고?

그 직후 천장에서 툭 하고 뭔가가 부딪히는 소리가 들

렸다.

반사적으로 고개를 들었다. 샹들리에 부근에 새처럼 검은 그림자가 떠 있다. 아니, 새는 아니다. 기계다. X자 모양으로 팔을 뻗은 소금쟁이 비슷한 모양새의 프로펠러식 소형 비행 물체. 저것은……

드론.

"……어리석구나, 렌. 푸린의 고문을 그저 엉덩이를 조금 때리는 수준으로 생각하나? 여태껏 치과의사조차 찾아가기 망설이는 네가 저 여자의 고문을 견디겠다고?"

위를 올려다본 야쓰호시의 표정이 단숨에 밝아졌다.

"스승님……"

스승……님?

드론이 가벼운 날갯짓 소리를 내며 아래로 내려왔다. 푸린은 이미 놀라는 수준을 뛰어넘어 아연실색하게 그 모습을 지켜봤다. 선의 부하들이 수상한 물건을 보고 술렁거렸지만 여두령은 별다른 반응 없이 부하들에게 정숙을 지시했다.

드론은 선의 머리 위 부근에서 낙하를 멈추고 그대로 공중 정지했다. 거기서부터 또다시 긴장감 없는 목소리가 들렸다.

"선 라오다, 높은 곳에서 미안하군. 나의 요구는 단 하나다. 렌과 저 인질들을 지금 당장 석방해라."

그러자 선이 나른한 눈빛으로 고개를 들었다.

"누구?"

"우에오로 조. 저 소년의 보호자다."

"오…… 네가 그 파란 머리인가. 호랑이도 제 말 하면 온다더니. 그런데 네 특징이라는 그 파란 머리는 지금 보이지 않는데?"

"비행하고 있는 시점에 본체가 없다는 것 정도는 깨달아야지. 아무튼 선, 카바리엘에게서 이미 네 이야기는 들었다. 애견을 잃고 매일 밤낮을 울면서 지낸다더군. 실은 녀석이 상처받은 너를 꼭 위로해달라고 부탁하던데. 만약 내 요구를 받아들인다면 하룻밤 술잔을 기울이며 하소연 정도는 들어줄 수 있다."

"매력적인 제안이지만 너와 술을 마실 수는 없다. 왜냐면 지금 이곳에 내 애첩을 끔찍하게 죽인 대역죄인들이 있기 때문이다. 그리고 꼬마는 나를 우롱한 것으로 모자라 저 여자아이의 무죄를 증명할 수 있다면서 거짓말을 하고 끝내 실패했지. 그 책임은 결코 면할 수 없다."

"렌의 반증에 포함된 허점을 말하는 건가?"

그러자 칼과 화살을 방패로 막아내듯 목소리가 날카롭게 되받아쳤다.

"그 가능성은, 이미 떠올렸다."

𝒧❤

순식간에 선의 표정이 험악해졌다.

푸린도 타고 난 삼백안_{정면에서 봤을 때 좌우와 아래쪽 흰자위가 보이는 눈을} 가늘게 떴다. 오랜만에 듣는 탐정의 단골 대사. 설마 이 대사를 이곳에서 듣게 될 줄이야.

"가능성을 떠올렸다고? 허세 부리지 마라, 파란 머리."

"실제로 떠올렸으니 어쩔 수 없지. 그나저나 선, 렌의 반증 속 허점을 눈치챘다는 사람이 대체 누구지?"

그러자 이탈리아인 남자가 드론 카메라 앞으로 향했다.

"접니다. 우에오로 씨."

"넌 설마…… 엘리오인가. 그러고 보니 카바리엘이 사죄의 선물을 보냈다고 들었는데. 그렇군…… 그게 너였군. 어쩐지 녀석이 선이 있는 곳을 순순히 가르쳐주더군."

두 사람의 말투에서 서로를 적대하는 분위기는 그리 느껴지지 않았다. 굳이 따지면 옛 친구와 재회한 분위기에 가깝다.

약간 누그러진 분위기를 엘리오가 다시 깨뜨리듯 말했다.

"우에오로 씨, 묻겠습니다. 당신은 지금 내 가설을 다시 반증할 생각으로 그 말을 입에 담았습니까?"

"당연하지. 잘 들어, 엘리오. 이번 일은 기적이야. 그곳에 인간이 개입할 여지는 없어."

"당신은 아직도 그런 소리를……."

엘리오가 쓴웃음을 지었다.

"아무튼 건방진 소리는 거기까지만 듣겠습니다. 말해보시죠. 제가 뭘 간과했다는 겁니까?"

"엘리오, 네가 유일하게 간과한 사실. 그건 바로……."

부우웅 울리는 드론의 날갯소리.

"결혼식 전날인 금요일이 '타는 쓰레기 수거일'이었다는 점이다."

극장 안에 침묵이 내려왔다.

"……우에오로 씨. 전 늘 당신의 유머 감각을 이해하지 못하겠습니다."

"이건 유머가 아니야. 논거지. 그러고 보니 이탈리아에는 쓰레기를 요일별로 수거하는 규칙이 없다고 했지. 그럼 떠올리지 못하는 것도 어쩔 수 없나. 일본의 그런 규칙만 알고 있다면 반증은 별로 어렵지도 않아. 잘 들어, 엘리오. 그 지역에는 쓰레기 호별 수거라고 해서 오후에 쓰레기차가 각 주택을 한 채 한 채 돌면서 집 앞에 버려진 쓰레기를 수거하는 규칙이 있어. 그렇다면 결혼식이 열린 금요일에 다와라야 집안 문 앞에도 쓰레기차가 멈춰 섰을 텐데 다와라야 아미카 씨의 증언에 따르면 방범 카메라 영상에는 오후에 문 앞에 멈춰 선 차가 한 대도 없다고 했지. 그건 다시 말해 그날 다와라야 집안에서는 타는 쓰레기가 나오지 않았다는 것을 의미해."

엘리오가 미간에 주름을 깊게 잡았다. 이야기의 의도가 감이 잘 잡히지 않는 건 푸린도 마찬가지였다.

"……그래서요? 그곳 가정부는 집안일에 별로 능숙하지 않아서 식사도 시판 반찬이나 포장 음식을 사 올 때가 많았습니다. 그럼 쓰레기가 별로 나오지 않는 상황도 부자연스러운 건 아니지 않나요?"

"아니, 부자연스러워, 이번 경우에는 말이지. 왜냐면 결혼식 전날 점심에 아미카 씨는 피자를 절반만 먹고 나머지를 싱크대에 버렸다고 했거든. 전날 움직임을 고려하면 그 시점은 가정부가 아직 부엌을 치우기 전이었고 가정부가 저택을 나간 건 정오가 되기 전. 쓰레기차가 오는 시간은 오후이니 그때 쓰레기가 나오지 않는 건 이상해."

"……그대로 싱크대에 남아 있었겠지요."

"부엌은 신부를 맞이하는 곳이라 다음 날 결혼식 때 방송국 카메라가 들어오는 곳이었어. 그런 곳에 더러운 걸 그대로 방치할 리 있겠어? 그리고 꼭 그게 아니어도 지금은 계절이 여름이야. 단순한 종이 쓰레기 같은 거면 모를까, 쉽게 부패하는 음식물 쓰레기를 버리지 않고 그대로 두면 냄새가 날뿐더러 여러 문제가 생길 수도 있다고."

"그럼 가정부가 가지고 갔다거나, 저택 정원에 묻었을 수도……."

"요리에 별로 적극적이지도 않은 가정부가 왜 집을 나가면서 버릴 수 있는 음식물 쓰레기를 굳이 가지고 가겠어? 그리고 기누아 씨의 증언에 따르면 그 저택에는 정원에 작은 구멍 하나만 파도 아버지가 화를 낸다고 했지. 하물며 결혼식을 다음 날 앞둔 상황이고 쓰레기를 수거하러 오는 날에 굳이 정원에 그런 걸 묻을 리 있겠어?"

드론은 대화를 즐기듯 붕붕거리며 위아래로 움직였다.

"다시 말해 그 이후 싱크대에 있던 피자는 사라졌다. 그럼 어디로 사라졌는가? 음식이 사라질 이유라면 하나겠지. 누군가가 먹은 거야."

엘리오가 또다시 이맛살을 찌푸렸다.

"먹다 남겨서 싱크대에 버린 피자를 먹었다고요? 빈민가도 아니고 그런 걸 먹을 사람이……."

엘리오는 불현듯 갑자기 말을 하다가 말고 드론을 올려다봤다.

"설마……."

"그래, 엘리오. 그런 걸 먹을 사람은 없지. 그래서 필연적으로 피자를 먹은 건 인간이 아닌 다른 동물이라는 뜻이 되는 거야. 그리고 전날 저택 안에 있던 동물이라면 리허설에 데려온 소녀가 기르는 개뿐. 따라서 그 개가 먹었겠지?

하지만 개는 다음 날 아무렇지 않은 상태로 결혼식에 참석했어. 인간의 식중독은 대부분 인수 공통 감염, 즉 인간에게 일어나는 식중독은 개에게도 일어나. 게다가 소녀가 기르던 개는 소화기가 약한 주제에 평소에도 틈만 나면 땅에 떨어진 걸 주워 먹는 바람에 배탈을 일으킨다고 했지. 그 개가 피자를 먹었는데 아무 일도 일어나지 않았다는 게 바로 피자에는 손을 대지 않았다는 증거야.

그러니까 피자에 독은 들어 있지 않았어. 그렇다면 신부가 의도적으로 아미카 씨를 집에 일찍 돌아오게 했다는 가설의 논거가 무너지지."

엘리오는 입을 다물었다. 이탈리아인 남자는 턱에 손을 대고 잠시 허공을 응시했지만 얼마 안 돼 웃음을 풋 터뜨리고 드론을 쫓는 것처럼 손을 휘휘 내저었다.

그의 등 뒤에서 선이 입을 열었다.

"……너무 개, 개 거리지 마라, 파란 머리."

푸린은 순간 정신이 퍼뜩 들었다.

뭐지? 벌써 끝난 건가?

그야말로 허무한 결말이다. 지금까지의 소동이 코미디처럼 느껴질 정도다. 이것이 바로 이 탐정의 파괴력.

그러나 예상보다 이른 주인공의 등장 탓에 푸린의 처지는 한층 복잡해졌다. 연신 스승님, 스승님 하며 비눗방울을 쫓는 것처럼 드론을 향해 손을 뻗는 야쓰호시를 곁눈질하며 푸린은 곰방대를 입에 물고 일단 혼란스러운 머릿속을 열심히 정리했다.

탐정의 반증으로 소녀의 심문은 잠시 미룰 수 있을 것이다.

그건 고마운 일이다. 그러나 탐정의 등장으로 사건의 진상이 밝혀질 위험성이 높아진 것도 사실이다.

게다가 가장 고민스러운 것은 상대가 평범한 탐정이면 모를까 이 탐정은 앞으로 더욱 상대하기 성가실 거라는 점이다.

조금 전 꼬마는 탐정이 이번 사건을 '기적'으로 선언했다고 했다.

즉, 이번 사건에 범인이 없다는 뜻이다.

무엇보다 혼란스러운 게 바로 그 부분이다. 내가 범죄를 저지르지 않았다고?

즉시 부정했다. 그럴 리 없다. 해당 사건을 일으킨 장본인이니 하는 말이다. 사건은 전부 나의 계획대로 진행됐고 계획대로 대상이 죽었으며 공범에게 보고도 받았다. 이렇게까지 했는데 내 잘못이 아니라면 난 아담과 이브보다 무고한 존재다.

그렇다면 탐정이 그렇게 발언한 이유는 두 가지.

첫째, 탐정이 아직 사건의 진상을 깨닫지 못했다.

아니면.

내가 범인인 것을 알면서도 감싸려 하고 있다.

탐정은 '기적'이 엮이면 시야가 좁아지는 경향이 있으니 전자의 '진상을 깨닫지 못했다' 역시 충분히 있을 수 있는 일이다. 그러나 상대가 만약 후자 같은 생각으로 거짓말을 하고 있다면⋯⋯.

푸린은 혀를 쯧 찼다.

그건 또 그것대로 불길한 이야기다.

하지만 그럴 경우 탐정을 이용할 수도 있다. 그는 즉 나의 '아군'이다. 그러나 상황이 만약 전자이고, 그것도 모자라 사건 검증 도중 진상을 깨달을 것 같다면 그 남자는 되도록 빨리 입을 걸어 잠가야 하는 방해꾼. 즉 '적'이다.

이 동전의 앞뒷면 중 어느 쪽에 걸어야 할까.

푸린이 고민하고 있을 때 옆에 있던 리시가 무대에서 폴짝 내려왔다. 흰 부채로 입가를 가리고 드론을 향해 힘차게 걸어간다.

"친아이더親愛的, 달링. 오랜만이에요."

그러고 보니. 푸린은 떠올렸다. 전에 이 여자와 탐정은 기적 증명과 관련해서 맞붙은 적이 있다. 그때 여자는 탐정을 마음에 들어 했고 이후 탐정을 자신의 정부 또는 박제용 장식품으로 삼으려고 호시탐탐 노리고 있다. 탐정이 외국으로 도피한 이유에는 혹시 그것도 포함되는 건 아닐까.

"……리시 씨. 리시 씨도 이곳에 있었습니까. 아니, 그 가능성도 떠올리긴 했지만……."

"탐정 선생님은 정말 뭐든지 떠올리시네요. 그런데 오늘은 어떤 이유 때문에 그런 모습으로 등장을?"

"아, 이거 말입니까. 실은 지금 전세선을 타고 그쪽으로 가는 중인데 이런 속도로는 앞으로 몇 시간은 더 걸릴 것 같아서요. 그래서 황급히 드론을 띄웠죠. 이 배로는 빠르면 30노트, 시속 55킬로미터 정도가 한계지만 속도를 개조한 이 드론이라면 시속 140킬로미터는 나와서."

"그런가요……."

리시가 몸을 홱 돌려 드론을 등지더니 풀쩍하고 높이 뛰어올랐다.

머리카락을 용 수염처럼 나부끼며 세로로 한 바퀴 빙글 돈다. 다리를 머리보다 높이 들어 공중제비를 돌며 드론을 바닥에 차서 떨어뜨리더니 지면에 착지하는 것과 동시에 굽 있는 샌들 뒤축으로 드론을 밟아 부쉈다.

와그작, 하고 귀에 거슬리는 소리를 내면서 깨진 카메라 렌즈와 드론 부품이 사방에 흩어졌다.

"워더아이런我的愛人, 내 사랑. 당신은 필요 이상으로 똑똑한 게 흠이에요. 그게 당신의 매력이기는 하지만 지금 같은 상황에서 이 리시는 조금 불편하네요. 우리의 회포는 도착한 다음에 풀기로 해요. 짜이후이再會, 그럼 이만."

푸린은 입을 떡 벌렸다.

다른 수가 있었다!

바로 탐정의 강제 퇴장. 일단 드론만 제거하면 상황은 다시 원점으로 돌아간다.

조만간 탐정이 도착한다는 사실은 변함없지만 그전까지 적당히 범인을 만들어서 실수로 죽인 셈 치면 된다. 그렇다면 나중에 도착한 탐정이 뒤늦게 무슨 말을 해도 모든 것은 소 잃고 외양간 고치기다. 그 남자가 아무리 기적 증명에 집착한다고 해도 굳이 선 앞에서 이야기를 되짚으며 희생자를 늘리는 짓은 할 리 없다.

그건 그렇고 리시, 정말 한 치 앞을 알 수 없는 여자다.

가끔 이렇게 생각지도 못한 행운도 만들어내니 마냥 나쁘다고 할 수 없다. 마치 폭탄이 달린 슬롯머신이라고 해야 할까. 그래도 탐정의 드론을 아예 부숴버리다니.

그때 푸린은 문득 깨달았다.

리시가 보고 있다. 나를. 눈 아래를 부채로 가린 채.

왠지 오싹했다.

푸린이 지지 않고 쏘아보자 리시가 고개를 뒤로 쓱 돌렸다. 그러더니 선 쪽으로 다가간다. 여두령 앞에서 무릎을 꿇고 양손을 무릎 앞으로 모은 공수拱手 자세로 예를 표한다.

"보스, 못 볼 꼴을 보여드리고 말았습니다. 하지만 저런 정체를 알 수 없는 부유물은 얼른 철거하는 게 보스의 안위에 도움이 되리라 판단했습니다. 그런데 보스. 이번 사건의 진상에 대해 조금 전 이 리시도 변변찮은 해석을 하나 떠올렸습니다. 바라건대 진언 기회를 얻고 싶습니다만⋯⋯."

술을 마셔서 눈가가 살짝 붉어진 선이 호방하게 고개를 끄덕였다.

"좋다. 들어보자."

리시는 고개를 깊숙이 숙이고 다시 일어나 무대 위로 돌아가더니 간이의자에 꼭두각시 인형처럼 앉은 후타바 옆에 섰다. 그리고 소녀의 윤기 나는 검은 머리카락을 손가락으로 가볍게 쓸었다.

"그럼 여러분. 보스의 허락도 얻었으니 이번에는 제가 나서고자 합니다. 귀에 거슬릴 수도 있지만 모쪼록 주의 깊게 들어주시기를 바랍니다. 자, 그럼 들려드리지요. 조금 전 이 리시가 하늘의 뜻을 통해 얻은 아주 사소한 깨달음을⋯⋯."

제11장

리시는 잠시 얼이 빠진 것처럼 천장의 샹들리에를 올려다 봤다.

그러더니 이내 다시 앞을 돌아보고 포대처럼 고개를 돌려 푸린과 눈을 마주치고 씩 웃었다.

"여러분, 갑작스럽게 죄송하지만."

리시가 부채를 가슴 앞에 팟 펼치고 얼굴을 관객석 쪽으로 돌렸다.

"제 복심 중에 잉화鶯花라는 이름의 여자아이가 있습니다. 이 아이의 자태는 이름처럼 현란한 꽃 같지만 속에서 기르는 건 포악한 독벌. 비가 오든 눈이 오든 애용하는 우산을 항시 들고 다니며 무슨 일이 있을 때마다 상대를 그걸로 찌르지요. 이 잉화의 나쁜 습관 탓에 저까지 애를 먹을 정도입니다. 왜냐하면 그 우산 끝에는 맹독인 리신 캡슐이……."

푸린은 속으로 그런 여자를 사회에 풀어두지 말라고 생각했다.

"그런데 더욱 곤란한 건 이 잉화가 그런 행위의 결과를 염두에 두지 않는다는 점입니다. 실로 경솔하고 생각이 짧은 아이지요. 이 이야기를 통해 제가 하고 싶은 말은, 세상에는 꼭 용의주도하게 살인을 저지르는 자만 있는 건 아니라는 사실. 개중에는 세상의 질책을 온몸으로 받아낼 각오로 범행에 이르는 자도 있을 겁니다."

그때 만신창이 상태의 야쓰호시가 탁자에 몸을 기댄 채 반론했다.

"……범인이 경찰에 붙잡힐 걸 알고도 독살을 꾀했다는 말인가요? 하지만 리시 씨, 그건 이미 부정된 가설이에요. 범인이 신부님이 아닌 다른 사람이라면 신부님의 비소를 쓸 필요가 없고, 신부님이라면 이미 가방을 들고 온 시점에 자백한 거나 마찬가지라고요."

"그러나 과연 그렇게 단정할 수 있을까요? 여심은 움직이기 쉬운 법. 만약 범행 이후 신부의 마음이 바뀌었다면……."

"이번 사건은 돌발적인 범행이 아니에요. 공범을 쓰든 뭘 하든 해서 신부님은 적어도 신부 여로 때문에 저택을 나가기 전까지 비소를 준비해야 했어요. 즉, 용의주도한 살인이에요. 그만큼 강한 의지를 지닌 범인이 마음이 바뀌다니. 어지간한 일이 일어나지 않는 한……."

"그러니까 그 어지간한 일이 일어난 거죠."

리시가 또다시 푸린을 힐끗 봤다.

뭘까. 푸린이 똑같이 노려보자 리시는 웃음을 터뜨리더니 천천히 손을 자신의 블라우스 앞쪽으로 가져간다.

그리고 블라우스 단추를 직접 위에서 하나씩 풀었다. 배꼽 부근까지 풀었을 때 옷깃 한쪽을 걷어 어깨를 불빛 아래에 드러낸다. 창백한 목덜미와 빗장뼈가 무대 조명을 받아 요염하게 빛났다.

"라오포예. 유심히 봐주세요."

리시가 촉촉한 목소리로 말했다.

"제 하얀 피부를."

무슨 말을 하려는 걸까.

"이 리시, 보시다시피 피부가 하얗습니다. 그러나 이 피부색이 반드시 타고난 거라고 할 수는 없지요. 왜냐하면 어린 시절부터 입에 댄 독 먹이의 영향 때문일지도 모르니까요."

그러자 엘리오가 흠칫 놀라 목소리를 높였다.

"당신, 아세닉 이터Arsenic eater였나요."

"그렇습니다. 그야말로 거짓 없고 참다운 현역 비소 애호가죠. 비소 애호가란 비소를 상시 섭취해 몸에 내성을 획득한 자. 길러주신 어머니가 가벼운 정신 질환을 앓은 탓에 저는 매일 비소가 든 분유를 마시며 자랐습니다.

하지만 듣자 하니 이 비소가 소량이라면 오히려 건강 증진에 기여하고, 그것도 모자라 미백 효능까지 있다고 하지 않겠어요? 옛날에는 이탈리아에서 비소가 든 물을 미백 화장수인 '토파나 수水'로 팔았고, 우리 중국 화난의 화중 지방에서는 어린 딸에게 비소를 먹여 백옥 같은 피부의 미인으로 키우는 풍습도 있었습니다. 덕분에 이 리시도 라오포예의 사랑을 받기에 걸맞도록 아름답게 자랐다고 자부합니다만."

딱히 이 여자의 피부가 하얗든 검든 사랑하지는 않는다. 리시는 그런 푸린의 마음속 목소리를 아랑곳하지 않고 단추를 다시 채우더니 손에 든 흰색 부채를 접었다. 손가락으로 부채 끝을 어루만지고 머리 위로 치켜들어 부채 바로 아래에서 입을 열었다.

그러자 부채 끝에서 뭔지 모를 흰색 가루가 혀를 향해 홀홀 떨어졌다. 리시는 그 가루를 꿀꺽 삼키더니 다시 앞을 돌아보고 부채 끝을 손가락으로 꾹 눌렀다.

"……옥에 티는 가끔 이렇게 비소를 섭취하면 반대로 금단 증상이 생기는 몸으로 변한다는 사실. 지금 제가 무슨 말을 하려는 걸까요. 그렇습니다. 비소는 즉 내성이 생기는 물질이라는 겁니다.

보시다시피 다와라야 집안 여자들은 모두 제게 뒤지지 않을 정도로 백옥 같은 피부를 지녔지요. 그러니 이렇게 생각해 볼 수도 있지 않을까요? 내키지 않는 결혼을 거부하던 신부는 경찰에 붙잡힐 것을 각오하고 술 따르는 소녀에게 '장난'을 가장해 술에 비소를 섞게 했다. 그러나 신랑의 어머니와 두 자매는 비소에 내성이 있었던 탓에 독살을 면했고, 신부의 고모는 술을 마시지 않아 목숨을 건졌다. 신부는 당연히 술을 마시는 척만 했다."

침묵. 잠시 후 야쓰호시가 보기 드물게 초조한 기색을 드러냈다.

"리시 씨……. 지금 장난하시는 거죠? 아무리 가설이라 해도 그런 황당무계한……."

"황당무계? 그런가요. 인체에 비소 내성이 생길 수 있다는 건 조금 전 제가 직접 몸으로 증명했습니다만."

"리시 씨처럼 특별 사례 중 특별 사례를 지금 이 자리에 들고나오는 것 자체가 무리라는 거예요. 어떻게 현대 일본의 평범한 여성이 비소를 상시적으로 섭취하겠어요?"

"오히려 현대라서 더욱 그렇지요. 인터넷에서 수상한 미용품들도 버젓이 팔리는 요즘 같은 시대에, 이를테면 '고대 중국 전통의 경이로운 미백 영양제' 등의 광고 문구를 본 그녀들이 비소가 함유된 약을 발견하고 섭취했을 가능성도."

"그럼 실제로 그 약을 가져와보세요! 그리고 발각될 것을 각오한 범행이라면 지금껏 신부님이 범행을 자백하지 않은 것도 설명할 수 없어요! 후타바 씨도 입을 다물고 있을 리 없고요!"

"현물을 가져오라는 건 꽤나 본말이 전도된 이야기군요. 지금 결백을 입증해야 하는 건 그쪽입니다. 그렇다면 그쪽이 그런 약이 세상에 존재하지 않는다는 것을 제 눈앞에 보여주어야겠지요?

또 신부가 자백하지 않은 이유도 이 가설에서는 단순 명료합니다. 죽이려 한 상대가 죽지 않는 바람에 그 이유를 알고 싶어서 신부는 일단 이렇게 침묵을 이어가는 거죠. 하지만 지금 이렇게 납치된 상황에서는 이미 자백하고 싶어도 할 수 없는 심경일 테지만……. 그리고 마음씨 착한 후타바 소녀는 가엾은 신부를 배려해 증언을 회피했다. 그렇게 생각하면 이상할 게 없겠죠?"

"……그건 말도 안 되는 억지예요. 전제부터가 이미 억지스럽다고요. 저분들께 비소 내성이 있는지 없는지는 검사하면 대번에……."

"이런, 이런. 그렇군요. 분명 이대로라면 탁상공론만 이어지겠군요."

리시는 느닷없이 선 쪽을 향해 몸을 돌리고 멀리서 두 손을 모아 인사했다.

"보스. 보시다시피 논의가 계속 제자리를 맴도는 상황이라 지금 이 자리에서 간단한 심판법을 한 가지 진언드리고 싶습니다. 저 혐의 있는 자들에게 제가 가진 비소를 먹이는 겁니다. 그래서 저들이 무사하면 제 가설이 옳다는 게 증명되겠지요?"

푸린은 담배를 피우다가 리시의 말을 듣고 콜록콜록 기침을 했다.

잠깐.

뭐야, 지금 그 제안.

"네? 뭐라고요! 지, 지금 무슨 소리를 하시는 거예요, 리시 씨!"

야쓰호시가 날카롭게 외쳤다.

"그런 짓을 하면 저 사람들은 죽어요!"

"참으로 오만한 말씀을. 어지간히 본인의 가설에 자신이 있는 모양이군요. 그러나 날 때부터 소심한 이 리시도 지금 제 가설에는 조금의 자부심이 있습니다. 여기서는 뚜껑을 열어 보지 않는 한 어떤 결과가 나올지 알 수 없습니다."

"이건 자신감 같은 문제가 아니에요! 죽을 게 뻔하다고요!"

"그렇다면 저도 마찬가지로 사는 게 뻔하다고 대답하겠습니다. 서로의 추측은 동일. 목소리의 크고 작음으로 일의 진위를 가리는 건……."

"선 라오다! 모쪼록 일고를!"

결국 해결되지 않으리라 생각했을 것이다. 야쓰호시가 황급히 선의 발밑으로 달려가 무릎을 꿇었다.

"무죄여도 죽음! 유죄여도 죽음! 이런 말도 안 되는 재판이 또 있을까요! 어떻게 하든 죽을죄라면 애초에 이 심의 자체의 의미가."

"폭론입니다. 어떻게 하든 죽을죄라니 그만한 곡해가 또 있을까요. 만약 제 가설이 정답이라면 저 다와라야 집안 여자들은 앞으로도 오래오래 살 수 있고, 이런 흉사를 꾸민 신부와 그 협력자들에게만 죽을죄를 묻게 되겠죠. 거기에는 어떠한 부당함도 없습니다. 이것이 바로 신의 재판, 심판의 비소……."

선은 술에 취한 눈빛으로 잠시 허공을 바라보다가 툭 내뱉었다.

"뭐 어려운 일에는 반드시 희생이 필요한 법이지. 어쩔 수 없다. 해라, 리시."

야쓰호시는 바닥에 엎드린 채 그대로 몸이 굳었다. 리시는 무대 위에서 선에게 정중히 인사하고 숙인 머리를 푸린 쪽으로 향하더니.

머리카락 아래에서 또다시 웃음을 풋, 터뜨렸다.

당했다!

푸린은 그제야 깨달았다. 이 가설의 목적은 증명에 있지 않다!

진짜 노림수는 바로 이 판정으로 끌고 오는 것. 이 판정 행위를 통해 다와라야 집안 세 여자를 즉석에서 전부 없앤다. 그것이 바로 리시가 설치한 진짜 덫.

그리고 이 뒤로는 아마 뭔가 또 트집을 잡아 후타바에게 혐의를 씌운 다음 나로 하여금 소녀를 고문하게 하려는 꿍꿍이가 틀림없다.

그 이상하리만큼 집요한 집념을 보며 푸린은 이제 성가심을 넘어 간담이 서늘해졌다. 내가 후타바의 고문을 회피한 것이 이 여자에게 그토록 거슬렸을까. 내가 후타바 앞에서 보인 망설임을 '상냥함'으로 인식하고, 그런 인간성을 언뜻 내보인 나에게 이 여자는 환멸을 느낀 걸까. 아니면 단순히 소녀를 질투하는 걸까.

선이 잔을 눈높이까지 들어 올리고 왠지 마음에 없는 듯한 말을 중얼거렸다.

"감사 인사를 해야겠군, 리시. 빙니를 잃은 엄동설한 같은 이 마음에 아주 조금이나마 춘풍이 불기 시작했다. 자, 모처럼의 기회다, 엘리오. 이 리시의 가설에 이름을 붙여줘라. 만약 이것이 진실이라면 그 이름을 빙니의 애가에도 넣겠다."

엘리오는 선의 옆에 서서 파란 눈을 감았다.

"……독으로 자란 여자라는 말을 듣고 가장 먼저 떠오르는 건, 《주홍 글씨》로 유명한 호손의 괴기 단편 소설 〈라파치니의 딸〉……."

엘리오는 감정을 지운 목소리로 천천히 말을 이었다.

"하지만 그 이야기는 괴짜 식물학자가 자신의 딸을 '독 그 자체'로 만든 이야기였습니다. 단순히 독에 대한 내성이면 폰토스의 왕 미트리다테스 6세의 일화 쪽이 더 가깝겠지요. 이 왕은 독살을 두려워한 나머지 평소에 독을 복용해 몸에 내성을 길렀습니다. 그 우화를 인용한다면 이것은……."

엘리오는 눈을 다시 뜨고 낮고 중후한 이탈리아어로 이름을 붙였다.

"'악독한 신부와 그녀를 규탄하는 미트리다테스의 여자들……'."

$\mathscr{L}$♥

악독한 신부와 그녀를 규탄하는 미트리다테스의 여자들.

이런 허망한 일이 있어서야 될까.

푸린은 속으로 욕지거리를 내뱉었다. 이름이 뭐가 됐든 상관없다. 문제는 이 가설이 애초에 옳고 그름 같은 건 안중에도 없다는 점이다.

가설을 부정하는 건 실로 간단하다. 피의자들에게 비소 내성이 없음을 선보이면 된다.

그러나 곤란한 것은 바로 증명 수단 자체가 피의자의 생사와 직접 연관된다는 점이다.

이것이 경찰 수사라면 그 밖의 다른 검사법이 얼마든지 있겠지만, 선이라는 괴물이 지배하는 이 악마의 세계에서 그런 속세의 상식은 통하지 않는다.

당했다.

푸린의 처지에서는 용의자 중 누군가를 대신 범인으로 내세우려고 해도 상대가 살아 있어야 한다. 그래야 자백을 끌어낼 수 있기 때문이다. 야쓰호시가 이미 한 차례 이곳에 있는 용의자들의 혐의를 대략 벗긴 이상 나의 대항 수단은 고문을 통해 억지 자백을 끌어내고 가짜 증언을 기초로 증명을 뒤집는 것이다.

그러나 지금 여기서 리시가 비소 내성 검증을 하면 당연히 다와라야 집안 여자들이 죽을 것이고 그것도 모자라 리시의 가설이 틀렸다는 결과만 남는다.

즉, 사건이 해결되지 않은 상태에서 용의자 숫자만 줄어드는 것이다. 하물며 이때 남는 용의자는 신부와 후타바, 신부의 고모, 스이세이 네 명뿐. 그중 독을 손에 넣을 수 있는 사람은 신부뿐이고, 주기를 만질 수 있었던 사람은 후타바뿐이니 나를 대신할 상대는 거의 정해지고 만다.

그리고 선의 잔혹성과 리시의 질투심을 고려하면 다음번에는 반드시 후타바를 고문할 수밖에 없을 것이다. 그 결과 소녀가 불필요한 말을 입에 담기라도 하면⋯⋯.

"⋯⋯시험은 한 명으로 충분하지 않을까?"

푸린은 낮은 목소리로 리시에게 물었다. 그러자 비소 애호가 여자는 눈을 크게 뜨고 돌아보더니 명랑한 미소를 지어 보였다.

"라오포예가 정말로 유해진 것만은 사실이네요. 하지만 제가 생각하기에 그걸로는 검증이 충분하지 않을 것 같은데요. 애초에 약물 내성에는 그때그때의 몸 상태도 영향을 끼쳐서요. 한 명이 죽는다고 해도 우연히 운이 나빠서 죽었을 가능성을 불식할 수 없지요. 제 가설의 진위를 물으려면 역시 세 사람을 모두 시험할 수밖에 없습니다. 세 사람이 전부 죽으면 저도 제 가설을 철회하겠습니다만."

이보다 더한 폭론이 있을까. 실험용 생쥐도 이렇게까지 무자비하게 다루지는 않을 것이다.

"잠깐만 기다려주세요."

그때 야쓰호시가 또다시 반항했다.

"그런 검증이 없어도 이 가설은 쉽게 뒤집을 수 있어요. 만약 세 분에게 비소 내성이 있었다면 세 분은 왜 처음부터 그 말을 하지 않았죠?"

야쓰호시는 비틀거리며 몸을 일으키더니 다리를 질질 끌며 푸린을 향해 다가왔다.

"만약 그렇게 하면 세 분은 지금 같은 가설을 통해 신부님을 범인으로 몰아세울 수 있었을 거예요. 신부가 술에 비소를 넣었다. 그래서 피해자 세 명이 죽었다. 신부의 고모는 자기 차례 전에 술이 다 떨어져서 비소를 피할 수 있었다. 또 자신들은 그 술을 마셨지만 우연히 비소에 내성이 있어서 무사했다. 그런 주장을 할 수 있었을 거라고요."

야쓰호시는 리시를 몰아붙이며 얼굴 앞에 검지를 세워 들었다.

"세 분은 애당초 신부님을 범인으로 의심했으니 그렇게 주장하지 않았을 리 없어요. 그런데도 그렇게 하지 않았다는 건, 다시 말해 세 분께 비소 내성이 없다는 가장 강력한 증거예요!"

오. 푸린은 내심 기대하기 시작했다. 의외로 제대로 된 반격처럼 보인다.

리시는 과장된 몸짓으로 볼에 손을 갖다 댔다.

"과연. 그렇군요. 지당한 지적이군요……."

그러더니 입술에 새끼손가락을 붙이고 조금 생각하더니 이내 입꼬리를 올려 싱긋 웃었다.

"알겠습니다. 그럼 그 반대라고 하죠."

"반대?"

"네. 독을 술에 넣은 사람이 다와라야 집안 여성분들. 그리고 살해되어야 했던 사람이 신부. 다와라야 집안 여성 세 분이 자신들의 체질을 이용해 평소 사이가 좋지 않았던 오빠와 남편, 마음에 들지 않은 신부와 가족을 이번 기회에 처리하고자 술에 독을 탄 겁니다.

그리고 조금 전 제 가설을 바꿔 '신부가 무리한 동반 자살을 계획해 술에 비소를 넣었다'로 하고, 죽은 신부에게 죄를 덮어씌워서 감쪽같이 죄를 피하려고 했다. 그게 바로 이번 사건의 진상이에요.

술을 따르는 역할의 소녀에게는 나중에 돈이라도 쥐여 줘서 위증시킬 생각이었겠죠. 하지만 죽은 줄 알았던 신부가 죽지 않아 다와라야 집안 여성들은 놀랐습니다. 그래서 일단 자신들에게 비소 내성이 있다는 사실을 숨기고 다른 각본으로 어떻게든 신부를 범인으로 만들려고 했다. 한편으로 당사자인 신부는 뭐가 어떻게 된 건지 알지 못하고 그저 어안이 벙벙해져 있을 수밖에 없었다. 이런 흐름이면 모든 게 앞뒤가 맞겠죠?"

"하지만 그러려면 신부님께도 비소 내성이 있어야……."

야쓰호시는 말을 하다가 말고 실수했다는 표정을 지었다. 리시가 그 틈을 꿰뚫어 보고는 짐짓 눈을 크게 뜨고 천연덕스럽게 입에 손을 갖다 댔다.

"어머! 이럴 수가 있나요. 그렇구나. 말씀하신 대로네요. 신부에게도 비소 내성이 있었던 거예요! 듣고 보니 저 신부도 상아처럼 흰 피부의 소유자. 게다가 비소도 항상 가지고 다

넜지요? 그러니 그 가방을 단순한 화장품 상자였다고 해석할 수도 있겠어요.

또 이 경우 '다와라야 집안 여성들에게도 비소 내성이 있다'라는 사실을 알지 못한 신부가 지난 반론처럼 스스로 비소 내성을 밝히고 이 가설에서 '다와라야 집안 여성들 쪽이 범인이다'라고 주장하기는 어렵겠죠. 이런, 이런. 곤란하네요. 이대로라면 모처럼 기회를 하사받은 제 졸설의 호칭이 바뀌는 걸 넘어 시험해야 할 사람이 한 명 더 늘어버렸네요."

야쓰호시는 말문이 막힌 채 그 자리에 힘없이 쓰러졌다.

하마터면 푸린도 현기증을 느낄 뻔했다. 절대 허투루 볼 수 없는 여자다. 씹으면 씹을수록 독이 배어난다고 해야 할까.

리시는 야쓰호시의 반론에 굴하기는커녕 반론을 역이용해 사냥감을 한 명 더 늘렸다. 대체 어디까지 반론을 예상한 걸까.

그러나 이로써 꼬마도 깨달았을 것이다. 궤변과 억지는 이 여자에게만 허락된 것. 자신이 억지를 늘어놓는 쪽이면 몰라도 이런 상황에서는 섣불리 반론해봐야 상처만 더욱 늘 뿐이다.

"렌 씨, 렌 씨…… 부탁드려요, 알려주세요. 여기가 어딘가요? 지금 뭐가 어떻게 되고 있는 건가요? 왜 저곳에 무기의 사진이 걸려 있죠? 렌 씨, 제발 대답을……."

후타바가 약 기운이 조금 가셨는지 겁먹은 모습으로 동요하기 시작했다. 선의 표정이 조금 어두워진다. 리시가 곧장 부채를 소녀의 입 쪽으로 갖다 대고 "비쭈이閉嘴, 입 다물어" 하고 지시했다. 중국어를 알지 못해도 분위기를 통해 전해졌을 것이다. 소녀는 눈물이 그렁그렁해져서 즉시 입을 다물었다.

푸린은 소녀에게 또다시 재갈을 물리는 리시를 곁눈질하며 무대 계단을 내려갔다.

곰방대를 입에 문 채 바닥에 엎드린 야쓰호시에게 향한다. 망연자실한 아이를 말없이 내려다보고 있자 땀과 피로 뒤범벅된 머리카락 사이로 작은 가마가 보였다.

야쓰호시는 초췌한 얼굴을 들어 일본어로 중얼거렸다.

"푸린 씨······."

"꼬맹이. 이제 그만 포기해."

"부탁드려요, 푸린 씨. 조금만. 앞으로 조금만 시간을 더······."

"그럴 수 없어. 리시가 만반의 준비를 하고 기다리고 있고 선의 술잔도 곧 빌 테니까. 이제는 너도 슬슬 각오하는 게······."

그때 등 뒤에서 중국어로 조롱하는 듯한 말이 들렸다.

"왜 그러느냐, 야오? 설마 그 꼬마에게 동정이라도 느끼는 건가?"

선이 잔을 기울이며 미소 지었다. 왠지 마음을 떠보는 듯한 눈빛이다. 푸린은 고개를 숙이고 "아뇨. 이 아이에게 돈을 빌려준 게 떠올랐을 뿐입니다" 하고 시치미를 떼며 몸을 다시 뒤로 돌렸다.

그러자 등 뒤에서 쿵 하고 바닥을 세게 걷어차는 소리가 들렸다.

"조금만! 앞으로 조금만 기다리면 스승님이 오세요! 스승님만 오시면 전부 해결될 일인데! 그럴 일인데!"

그 말을 듣고 이번에는 리시가 무대에서 냉정한 목소리로 입을 열었다.

"볼썽사납기 그지없군요, 샤오하이쯔小孩子, 꼬마. 한마디로 그 정도 시간을 확보할 역량이 당신에게는 없었다는 뜻. 그리고 당신의 선생님은 앞으로 몇 시간은 더 걸린다고 했습니다. 몇 시간은 '앞으로 조금'이 아니에요."

"그럼 10분…… 아니, 5분이면 돼요! 제게 시간을 더 주세요, 리시 씨! 그동안 제가 어떻게든 비소 검증 없이도 가설의 진위를 확인할 방법을……!"

"이 가설은 용의자들의 몸 없이는 진위를 확인할 방법이 없어, 포기해."

"포기 못 해요! 전 절대 포기 못 해요! 왜냐면 스승님이 말씀하셨어요! 이건 '기적'이라고요! 그러니 반드시 해답은 있을 터! 부정할 방법이 있을 터! 이건 전부 스승님이 이미 지나왔던 길! 그럼 제자인 저도 분명……!"

바보 자식.

푸린은 어깨너머로 꼬마를 한번 돌아보고 삼백안을 가늘게 떴다.

이제 와서 다시 스승의 길을 밟겠다는 건가. 그 파란 머리의 증명을 믿는다는 건 기적의 존재를 믿는 것과 같은 뜻이다. 논리라고는 없는 그런 남자의 말에 의지하는 시점에 너도 그 파란 남자와 똑같은 구멍에 빠진 너구리에 불과하다.

애초에 이 가설은 그렇게까지 깊이 생각하지 않아도 쉽게 부정할 수 있다. 피의자의 몸만 조사하면 끝날 일. 오직 그것만으로 부정할 수 있는데 그 남자가 그 이상의 부정까지 떠올렸다는 보증은 어디에도…….

"그 말이 맞다, 렌."

그때 귀에 익은 목소리가 울렸다.

"포기하지 마라. 넌 이미 목표점 바로 앞까지 와 있다. 이제 앞으로 한 발자국만 더 내디디면 상대를 제칠 수 있는 거야. 그리고 선. 미안하지만 지금부터 이 극장에서 잠시 빛과 소리의 콘서트를 열어도 될까? 취향에 맞지 않는다면 모쪼록 귀를 막아줬으면 해."

♥

다음 순간.

눈부신 섬광과 굉음이 강당을 덮쳤다.

푸린은 간신히 눈과 귀를 막았다. 잠시 후 빛과 소리의 폭풍이 사라져 조심스레 귀에서 손을 뗐을 때 고막에 지잉, 하는 귀울림 소리와 함께 아아, 으으 거리는 불특정다수의 신음이 저주처럼 울려 퍼졌다.

스턴 그레네이드. 빛과 소리로 이뤄진 수류탄이다. 대물적인 파괴력이 없고 인간을 기절시키기만 해서 테러 진압 등에 쓰이는 휴대용 무력화 병기인데 지금 문제는 그게 아니라.

대체 이 자식은 무슨 생각을 하는 거야!

푸린은 어찌할 수 없는 분노를 느끼며 비틀거리면서 일어섰다. 눈을 깜빡거리며 주변을 확인하자 무대 가운데 튀어나온 부분에 남자 한 명이 우뚝 서 있었다.

큰 키에 호리호리한 몸. 수려한 외모에 좌우 색이 다른 눈동자. 지금은 가슴에 은색 묵주를 달고 마 셔츠에 반바지를 입은 여름 복장이지만, 연중 대부분은 붉은 체스터 코트와 흰 장갑이라는 괴담 속 변태 같은 차림새를 하고 있다.

그리고 무엇보다 특징적인 금속 느낌의 광택을 내뿜는 파란 머리.

그것도 모자라 웬일인지 온몸이 흠뻑 젖어 있다. 탐정은 물방울이 떨어지는 앞머리를 손가락으로 쓸어 올리더니 무대 위에서 선을 향해 고개를 가볍게 숙였다.

"처음 만나는군, 선 라오다."

선은 귀에서 손을 떼고 언짢은 얼굴로 대답했다.

"꽤나 소란스러운 등장이구나, 파란 머리 탐정."

"홀에 있던 네 부하 수가 생각보다 많아서 말이야. 순순히 붙잡혀 올 수도 있었지만 처음 만날 때 역시 수갑을 찬 모습이면 볼썽사나울 것 같아서."

"외양을 신경 쓰는 거면 복장부터 신경 쓰는 게 어떨까?

이 극장의 드레스 코드는 넥타이 착용이다."

"그럼 갈아입을 옷을 빌려주겠어? 마침 옷이 젖어서 곤란한 참이었는데."

그러자 무대 옆에서 리시가 수건을 손에 들고 종종걸음으로 탐정에게 다가갔다.

"달링! 어떻게 이렇게 일찍 오셨죠? 배로 앞으로 몇 시간은 더 걸릴 거라고……. 설마 헤엄이라도?"

탐정이 몸을 살짝 휘청했다.

"제가 인어라도 되나요. 크루즈선에 있던 수상 바이크를 빌려 바다 위를 전력 질주해서 왔습니다. 덕분에 이렇게 물에 빠진 생쥐 꼴이 됐지만."

탐정은 리시에게서 받아든 수건으로 몸을 닦으며 후련하게 대답했다. 왠지 기시감이 느껴지는 광경이다. 이 남자에게는 여난女難과 수난水難이 잘 어울린다.

그때 으아아아앙 하는 울음소리가 터졌다.

"스승님…… 스승님…… 스승님……!"

야쓰호시가 오열하며 무대를 기어 올라왔다. 짧은 팔다리를 바동거리며 간신히 무대를 올라 탐정에게 달려가 허리를 와락 껴안았다. 탐정은 옛 제자의 머리를 한 번 쓰다듬고 "용케도 버텼구나, 렌" 하고 격려의 말을 건넸다.

잠시 후 탐정이 색이 다른 눈동자로 푸린 쪽을 지그시 바라봤다.

순간 푸린의 어깨에 힘이 들어갔다. 왜 저러지? 역시 내가 범인이라는 걸 알고······.

탐정은 그대로 꼬마를 옆으로 비키게 하고 푸린에게 걸어왔다. 푸린이 무심코 경계하자 탐정은 무대 위에서 종이 한 장을 내밀었다. 푸린은 수상쩍어하면서도 종이를 받아들었다.

뭔가를 적은 메모지다. 숫자와 품목 등이 갈겨 적혀 있다.

"······뭐지?"

"추가 대출 신청서. 대형 크루즈선 전세 비용이 하루 50만, 개조 드론 구입비가 160만, 바닷속에 가라앉은 수상 바이크 배상금 230만, 승선용 밧줄과 발사총 15만, 모두 합쳐 총액 455만. 보기 좋게 반올림해서 500만으로 하지. 항상 보내는 내 계좌로 부탁해."

역시나 못 말리는 멍텅구리들이다. 스승이나 제자나.

탐정은 흐느껴 우는 야쓰호시를 잠시 달래면서 진정시키고는 이번에는 리시 쪽으로 향했다.

"리시 씨. 제 예전 제자가 만신창이 상태인데, 혹시 리시 씨 때문인가요?"

"어머, 그럴 리가요. 난간에서 발을 헛디뎌 넘어지기라도 한 것 아닐까요? 그건 그렇고 탐정 선생님. 지금 이 리시는 어떤 잡다한 일 때문에 조사 중이랍니다. 용건이 끝나는 대로 즉시 달려갈 테니 모쪼록 배 위 야외 욕조에서 기다려 주······."

"조금 전에 온 사람을 바로 다시 강제 퇴장시키지 마세요. 그나저나 드론의 음성 송신 기능이 살아 있어서 오는 동안 계속 소리를 들었는데 여전히 리시 씨는 하고 싶은 대로 다

하는 천방지축이시군요. 하지만……."

탐정은 수건을 머리에 뒤집어쓰고 대수롭지 않게 말했다.

"그 가능성은, 이미 떠올렸습니다."

$\mathcal{L}$❤

순간 대화의 흐름이 빙산에라도 부딪힌 것처럼 멈칫했다.

"……선생님은 정말 뭐든 떠올리시네요."

잠시 후 리시가 한숨을 내쉬고 침묵을 깼다.

"하지만 이런 황당무계한 가능성까지 이미 떠올렸다고 하는 건 역시 허세 아닐까요?"

그 말이 맞는다고 해도 가설을 제시한 장본인이 할 말은 아니다.

"비소 내성이란 것 자체가 아예 허무맹랑하다고 할 수는 없겠지만, 이를테면 비슷한 상황에 '다와라야 집안 여자들이 방해꾼을 전부 제거할 목적으로 술에 독을 탔고, 누군가가 자신의 비소를 훔쳐갔다는 것을 알아챈 신부는 경계해서 그 술을 마시는 척만 했다' 등의 가능성도 있겠죠. 이럴 경우 아미카 씨가 '술을 마셨다'라고 증언한 것 외에도 또 하나의 합리적 모순이 생기는데……."

탐정은 일단 말을 멈추고 꼬마 쪽을 돌아봤다.

"그럼 렌. 모처럼 고생해서 여기까지 혼자 힘으로 왔으니 마지막까지 힘내보려무나."

그러자 티슈로 코를 풀던 야쓰호시가 눈을 휘둥그레 떴다.

"네? 여기서 스승님이 저와 교대하시는 거 아닌가요?"

"교대해도 되겠어?"

탐정이 고개를 돌려 무대 가운데 간이의자에 있는 축 늘어진 후타바를 봤다. 야쓰호시가 뺨을 살짝 붉혔다.

"······할게요. 제가 할게요."

"그래. 그 마음가짐으로. 혹시 힌트가 필요하나?"

"필요 없······ 아뇨, 주세요."

"힌트는, 그래. 얼마 전 내가 너희 집에서 밥을 얻어먹을 때 어머니께 한 소리 들은 일을 떠올려 봐. 넌 그때 여러 번 꾸중을 들었지? 음식을 흘려서 옷을 더럽히지 말라고."

"제가요? 어머니께? 꾸중을?"

티슈로 콧구멍을 틀어막은 야쓰호시가 책상다리를 하고 앉아 흐음 하고 신음했다.

"······아, 맞다!"

얼마 안 돼 몸을 흔들며 키득키득 웃음을 터뜨린다.

"그래, 그렇구나. 그런 단순한······ 정말 앞으로 한 발짝 남았던 게 맞았네요!"

야쓰호시가 몸을 가볍게 일으켰다. 다친 곳에 충격이 전해졌는지 곧장 갈비뼈에 손을 갖다 댔지만 웃는 얼굴로 가슴을 쫙 펴고 의기양양하게 리시를 손가락으로 가리키며 중국어로 입을 열었다.

"리시 씨. 리시 씨의 가설에는 모순이 있어요. 만약 다와라야 집안 여자분들이 직접 술에 독을 탔다면 저분들은 신부님의 고모도 죽일 생각이었다는 말이 돼요. 신부님의 고모가 목숨을 구한 건 우연히 그전에 신부님의 아버지가 술을 다 마신 덕분이니까요.

하지만 세 사람은 신부님의 고모가 가지고 있던 기모노가 볼품없다면서 일부러 비싼 기모노로 갈아입혔어요. 비소의 초기 증상은 구토, 설사. 얼마 안 돼 비소로 독살당해 오물투성이가 될 게 분명한 그분의 옷을요!

세 분은 후타바 씨가 신부 의상에 손대는 것에도 일일이 주의를 줄 만큼 인색한 분들이에요. 게다가 사적인 이유로 오빠와 아버지를 살해할 만큼 이기적인 사람이라면 앞으로 못 쓰게 될 걸 뻔히 아는데 상대에게 값비싼 기모노를 입히거나 하지 않겠죠. 사건이 일어나면 어차피 결혼식은 없는 일이 될 테니까요.

다시 말해서 이런 거예요. 아무리 다와라야 집안 세 여자분들이나 신부님께 비소 내성이 있었다고 해도 만약 술에 독을 탄 사람이 신부였다면 다와라야 집안분들이 그걸 고발하지 않은 사실이 앞뒤가 맞지 않고, 술에 독을 탄 사람이 다와라야 집안분들이었다면 세 분이 신부님의 고모에게 값비싼 기모노를 입힌 사실이 앞뒤가 맞지 않는다……. 즉 어느쪽이 독을 탔다고 해도 모순이 생기는 거예요! 따라서 리시씨의 '비소 내성' 가설은 성립하지 않아요! 이상, 반증을 마칩니다!"

씩씩하고 쾌활한 목소리가 어둑어둑한 천장까지 높이 울려 퍼진다.

리시가 혀를 칫 차고 부채를 접었다.

제자가 발그레 달아오른 얼굴로 스승을 돌아봤다. 탐정은 앞을 바라보고 제자에게 팔만 뻗어 머리를 연신 쓰다듬었다. 야쓰호시는 팽이처럼 목을 돌리며 헤헷 하고 즐거운 듯이 웃었다.

푸린은 쓴웃음을 지으며 담뱃불이 꺼진 곰방대에 다시 불을 붙였다. 정말이지 이 무슨 탁상공론인가. 흡사 허풍의 곤봉으로 서로를 때리는 듯한 형국이다.

그러나 꼬마가 잘한 것만은 사실이다. 일단 시간을 벌어서 위기를 회피해준 것에 대해서는 심부름 값이라도 쥐여 주고 싶을 정도다. 다만 아쉬운 건 안타깝게도 모든 말을 중국어로 한 탓에 정작 당사자인 후타바에게 전해지지 않았다는 사실 정도일까.

제12장

푸린은 느긋하게 담배를 피우면서 지금의 상황을 다시 한 번 분석했다.

일단 리시의 손에 나의 희생양 후보들이 제거될 위기는 피했다. 그러나 안심은 할 수 없다. 궁지에 몰려 있는 건 여전하다.

게다가 탐정까지 도착해버렸다. 이제는 독이라도 타서 주지 않는 한 이 남자에게 강제 퇴장을 바랄 수 없다. 이번에야말로 확실히 구분해야 한다. 이 탐정이 '적'인지 아니면 '아군'인지.

"……네가 그 파란 머리라니."

선이 입을 열었다.

"소문은 익히 들었다. 들자 하니 이 세상에 '기적'이 존재한다는 것을 증명하려고 사방팔방 뛰어다니고 있다더군. 그런 멍청한 우화 속 주인공이 얼마나 얼빠진 얼굴을 하고 있을지 궁금했는데……."

선은 잠시 훑는 것처럼 탐정을 관찰하다가 빙그레 미소 지었다.

"이렇게 실제로 만나보니 의외로 겉은 멀쩡하군. 그 번듯한 외모로 우리 야오를 홀린 건가?"

딱히 홀리거나 한 적은 없다.

"……딱히 홀리거나 하지 않았어. 그저 내 자금 원조자일 뿐."

딱히 자금 원조를 한 적도 없다.

선이 하하하, 하고 쾌활하게 웃음을 터뜨렸다.

"야오, 고객층이 아주 두껍구나. 하지만 너도 애정 같은 감정에 익숙하지 않은 탓인지 남자 보는 눈이 꽤나 없는 것 같다. 이런 렌무칭제戀母情結, 마마보이에게 걸릴 줄이야……."

푸린은 이맛살을 찌푸렸다. 다른 의미로 탐정의 표정도 굳었다.

"카바리엘에게 들었나?"

"그래. 오래전 수녀였던 네 모친이 카바리엘의 견제 탓에 성녀 후보에서 제외됐다더군. 녀석에게 사기를 들켜서."

"사기가 아니야. '기적'이지. 사기를 친 건 오히려 카바리엘 쪽이다."

"그게 바로 네가 아직 젖을 떼지 못한 젖먹이라는 가장 큰 증거다. 그런 당연한 현실을 인정 못 하는 너는 미련스럽게도 모친의 시성 재심사를 위해 카바리엘과 참으로 쓸데없는 내기를 했다더군. 기적의 존재를 증명할 수 있는지 없는지의 내기를."

그것이 탐정이 기적 증명에 집착하는 가장 큰 동기인 것만은 확실하다.

카바리엘은 가톨릭교회의 본산인 바티칸 교황청에서 기적인정을 심사하는 '시성성' 심사 위원을 맡고 있다.

오래전 탐정이 어렸을 때 수많은 '기적'을 일으켜서 살아있는 성녀 후보가 된 그의 어머니는 카바리엘의 판단 때문에 기적을 인정받지 못했다. '기적의 성녀'는 하루아침에 '희대의 사기꾼'으로 전락했고 세간의 무분별한 비난에 노출된 그의 어머니는 결국 무대 위에서 자취를 감췄다. 그런 어머니의 명예 회복을 위해 탐정은 카바리엘과의 내기, 다시 말해 '기적증명'에 나선 것이다.

탐정은 선을 지그시 바라봤다.

"거기까지 알고 있다면 이야기도 빠르겠군. 당신 말이 맞다, 선 라오다. 난 기적을 찾아다니고 있지. 그리고 그 탐구는 마침내 오늘 종언을 고할 듯해. 잘 들어, 선. 엘리오에게도 말했지만 이번 사건은 '기적'이야. 신의 가호의 원인을 인간들에게 찾아봐야 불경할 뿐이지. 얼른 개의 죽음을 순순히 신의 뜻으로 받아들이고 저 인질들을 풀어줘."

"불경한 건 너의 망언이다. 이 독살 사건의 어디가 '기적'이라는 말이냐."

"이번 사건의 배경에는 '가즈미 님'의 가호가 엿보여. '가즈미 님'은 그 지역에서 오래전부터 여성들의 수호신으로 추앙

받던 수호성인. 기독교적으로 해석하면 '가즈미 님'은 이른바 일본의 '유발有髮 성녀' 빌제포르타, 즉 원치 않는 결혼에 저항해 순결 의지를 보이며 스스로 목숨을 끊은 성인이지. 그런 그녀의 가호가 이번 사건에 아주 현저하게 드러나 있다고."

"빌제…… 뭐? 아무튼 그만하자. 애초에 일본의 옛날이야기에 기독교가 엮이는 게 이상하지 않나? 그 '가즈미 님'이 기독교 신자였을 리도 없고."

"기독교가 전해지지 않은 곳에서는 신의 기적 또한 기독교의 언어로 전해지지 않을 수 있어. 신의 가호가 그 땅의 종교와 언어를 빌려 표현되는 경우도 종종 있고. 토착 문화를 기독교적으로 재해석할 수 있는 사례가 얼마든지 있다는 말이야."

푸린은 또다시 이마에 주름을 잡으며 곰방대를 입에 물었다. 종교적인 해석에는 관심이 없다. 문제는 탐정이 지금 이 말을 진심으로 하고 있느냐는 점이다.

머릿속에 떠오르는 가능성은 두 가지.

탐정이 만약 이번 일이 진정 나의 범행인 것을 눈치채지 못하고 '기적'을 들먹이는 거라면 논의 도중 푸린이라는 진범이 있음을 깨닫거나 아니면 그 진실로 이어지는 힌트를 선을 비롯한 다른 이들 앞에서 입에 담을 가능성이 있다. 그렇다면 이 남자는 한시라도 빨리 해치워야 하는 '적'이다.

그러나 만약 실제로는 이번 일이 나의 범행인 것을 눈치채고 있고 어디까지나 나를 감싸기 위해 시치미를 떼며 '기적'이라는 거짓말을 하고 있다면 이 남자는 쓸 만한 '아군'.

적인지 아군인지 구분하려면 무엇보다 탐정이 나의 범행을 눈치챘는지를 알아내야 한다. 푸린은 담배를 피우며 탐정을 넌지시 관찰했다. 뭔가 신호 같은 것을 보내고 있지는 않다. 탐정의 당당한 태도에서는 내면을 조금도 헤아릴 수 없다. 조금 전 건네받은 메모도 다시 한번 확인했지만 특별한 메시지는 찾아볼 수 없었다.

역시 눈치채지 못했나. 물론 선을 경계해서 일부러 조심스럽게 행동하고 있을 수도 있다.

"그러고 보니 푸린, 궁금한 게 하나 있는데."

그때 탐정이 갑자기 푸린을 돌아봤다.

"혹시 저 다와라야 집안사람들과 면식이 있었어?"

순간 하마터면 심장이 멎을 뻔했다.

"……갑자기 무슨 소리야."

"아니, 렌의 보고서에 다와라야 부동산의 거래업체 목록이 있더라고. 거기에 네 유령 회사의 이름이 있었어. 렌은 그곳이 네 회사인지 모르니 그냥 넘어간 것 같지만."

"그게 무슨 뜻이지, 야오?"

선이 날카롭게 물었다. 진정하자. 푸린은 쿵쾅거리는 심장을 애써 가라앉히려 했다.

"……저도 처음 듣는 이야기입니다. 실무는 예전 사장에게 일임한 탓에 다와라야 집안이 부동산업을 하고 있다는 것도 지금 알았습니다."

"그런가. 푸린, 몰랐다면 하나 충고하겠는데 그 집안과 엮인 투자 건이 있다면 당장 발을 빼는 게 좋아. 전부 사기나 마찬가지거든. 특히 요즘 항간에 도는 수원지 개발 투자 이야기는 위험해."

탐정은 그렇게만 말하고 다시 선을 돌아봤다. 푸린은 곰방대를 입에서 떼고 떨리는 손을 숨겼다. 방금 그 질문은 뭐지? 지금 이런 상황에서 이 남자가 내게 이런 질문을 하는 의도는……?

평범하게 생각해 탐정이 나를 감쌀 마음이 있다면 여기서 나의 사건 관여를 암시하는 듯한 발언을 굳이 할 리 없다.

한 가지 떠오르는 가능성은 탐정이 나의 범행을 알고 있다는 것을 암묵적으로 내게 알리기 위해 그런 아슬아슬한 발언을 했을 수도 있지만, 그렇다면 선이 눈치챌 위험성이 더 높다. 조금 전에도 자칫 대답을 잘못했으면 위험할 뻔했다. 굳이 그런 위험한 다리를 건너지 않아도 내게 건네준 메모처럼 다른 전달 방법이 있을 것이다.

그렇다면 역시.

푸린은 미소 지었다. 이 남자는 지금 아무것도 모른다. 생각해보면 그럴 만도 하다. 이 남자는 원래 기적이 엮이면 시야가 좁아지는 경향이 있어 등잔 밑이 어둡다는 말처럼 단순한 가능성도 무심코 놓치고는 한다.

그리고 곰곰이 생각하면 여기서 나를 감싸면 그다음 필연적으로 야쓰호시가 궁지에 몰린다. 채권자인 나와 사랑하는 예전 제자의 목숨을 마음속 천칭 위에 올린다면 어느 쪽이 기울지는 뻔하지 않을까.

다시 말해 이 탐정은, 나의 '적'이다.

푸린은 조금 실망하는 자기 자신에게 흠칫 놀라면서도 곧 마음을 가다듬었다.

그렇다면 지금 즉시 해야 하는 건.

푸린은 다시 곰방대를 입에 물고 무대 옆쪽으로 향했다. 따분해하는 얼굴로 후타바의 머리카락을 땋고 있는 리시를 향해 턱짓했다.

"리시. 잠깐만."

그러자 비소 애호가 여자는 원망 섞인 눈빛으로 푸린을 지그시 노려보더니 고개를 홱 돌렸다.

"저에 대한 힐난이라면 무대 위에서 하시죠. 아니면 역시 이 가녀린 소녀 앞에서는 라오포예의 본성을 드러내고 싶지 않으신가요?"

"화장실에 가고 싶을 뿐이야. 안내해줘."

"하녀 취급은 삼가주시겠어요? 제가 라오포예의 부하는……."

말이 끝나기도 전에 푸린은 무대 위로 풀쩍 뛰어올라 리시를 향해 뚜벅뚜벅 걸어갔다. 그리고 대번에 리시의 머리카락을 콱 움켜쥐었다.

"잔말 말고 얼른 안내나 해."

앞머리를 붙잡고 뒤로 젖히자 리시가 푸린을 올려다보는 모양새가 되었다. 리시는 그 자세 그대로 잠시 푸린의 얼굴을 뚫어지게 봤다. 이윽고 검은 눈동자만 옆으로 움직여 "……놓아주세요" 하고 힘없이 말했다.

푸린이 손을 떼자 리시는 곧장 등을 돌렸다. 우두커니 서서 고개를 숙인 채 말없이 머리카락을 가다듬는다.

얼마 후 리시가 다시 고개를 들더니 "이쪽으로"라고 짧게 말하고 푸린을 돌아보지도 않고 발걸음을 뗐다. 푸린은 허리에 손을 얹고 리시의 뒷모습을 보며 한숨을 휴 내쉬었다. 그리고 선을 향해 고개를 한 번 숙이고 리시를 뒤따랐다.

✑❤

사방에 호화로운 대리석이 깔린 살롱 분위기의 화장실에 들어가자마자 푸린은 세면대로 리시를 냅다 밀었다.

리시의 가냘픈 몸이 세면대 위에 내팽개쳐졌고 거울에 어깨가 부딪혔다. 자신을 향해 다가오는 푸린에게 리시가 허리를 틀어 발길질로 응수했다. 푸린은 공격을 왼쪽 다리로 막는 동시에 오른팔을 뻗어 리시의 목덜미를 붙잡았다. 그대로 목을 거울로 밀어붙여 호흡과 움직임을 빼앗는다.

"너, 아까부터 자꾸 짜증나게 하더라. 언제부터 날 그렇게 가르쳤어?"

푸린은 입으로 그렇게 말하면서 오른손 엄지로 휴대폰 문자를 입력하듯 리시의 목덜미를 꾹꾹 눌렀다.

ㅡ내, 말, 좀, 들, 어, 봐.

망원盲文. 점자. 손가락으로 누른 위치와 중국 점자를 대응한 의사소통법이다. 오래전 리시와 함께 활동했을 때 고안해낸 두 사람만의 비밀 소통법이었다.

리시는 순간 흠칫 놀랐지만 곧장 얼굴에서 표정을 지웠다. 그리고 팔을 뻗어 푸린의 옆구리에 손을 갖다 댔다.

"이런 군살이 붙은 라오포예에게 현장 진두지휘를 맡길 수 없죠. 지금은 얌전히 제 지시에 따라주세요."

옆구리를 쓰다듬으며 손가락을 꾹꾹 누른다.

ㅡ무, 슨, 일, 이, 죠?

"그러니까 다이어트 중이랬지. 나도 얼른 예전 감을 되찾고 싶으니 쓸데없이 참견하지 말고 차근히 기다려 봐."

ㅡ사건, 범인, 나야.

리시의 눈이 휘둥그레졌다. 리시는 고개를 살짝 숙이고 또다시 손가락에 힘을 넣었다.

ㅡ그렇군요, 알겠어요.

리시는 누구보다 눈치가 빠르다. 몇 마디 말로 푸린이 처한 상황을 대략 눈치챘는지 험악한 표정을 풀고 옆구리를 쓰다듬는 손길도 왠지 상냥해졌다.

ㅡ그 여자애를, 심문하면, 안 되나요?

―그래.

―그 여자애가, 공범이라?

―아니.

이 고백은 푸린에게 도박이었다. 아무래도 리시는 내게 아직 집착하는 듯하니 십중팔구 내 편이 되어주리라는 기대가 있었지만 그래도 환율 변동처럼 미래를 예측할 수 없는 여자다. 예상과 달리 선 쪽에 붙을 가능성도 고려해야 한다.

그래도 과감하게 도박에 나선 것은 이 여자를 이대로 두면 위험하겠다는 판단 때문이었다.

왜냐하면 조금 전 추리 승부에서 이미 트릭의 힌트가 여러 개 나왔기 때문이다.

독이 든 술. 값비싼 기모노. 둘 다 내 트릭의 구성 요소다.

그 탐정 앞에서 이 여자가 계속 떠들게 내버려두면 생각지도 못한 곳에서 발목을 붙잡힐 수 있다. 그렇다면 한시라도 빨리 아군으로 만드는 게 좋다.

다만 선의 눈이 있는 곳에서 리시에게 대놓고 협력을 요구할 수는 없다. 이 화장실 안에서도 도청을 경계하는 게 좋다. 그래서 일부러 손가락으로 비밀스럽게 털어놓은 것이었다.

어쨌든 이로써 전투태세는 얼추 갖췄다. 이제는 그 탐정이 어떻게 나오느냐에 달렸다. 그렇게 결론 내린 푸린이 마음을 가다듬고 리시에게서 떨어지려고 하자 갑자기 뭔가가 허리를 꽉 붙들었다.

시선을 아래로 내리자 리시가 게처럼 양다리를 뻗어 허리를 붙들고 있었다.

비소 애호가 여자가 홍조 띤 얼굴로 푸린의 옆구리를 간질이기 시작했다.

—너무 빨리 돌아가면, 오히려 의심하지 않을까요?

푸린은 혀를 쯧 찼다. 이 여자…… 정말로 성가시기 짝이 없다.

ℒ♥

극장에 돌아가자 분위기가 팽팽하게 얼어붙어 있었다.

기이한 긴장감이다. 보아하니 무대 위에서 엘리오와 탐정이 서로 거리를 두고 마주 보고 서 있다. 엘리오가 오른쪽, 탐정이 왼쪽에 섰다.

탐정의 등 뒤 무대 끝부분에서는 야쓰호시가 물이 든 페트병을 후타바의 입에 갖다 대며 돌보고 있다. 의자째 그쪽으로 이동된 듯하다. 관객석 한곳에서는 선이 옆에 있는 트레이에 술과 안주를 늘어놓고 따분한 표정으로 무릎에 얹은 중국 비파를 연주하고 있다.

리시와 함께 선에게 가자 여두령은 취기 어린 눈빛으로 두 사람을 올려다봤다. 푸린의 등 뒤에 있는 리시를 힐끗하고 비열한 미소를 지어 보인다.

"일은 잘 마치고 왔나?"

일은 무슨 일. 푸린이 눈짓으로만 반응하고 대답하지 않자 선은 미소 지으며 두 개의 잔에 술을 따랐다.

선의 권유에 푸린은 잔을 들어 건배하고 조심스레 물었다.

"지금 상황이 어떻게 돌아가는 겁니까?"

"응? 아, 조금 전 엘리오가 새로운 가설을 막 선보인 참이다. 이제는 파란 머리 차례인데, 아무래도 장고가 이어지는 듯하군."

장고?

그때 숨 막히는 정적 속에서 야쓰호시의 곤혹 섞인 목소리가 들렸다.

"스승님…… 왜죠? 왜 아무 말도 하시지 않는 거죠?"

아무 말도 하지 않는다? 푸린은 이맛살을 찌푸렸다. 저 탐정이 반론을 망설이고 있다는 뜻일까. 상대의 가설을 들었는데도? 왜지?

설마.

"가설이 예상 밖이었을까요?"

리시가 푸린의 심정을 대변하듯 중얼거리자 선이 리시를 보며 고개를 흔들었다.

"아니, 엘리오의 이야기를 다 듣고서 저 파란 머리가 또 그러더군. '그 가능성은 이미 떠올렸다'라고. 그런데 그 뒤로 곧장 '하지만……' 하더니 계속 저렇게 감감무소식 상태다."

그 가능성은 이미 떠올렸다.

하지만……?

푸린은 더욱 혼란스러웠다. 무슨 일일까. 가능성을 떠올리기는 했지만 반증은 아직 준비 못 했다는 뜻일까. 하지만 그런 상태로는 저 남자가 사건을 '기적'이라고 단정할 리 없을 텐데. 대체 이게 무슨…….

"스승님…… 스승님! 왜 부정하시지 않는 거예요! 저 가설은 이미 떠올리셨잖아요! 그런데 왜……!"

야쓰호시의 비통한 외침이 천장까지 메아리쳤다. 그러나 스승은 제자의 외침에 답하지 않았다. 턱에 손을 얹고 명화라도 감상하듯 지그시 허공의 한 곳만을 바라보며 제자리에 우두커니 서 있었다.

♫♥

푸린은 두 사람의 승부에 별반 관심이 없는 척하면서 천천히 입에 술잔을 가져갔다.

어찌 된 일일까.

속에서는 의문의 소용돌이가 몰아치고 있다. 이 탐정이 '기적'이라고 선언하는 건 예상할 수 있는 모든 가능성을 부정했을 때뿐이다. 그 뒤로는 부정의 근거만 제시하면 되니 장고할 이유가 없다.

설마 엘리오가 사건의 진상을 맞혀버린 걸까. 만약 그렇다면 선이 지금 나를 가만히 두는 게 이상하다. 탐정이 자신의 증명 속 결함을 눈치채고 수정하기 위해 현재 장고 중이라는 해석도 가능하겠지만, 그런 것치고 별로 초조해하는 기색이 없고 예의 '묵상brown study—탐정이 숙고 중인 것을 나타내는 약속된 포즈—'도 보이지 않는다.

젠장. 대체 뭐가 어떻게 되는 거야. 탐정이 무슨 생각을 하는지 도통 알 길이 없다.

"보스. 저 탐정을 저렇게 궁지에 몰아넣은 가설이 대체 어떤 가설인지요?"

리시가 고개와 잔을 동시에 기울이며 선에게 물었다. 선은 얇게 저민 햄과 치즈를 겹쳐 입에 넣고 술을 마신 후 대답했다.

"런즈人彘다."

런즈?

"런즈…… 오래전 여태후가 척 부인戚夫人에게 내렸다는 그 무시무시한 형벌 말이군요."

리시도 카나페에 손을 뻗었다.

"옛 한나라의 고조 유방의 황후였던 여태후와 그 측실이었던 척 부인. 고조의 깊은 총애를 받던 척 부인을 질투한 여태후는 고조의 사후에 보복할 심산으로 척 부인을 붙잡아 잔인한 수법으로 그녀를 처형했다고 들었습니다.

《사기》에 따르면 그 처형법은 척 부인의 양팔과 양다리를 자르고 눈알을 뽑은 다음 독을 써서 청력과 목소리를 없애고 끝내는 돼지를 기르는 뒷간에 몸뚱이를 던져 그야말로 런즈, 즉 '인간 돼지'로 만들었다는……. 그런데 사건이 일어난 그 저택의 뒷간은 수세식이었을 텐데요."

"뒷간은 상관없다. 엘리오의 가설을 비유적으로 설명한 것이니. 귀찮구나. 엘리오, 네가 대신 설명해라."

무대에 선 엘리오가 선의 목소리를 듣고 고개를 돌렸다. 날카롭지만 위압감 없는 얼굴이 광량이 부족한 무대 조명 안에 떠올랐다.

"그럼 보스의 지시를 받들어 다시 한번 제 억견을 말씀드리겠습니다."

건조한 목소리로 설명을 시작한다.

"이 기묘한 징검다리 살인에서 범인은 어떻게 범행을 저지를 수 있었는가. 우선 피해자의 독 섭취 경로를 주목하면 방법은 총 세 가지 정도로 좁혀집니다. 술에 독을 탔거나, 잔에 묻혔거나, 아니면 그 밖의 다른 수단."

푸린의 몸에 긴장감이 감돌았다. 여기서 '술에 독을 탄다'를 선택하면 이 녀석은 사건의 진상에 거의 다다랐을 가능성이 있다.

"제 가설에서는 방법을 '그 밖의 다른 수단'이라고 생각합니다."

좋아. 푸린은 속으로 쾌재를 불렀다. 이로써 그의 가설이 진상에 다다를 일은 없다. 앞으로는 안심하고 듣는 역할에 몰두하면 된다.

그건 그래도, '그 밖의 다른 수단'이라니.

"다음으로 독을 섞을 타이밍인데, 이 역시 총 세 가지 가능성이 있습니다. 술잔을 돌리기 전, 술잔을 돌릴 때, 아니면 그 이후. 그리고 이 가설에서는 '술잔을 돌릴 때'로 가정하겠습니다."

두 번째 안도감. 타이밍 역시 빗나갔다. 즉 이 남자의 가설은 완전히 틀렸다. 다만 문제는 탐정이 왜 이 가설을 부정하지 않는가다.

그런데 '술잔을 돌릴 때'라고? 그때 술도 잔도 거치지 않고 대체 어떻게 독을 집어넣는다는 말인가.

엘리오는 머리 위에 있는 무대 기둥을 올려다봤다.

"구체적인 방법은 지극히 단순합니다. 옛 목조 건축법으로 지은 일본 가옥은 천장을 만들 때 최대한 못을 쓰지 않고 단순히 천장판을 얹거나 목재 파편 등으로 누르는 방식으로 조립하지요. 다시 말해 위치를 살짝 어긋나게 할 수도 있다는 뜻입니다. 게다가 그 저택의 천장은 까맣게 옻칠이 돼 있었죠. 천장판 사이 다소 틈이 생겨도 겉보기에는 눈치채기 어려울 겁니다."

푸린은 입을 떡 벌렸다.

천장……이라고?

이봐. 설마.

"또 천장 자체가 낮아서 방석을 놓는 위치만 잘 조절하면 피해자가 정확히 천장 틈새 아래에 오도록 유인할 수 있습니다. 게다가 당일 피해자 세 명은 미리 정해진 방향으로 대

범하고 호쾌하게 술을 마시는 것을 의식해 입을 크게 벌리고 고개를 위로 향했습니다. 즉 천장을 향해 무방비하게 입을 벌렸다는 말이 됩니다.

그렇다면 이런 방법은 쓸 수 없었을까요? 범인은 우선 술잔 돌리기 시간에 천장 위에 몰래 숨어들어가 있었다. 그리고 천장 틈새를 통해 사전에 준비한 비소를 피해자의 입을 향해 떨어뜨렸다.”

푸린은 무심코 현기증을 느꼈다.

물론 취기 때문은 아니다. 속이 뒤집히는 것으로 치면 숙취보다 더 심하다. 엘리오의 가설은 역시나 너무 황당무계하고 다양한 면에서 억지스럽다. 애초에 물리적으로 실현할 수 없는 가설일 것이다. 일본 속담으로 말하면 정확히 ‘2층에서 안약 넣기二階から目薬’다.

아무리 천장이 낮다고 해도 그런 방법이 성공할 확률은 일만 분의 일도 안 될 것이다.

푸린은 고개를 절레절레 흔들다가 순간 멈칫했다.

하지만, 잠깐.

그 가설이라면 범인은.

“자, 그럼 문제는 누가 이런 범행을 저지를 수 있었는가인데, 당연히 술잔 돌리기에 참석한 사람은 그 시간에 천장 위에 올라가 있을 수 없겠죠. 또 저택 천장 위에 올라가 천장판까지 움직였다면 그 저택에 오랫동안 살면서 집 안의 구조를 숙지한 인물, 즉 저택에 사는 사람으로 한정해야 할 것입니다.

이전부터 저택에서 살았으면서 동시에 술잔 돌리기 자리에 있을 필요가 없었던 인물. 그런 조건에 들어맞는 인물이라면 오직 한 명……."

엘리오가 감정 없는 눈빛과 높낮이 없는 목소리로 그 이름을 고했다.

"바로 가정부 다마요 씨입니다."

결국 끄집어내고 말았다.

♌♥

푸린은 말없이 잔을 탁자 위에 올렸다.

대신 곰방대를 집어 든다. 그러자 리시가 옆에서 재빨리 화통에 담뱃잎을 채우고 불을 붙였다. 푸린은 인사 대신 리시의 어깨를 가볍게 두드리고 일어서서 팔짱을 낀 채 말없이 담배 연기를 오장육부로 보냈다.

그렇다. 다마요는 내 공범이다.

물론 방법은 전혀 다르다. 아니, 전혀 다르므로 느닷없이 엘리오가 공범을 알아맞힌 충격이 더 컸다.

다와라야 집안을 조사하고 있을 때 그녀의 존재를 깨닫고 회유했다. 서로 비슷한 것을 원했다고 할까. 악명 높은 집안에서 가정부로 일하면서 배운 게 있어서 그런지 돈을 조금 쥐어 주니 순순히 넘어왔다. 그녀는 실은 빚에 쪼들리던 상황이라 다와라야 집안 물건에 손을 대기 직전이었다고 했다.

덧붙이자면 야마자키를 눈여겨보기 시작한 것도 그 조사를 할 때였다. 그건 일단 지금과 상관없는 이야기니 넘어가기로 하고, 아무튼 터무니없는 유탄에 맞아버렸다. 만약 경찰 수사 회의장이었다면 황당무계한 이야기에 헛소리하지 말라며 일갈할 수도 있겠지만 이곳은 선이라는 요괴가 좌지우지하는 복마전. 세간의 상식 같은 건 통하지 않는다.

그래도 당황하지 말자.

아직 나온 건 아무것도 없다.

엘리오가 선을 향해 두 손을 모으더니 고개를 깊숙이 숙였다.

"보스, 다시 한번 사죄드립니다. 이 엘리오, 바로 조금 전까지 이런 가능성을 조금도 눈치채지 못했습니다. 그래서 용의자를 간과하고……."

"괜찮다. 그 여자도 추가로 붙잡아 오도록 하지. 우선 사건의 진상부터 소상히 말하거라."

그러자 푸린 뒤에 있던 리시가 몸을 쓱 밀착해 왔다.

—어떡할까요?

허리에 팔을 감고 손가락을 이용해 물어온다. 푸린은 잠시 고민하다가 리시의 손을 붙들었다.

—처리해.

엘리오가 지적한 범인 이름을 듣고 허를 찔린 건 맞지만 그래도 아직 전체적으로 거친 가설이다. 반론의 여지가 충분하다. 그리고 탐정이 입을 다물고 있는 이유가 무엇이든 간에 가정부가 붙잡히면 끝장이다. 이 가설은 무슨 일이 있어도 깨부숴야 한다.

리시가 후훗 웃으며 푸린 옆에서 떨어지더니 흰색 부채를 팟 펼쳐 얼굴을 가리고 무대를 향해 발걸음을 뗐다.

"아이야아이야哎呀哎呀, 어머머."

리시는 장난스럽게 목소리를 내며 계단을 통해 무대 위로 올라가 엘리오 바로 앞에 섰다.

"이런, 이런. 그 가설은 역시 너무 억지스럽지 않나요? 일개 가정부가, 천장 위에 숨는다? 천장판 틈새로 입을 노려 비소를 떨어뜨렸다? 어머, 이거 참."

한 손을 허리에 대고 부채를 든 손목을 굽히더니 턱을 위로 치켜든다.

"사람을 바보 취급하는 데도 정도가 있답니다."

네 입에서 나올 말은 아닌 것 같은데. 푸린은 자기도 모르게 얼굴이 굳었다.

"그런 귀모토각龜毛兔角 같은 몽상을 도대체 어떤 분이 믿어줄까요? 천장에서 입까지 거리가 얼마나 되는지 계산은 해보셨는지요? 밥그릇에 달걀을 깨서 떨어뜨리는 것과는 차원이 다르답니다. 게다가 그 가설은 애초에 가설의 요건을 채우지 못했어요. 가정부는 언제 어떻게 신부의 비소를 훔쳤을까요? 그리고 죄를 덮어씌울 상대는? 범죄 동기는요?"

리시의 잇따른 공격을 받고 엘리오가 선을 힐끗 봤다. 이

대로 리시를 상대해도 좋을지 확인하는 것이리라. 리시가 비록 선의 밑에 있기는 하지만 평소 조직 안에서 꽤나 제멋대로인 성격으로 알려져 있다. 지금 엘리오와 맞서는 모습을 보고도 '경쟁심을 느꼈다' 정도로 받아들일 테니 그리 걱정하지 않아도 될 것이다.

아니나 다를까 선이 고개를 끄덕이자 엘리오는 리시를 다시 돌아봤다.

"비소를 떨어뜨릴 방법에 대해서는 궁리 중입니다. 그건 나중에 설명해드리죠. 우선 비소 입수 경로부터 말씀드리자면, 가정부는 비소를 훔치지 않았습니다. 나중에 바꿔치기했지요."

"바꿔치기?"

"네. 사건에는 다른 경로를 통해 입수한 비소를 쓰고, 사건 이후 신부의 병 내용물과 바꿔치기한 겁니다. 가정부는 병원에 따라가지 않고 혼자 집을 지켰으니 시간도 충분했습니다.

죄를 덮어씌울 상대는 당연히 신부. 그녀가 떠올린 건 신부와 후타바 소녀의 공범설입니다. 동기는 역시 본인에게 직접 물을 수밖에 없겠지만, 이를테면 '가정부가 다와라야 집안의 금품이나 뒷돈 등에 손을 뻗었고 발각을 두려워한 나머지 결혼식을 틈타 살해했다' 같은 금전 관련 동기를 떠올릴 수 있겠죠."

엘리오가 설명해도 리시는 미소 지으며 여유를 보였다.

"그런 이유는 나중에 갖다 붙여도 돼요. 핵심은 역시 범행의 물리적 실행 가능성. 그 비소를 떨어뜨리는 방법이 가장 중요한 겁니다.

설마 오라버님은 어떤 것이든 위에서 아래로 떨어뜨리면 일직선 방향으로 떨어질 거라 생각하시는 건 아니겠죠? 이런. 만약 그렇다면 굉장히 어린아이 같은 발상이라 할 수 있겠네요. 진공 상태면 모를까 지상에는 공기 저항이라는 것이 존재합니다. 환약이든 독물이든 떨어지는 과정에 공기의 영향을 받아 좌우로 흔들리다가 콧잔등에나 떨어지는 게 고작 아닐까요?"

실로 조롱 표현이 풍부한 여자다. 덧붙이면 이 여자는 인체 파괴 취미에 도가 튼 나머지 약간의 물리 지식도 갖추고 있다.

"공기 저항이 신경 쓰이면 모양을 바꾸면 그만이지요. 분말을 풀로 굳혀 침 모양으로 만들거나 화살처럼 꼬리 날개를 만들든지 해서 말입니다. 그리고 그 꼬리 날개에 회전이 더해지도록 하면 궤도 직진성은 더욱 강화될 테고요."

그러자 리시는 흐음 하고 부채를 살짝 들어올렸다. 푸린은 감탄하기보다 조금 어이가 없었다. 설마 물리를 언급하며 정면에서 맞부딪힐 줄이야.

"그래도 바람이 옆으로 불거나 하면 끝 아닐까요?"

"당시 바람이 강하게 불었다는 물증은 없습니다. 풍경風磬처럼 바람의 존재를 영상이나 소리로 확인할 만한 것도 그 방에는 없었고요."

"바람의 존재를 확인할 수 없다? 어머 어머. 언제 솜씨 좋은 안과 의사를 찾아가 시력 검사를 한번 받아보시는 게 좋을 듯하네요."

푸린은 속으로 '응?' 하고 고개를 갸웃했지만 이내 깨달았다. 그런가. 바람을 기대하지 않아도 계절이 여름철이라면.

"오라버니께서는 잊으셨나요? 에어컨의 존재를요. 그 고풍스러운 방에 유일하게 어울리지 않는 물건이 눈에 들어오지 않았다면 눈이 이미 백내장 때문에 실명 직전 상태이거나, 아니면 머리 쪽 병이라도 앓고 계시다는 증거겠죠? 게다가 그 에어컨은 꽃가루 제거 기능이 있는 에어컨. 그런 물건은 대체로 실내에 기류를 만드는 법입니다. 방 안에 바람의 흐름이 만들어지는 것도 마땅한 이치."

푸린은 무심코 웃음을 터뜨렸다. 결정적이다. 평범한 상황에서도 아래의 원하는 위치에 떨어뜨릴 가능성이 희박한데 거기에 옆바람까지 불었다?

그러자 옆에서 띠리링 하고 가볍게 중국 비파를 연주하는 소리가 들렸다.

"이런, 리시도 의외로 재미가 없구나. 꼬마와 같은 공격을 할 줄이야."

그 말을 들은 푸린이 눈을 살짝 크게 뜨고 선을 봤다.

꼬마와 같은 공격?

그러자 이번에는 엘리오가 어딘가를 향해 발걸음을 뗐다.

무대 안쪽으로 가서 광택 있는 흰색 장막을 등지고 선다.

자세히 보니 웬일인지 한 손에 빈 와인 잔을 쥐고 있다. 설명에 쓰려는 걸까.

"그 반론은 이미 야쓰호시 소년에게 들었습니다. 아니, 그보다 단순히 내 설명이 부족했을지도."

리시가 자극해서 그런지 엘리오의 말투가 조금 거칠어졌다.

"실은 위에서 떨어뜨린다는 표현은 정확하지 않습니다. 더 정확히 말하면 눈에 잘 띄지 않는 가늘고 긴 투명 관을 천장 틈새를 통해 내려서 표적 근처에 갖다 대는 거죠. 그리고 관 끝에 미리 넣어둔 비소 덩어리를 바람총을 쏘는 것처럼 불어서 떨어뜨린다. 이런 방법이라면 바람의 영향도 받지 않겠죠."

"……네? 천장에서 관을 내린다고요?"

리시가 허리를 뒤로 젖히며 온몸으로 조롱을 표현했다.

"어머, 장난도 심하셔라. 아무리 투명하다고 해도 손에 드신 그 잔처럼 유심히 보면 형태 정도는 보이기 마련이에요. 그런 관이 눈에 띄지 않을 라……."

"리시 씨 눈에는 이게 보입니까?"

엘리오는 그렇게 묻고 잔을 머리 위로 쓱 들었다.

그와 동시에 여러 개의 조명이 확 켜졌다. 푸린은 눈살을 찌푸렸다. 강렬한 조명과 흰색 장막이 내는 반사광 사이에서 와인 잔의 윤곽이 빛에 녹아드는 것처럼 사라졌다.

"글래어glare 현상……."

엘리오는 강렬한 빛 속에서 담담히 설명을 이어갔다.

"인간이 눈부신 빛을 봤을 때 순간적으로 시각 장애를 일으키는 현상을 뜻합니다. 야간에 자동차를 운전할 때 맞은편에서 오는 차의 전조등로 인해 보행자가 보이지 않게 되는 '증발 현상' 등이 대표적인 사례죠. 한마디로 눈부셔서 앞이 잘 보이지 않는 상황. 고로 그 관은 이 자연 현상에 의해 감춰진 겁니다."

"……글래어 현상? 하지만 그 자리에 그런 빛은."

리시는 말을 끝까지 잇지 못했다.

"그렇군요. 촬영이었나요……."

"네. 당시 그곳 내부 상황은 TV로 생중계됐죠. 그리고 실내 촬영에서 조명은 필수품. 하물며 신랑 아버지와 다와라야 집안 여자분들은 촬영 스태프들에게 조명을 더 강하게 해달라고 요구했습니다. 즉 그 안의 조명이 매우 눈부셨다는 말이 됩니다."

"하지만 촬영 스태프가 있던 곳은 다다미방의 아랫간. 그곳에서 조명을 비추면 빛을 직접적으로 맞는 건 윗간에서 아랫간을 향하고 있는 사람들, 다시 말해 서쪽에 있던 신랑 신부만이 해당돼요. 그럼 다른 사람들의 눈은……."

"광원에는 직접 광원과 간접 광원이 있지요. 신랑 신부의 등 뒤에 빛을 반사하는 물건이 있었다면 그 역시 광원에 해당합니다. 그리고 일본 전통 혼례에서 흔히 볼 수 있는 물건 중 하나로."

"……금색 병풍." 리시가 대답을 가로챘다. "그렇군요. 그 금색 병풍이 조명 빛을 거울처럼 반사해 아랫간에 있는 사람

들의 눈을 부시게 했다는 말이네요. 하지만 그 반사광이 과
연 그렇게까지 눈부셨을까요?"

"그건 TV 영상으로도 확인할 수 있습니다. 금색 병풍 부
분은 노출 과다로 일부가 하얗게 보일 정도였죠. 또 그런 부
분은 화상 정보가 결여되므로 아무리 디지털 처리 과정을 거
쳐도 영상을 복원할 수 없습니다."

"그럼 방의 남쪽과 북쪽은 어떤가요? 신랑 신부의 자리에
서 볼 때 좌우에 마주 앉은 친족들은 조명과 금색 병풍 쪽을
향하고 있지 않은데요."

"개방된 남쪽 툇마루에서는 강렬한 여름 햇빛이 들어오고
있었습니다. 담장 기와의 반사광이지요. 따라서 방의 북쪽에
앉았던 신랑 친족들의 시야는 차단됐을 겁니다. 그리고 신랑
친족들의 등 뒤에는 사치스러운 금빛 맹장지가 있었습니다.
이 역시 빛을 반사하므로 남쪽에 있는 신부 친족들의 시야
도 앗아가게 됩니다.

동쪽에는 조명, 서쪽에는 금빛 병풍. 남쪽에는 햇빛과 북
쪽에는 금색 맹장지. 동서남북 어느 쪽을 봐도 그 앞에는 반
드시 광원이 있었습니다."

"그럼 천장은요? 술을 마실 때 입이 위로 향했으니 눈
도……."

"천장에도 당연히 조명이 있었지요. 천장의 오래된 느낌을
감추기 위해 조도를 높여 눈이 부신 LED 천장등이요."

리시는 말문이 막혀버린 듯했다.

"……백번 양보해 그 와인 잔처럼 먼 위치에 있다면 빛 때문에 투명한 물체가 안 보였을 수도 있겠네요." 리시는 신중하게 말을 골랐다. "하지만 가까운 위치라면 어떨까요? 아무리 그래도 머리 위에 그런 관이 내려오면 당사자나 좌우에 있는 사람들이 눈치채지 않을까요?"

"심리학 용어 중에는 '선택적 주의'라는 용어가 있습니다. 주의를 기울이는 곳 이외의 다른 사정에는 놀라울 만큼 관심을 보이지 않는 인간의 습성을 일컫는 말이죠. 예전에 어떤 유명한 실험에서 피험자에게 농구 영상을 보여 주며 패스 횟수를 세어보라고 지시했는데 영상 중간에 고릴라가 가로질러 간 것을 대부분 눈치채지 못했다고 합니다. 그날의 상황에서는 결혼식 진행이 농구 경기의 패스, 고릴라가 투명 관이었던 셈이고요."

리시의 얼굴에 그늘이 더욱 짙어졌다. 억지를 부리는 게 이 여자의 주특기지만 억지를 논파해야 하는 반대 입장에서는 좀처럼 솜씨를 발휘하지 못하는 듯하다. 이게 리시의 역량 부족 때문이라고 잘라 말할 수는 없다. 아무리 빛이 눈부시다고 해도 역시 그런 관 같은 것이 머리 위까지 내려오면 보통은 눈치챌 거라고 생각할 것이다. 상대가 내세우는 논리는 평범한 경우에는 통할 리 없는 변명인 것이다.

그러나 지금의 취지는 의심을 확인하는 것이 아닌 의심을 해소하는 것이다. 그 정도 반론을 해봐야 선이 결백을 인정할 리 없다. '보통 때라면 눈치챈다'라는 말은, 뒤집어 말하면

'눈치채지 못할 가능성도 있다'를 뜻하니까. 이는 범죄의 '사실'이 아닌 '의심'의 입증. 설득력 있는 근거를 내세워서 그 가설이 성립할 '가능성'을 제시하면 충분한 것이다.

이 논증과 부정의 구도는 그야말로 '기적 증명'을 빼다 박았다.

리시는 잠시 고민하는 표정을 지어 보이더니 이윽고 부채를 탁 접었다.

"하지만 역시 보통은 눈치챌 거라고 생각하겠죠……."

"왜 그러시죠, 서왕모? 설마 궁지에 몰리기라도 한 겁니까? 그런 반론으로는 제 가설의 가능성을 없앨 수 없습니다."

"주어를 잘못 짚지 마세요. 제가 방금 말씀드린 건 범인의 심리예요. 그 가설에는 자연광과 인공광이 섞여 있지만 양쪽에는 결정적 차이가 있습니다. 그것은 바로 자연광은 제어할 수 없다는 사실이에요.

정원에서 오는 반사광은 구름 등의 영향으로 가려질 수 있죠. 그럼 당연히 방의 남쪽과 북쪽에 앉은 사람들이 관을 눈치챌지를 운에 맡길 수밖에 없는 거예요. 한편 범인은 사전에 비소를 준비했고 천장판까지 움직여 조절했어요. 그렇게 용의주도하게 범행을 계획한 범인이 과연 모든 것을 운에 맡기는 승부에 쉽사리 나설 수 있었을까요?"

리시는 접은 부채를 치켜들어 마치 단도처럼 엘리오의 목 부근에 바싹 들이댔다.

"그럴 리 없죠. 그 가설은 우리처럼 듣는 사람들뿐만 아니라 범인 자신에게도 굉장히 현실성이 떨어지는 동시에 의심스러운 범행 수법이에요. 그런 조악한 방법을 쓰면 당연히 범인도 피해자들이 관을 눈치챌 수 있다고 예상하겠죠. 그런데도 관을 들키거나 아무 문제 없이 범행에 성공했다는 건 고양이가 달걀을 낳았다는 이야기보다 우스꽝스럽기 짝이 없습니다."

과연. 푸린은 속으로 무릎을 탁 쳤다.

누가 들어도 의심스러운 범행 수법을 역이용해 범인의 심리적 불가능성으로 이야기를 끌고 간다. 비소까지 준비해 천장 위에 계획적으로 숨어든 것으로 모자라 촬영 조명과 금색 병풍의 반사광까지 계산한 범인이 자연광의 불확실성을 염두에 두지 않았을 리 없다. 이 반론이라면 선도 납득할 테고 오히려 이런 역설적인 반론이 선의 취향이기도 하다.

그러나 엘리오는 리시의 이야기를 풋 하고 웃어넘겼다.

"당신도 야쓰호시 소년 못지않게 고집이 세군요."

야쓰호시 못지않게?

엘리오가 손을 흔들었다. 조명이 꺼지더니 무대에 어둠이 내려온다. 이탈리아인 남자는 오른손으로 잠시 가슴에 달린 펜던트를 만지작거리더니 이내 중얼거렸다.

"독을 독살 목적만으로 쓰는 건 그야말로 아마추어 아니겠습니까?"

음? 푸린은 눈을 가늘게 떴다. 이 말은 분명 남자가 아까도 한 번 입에 담았던⋯⋯.

"실로 독에 정통한 사람은 독을 용도에 맞춰서 씁니다. 이를테면 아트로핀. 점안제, 위장약, 마취 전 투여제. 사실 아트로핀의 산동 작용, 즉 동공을 키우는 약효를 악용해 범죄 은폐를 꾀한 사례도 있습니다."

으으음? 푸린의 미간 주름이 한층 더 깊어졌다.

뭐지. 잘못 기억하는 건가. 조금 전에도 거의 똑같은 말을 들었던 것 같은데.

잠시 후 푸린은 눈을 부릅떴다. 리시도 깨달았는지 무대 위에서 "앗……" 하고 나직이 신음했다.

산동 작용.

"……눈동자는 눈에 들어오는 광량을 조절하기 위한 것. 밝으면 수축하고 어두우면 팽창합니다. 그러나 약물의 산동 작용에 의해 동공이 커지면 조절 기능이 사라져 인간은 보통 수준의 빛으로도 강한 눈부심을 느끼고 시야가 차단됩니다.

운전면허가 있는 사람이라면 안과에서 이런 주의를 들은 적도 있을 겁니다. 이 산동약은 눈의 피로 등의 진단에도 처방되니 일반인이 쉽게 손에 넣을 수 있죠. 그리고 다와라야 집안분들은 모두 화분증이 있고 당일에는 가정부가 가지고 있던 안약을 다 함께 돌려썼다고 하니 가정부가 그들에게 안약 대신 산동 약을 쓰게 하고 사후에 처분하기도 수월했을 겁니다.

혹은 그런 걸 사용해도 안 될 정도의 날씨였다면 범행은 일단 거기서 그만두면 됩니다. 다시 말해 가정부는 충분한 확신을 가진 채 범행에 나섰다는 뜻입니다.”

리시가 얼굴을 볼썽사납게 일그러뜨렸다.

“하지만 그 안약을 쓴 건 다와라야 집안사람들뿐…….”

“신부의 아버지와 고모는 둘 다 백내장을 앓고 있었지요. 노인들은 원래 자신의 지병 이야기를 주변에 곧잘 이야기하고 다니니 신부 아버지에게 그런 이야기를 캐내기는 쉬웠을 겁니다. 또 신부는 결혼식 당시 모자를 쓴 탓에 시야가 좁은 것은 물론 고개도 거의 들 수 없었을 테고요.”

“가정부의 통원 이력을 조사하면 어디서 산동 약을 입수했는지는 금방…….”

“일반인도 손쉽게 구할 수 있으니 시중에서 불법적인 경로로 입수했을 수 있겠죠. 개인 간의 처방약 거래 같은 건 원래 흔하지 않나요?”

“……그럼 투명한 관은 어디서 구했고, 또 처분은 어떻게? 그리고 천장 위에 숨었다면 반드시 그 흔적이.”

“가는 아크릴 관 같은 건 대형 마트 등지에서 쉽게 구할 수 있고 자르든지 해서 처분하기도 쉽습니다. 천장 위에는 결혼식 전 다다미방의 조명 공사 때문에 업자가 한 번 올라간 바 있으니 그 흔적과 구별하기 어려울 겁니다.”

“……그럼 개…… 빙니 님은 왜 돌아가신 거죠? 가정부가 빙니 님까지 죽일 이유는 없지 않나요? 또 신부에게 죄를 덮어씌울 거면 당연히 먼저 떠오르는 건 **‘홀수번 살해설’**. 그렇다면 신랑의 첫째 여동생인 아미카 씨도 죽여야…….”

"그 두 가지는 표리일체입니다. 가정부는 물론 아미카 씨도 죽이려고 비소를 떨어뜨렸지만 잘 먹일 수가 없었겠죠. 남성들과 달리 아미카 씨는 고개를 별로 들지 않고 술을 홀짝이듯 마신 탓에 비소를 떨어뜨릴 타이밍이나 위치를 조절하기 어려웠으니까요. 그래서 실패하는 바람에 '폭포 입구' 부분에 남은 비소를 나중에 빙니 님이 드시고 만 겁니다. 빙니 님과 저 술 따른 여자아이가 난입했을 때 가정부는 '**개 고의 난입설**'로 신부와 소녀에게 죄를 덮어씌울 수 있다는 것을 깨닫고 범행 자체를 그대로 속행한 거고요."

그제야 리시의 추격이 멈췄다. 손에 든 패가 동난 듯하다. 리시는 혀를 쯧 차고 흰 부채로 얼굴 절반을 가리더니 상대에게 원망스러운 눈길을 보냈다.

엘리오는 조금 전 불빛을 받을 때처럼 리시의 눈빛에 무표정하게 반응하며 담담히 말을 이었다.

"……그럼 정리하도록 하죠. 제 억견에 따르면 이번 사건은 대담한 동시에 섬세한 계산을 통해 성립한 교묘한 독살 사건입니다. 사건의 전모는 다음과 같습니다. 우선 범인은 가정부. 그녀는 금전 목적 등의 이유로 결혼식을 틈타 피해자들과 아미카 씨를 포함한 네 사람을 살해하려고 계획했습니다.

가정부는 사전에 어디선가 비소와 산동 약, 그리고 투명하고 긴 아크릴 관을 조달했습니다. 그리고 결혼식 전날 리허설 이후 천장 위에 숨어들어 천장판 틈새를 조절하고 아크릴 관도 준비해 다음 날 범행에 대비했습니다.

그리고 결혼식 당일. 가정부는 우선 결혼식이 시작되기 전에 다와라야 집안사람들에게 '화분증'에 쓰는 거라고 하며 산동 약이 든 안약을 쥐서 눈에 넣게 했습니다. 그리고 큰 다다미방에서 결혼식이 시작되자 몰래 자리를 벗어나 천장 위로 잠입, 기회를 노리다가 천장판 틈새를 통해 아크릴 관을 내려 비소로 피해자 세 명과 빙니 님을 살해했죠. 그리고 사람들이 혼란한 틈을 타 천장판을 다시 원위치로 돌리고 관은 일단 그곳에 두고 큰 다다미방으로 복귀해 사태의 추이를 지켜봤습니다.

　　사건 이후에는 가정부는 저택에 혼자 남았을 때 천장 위에 있던 아크릴 관을 회수하고 신부의 방에 들어가서 가방 자물쇠를 풀고 안에 들어 있던 병 속 내용물과 자신의 비소를 바꿔치기했습니다. 그리고 다음 날 아침 아침밥을 사러 나갈 때 증거품들, 즉 아크릴 관, 비소, 산동 약을 들고 저택을 나가 외부 어딘가에 일시 보관했고 그 뒤로 기회를 봐서 회수, 처분했다. 이상이 범인이 계획한 범행의 구체적 경위입니다."

　　엘리오가 다리를 한 발짝 내디뎠다.

　　"백주대낮에 당당하게 TV 카메라와 여러 목격자들 앞에서 표적의 입안에 독을 떨어뜨려 독살한다. 이런 대담하기 짝이 없는 독살 수법이 또 있을까요? 그러나 그 범행을 실현하기 위한 포석은 실로 세심한 동시에 합리적이었죠. 암살자는 천장 위에서 숨소리를 죽이고 빛과 약으로 사람들의 눈을 흐린 것으로 모자라 무미 무취의 비소로 표적의 혀와 코마저

봉인했습니다. 게다가 결혼식이 이뤄지는 장소라 사람들의 움직임도 한정돼 있었죠.

눈, 귀, 코, 혀, 그리고 사지의 움직임. 그 사감四感과 사지의 자유를 독과 작위로 빼앗는 모습은 그야말로……."

그때 선이 옆에서 말을 가로챘다.

"런즈겠지?"

엘리오가 기세가 살짝 꺾인 것처럼 웅얼거리더니 쓴웃음을 지으며 선을 봤다.

"셰익스피어에서 몇 가지 인용할 생각이었는데 보스께서 그쪽 비유를 더 좋아하신다면 그쪽으로 하겠습니다."

"나를 포악한 군주처럼 말하지 마라. 빙니를 잃어 슬픔에 겨운 이 마음이 세상을 원망해 독악한 잡언을 내뱉게 하니 말이다. 하지만 애가로 쓰려면 조금 더 정취가 있어야 마땅하겠지. 그럼 엘리오, 네가 이 가설에 아름다운 이름을 붙여 보거라."

선의 지시를 듣고 엘리오가 고개를 숙이더니 파란 눈을 감았다.

"금빛 병풍에서 떠오르는 건 제 고향 베네치아의 산 마르코 대성당에 있는 '팔라 도로Pala d'Oro'……."

잠시 후 엘리오는 눈꺼풀을 살짝 뜨고 온화하게 미소 지었다.

"황금 천장, 황금 벽. 눈이 멀 정도의 황금빛 격류를 통해 최고신의 나라를 표상한 그 대성당에는 제단 뒤에 수많은 보석을 묻은 금색 장막이 우뚝 솟아 있습니다. 비록 규모와 격식은 달라도 눈부신 황금빛에 시선을 빼앗기는 건 이 가설과 매한가지. 그러니 이름 붙인다면 이것은……."

엘리오는 또다시 얼굴과 목소리에서 감정을 지우고 공허한 눈빛으로 푸린 쪽을 보며 말했다.

"황금 장막의 결혼식. 또는 빛의 그림자로부터 몰래 다가오는 천장 위의 암살자'."

무표정하게 담배를 피우는 푸린의 위장에 싸늘한 기운이 내려왔다.

이런 흐름은 곤란하다.

이대로 있다가는 가정부가 붙잡힌다. 그리고 심문을 받아 사건의 진상을 털어놓으면 모든 전말이 드러나는 것도 시간문제다.

푸린은 탐정을 힐끗 봤다. 파란 머리 남자는 무대 한쪽 편에 가만히 서서 여전히 침묵을 지키고 있다. 젠장, 저 탐정은 왜 움직이지 않는가.

"……우에오로 씨."

마찬가지로 애가 탔는지 엘리오가 탐정을 향해 입을 열었다.

"왜 입을 다물고 있죠? 이 가능성도 떠오르지 않았습니까.

설마 부정을 준비 못 한 건가요? 아니면 혹시……."

엘리오가 빈 와인 잔으로 탐정을 가리켰다.

"누군가를…… 감싸고 있는 건가요?"

순간 푸린은 가슴이 덜컥 내려앉았다.

그런가. 그런 거였나.

어디까지나 억측이지만 방금 엘리오의 한마디로 탐정이 침묵하는 수수께끼가 풀린 느낌이 들었다. 역시 조금 전에 내린 '탐정이 진상을 눈치채지 못했다'라는 나의 해석이 잘못됐고, 탐정은 범인이 나인 것을 이미 눈치채고 있다. 그리고 물론 엘리오의 가설에 대한 부정도 준비된 상태다.

그러나 그 부정의 증명을 해버리면 나, 즉 푸린이 범인이라는 게 들통나니 증명을 입에 담기를 주저하고 있는 게 아닐까. 그리고 조금 전의 다와라야 집안에 대한 질문은 역시 사건의 진상을 눈치채고 있다는 것을 암시한 것. 그렇게 생각하면 모든 앞뒤가 맞는다.

반증을 어떻게 하는지에 따라 내가 범인인 것이 들통날 가능성도 충분하다. 애초에 지금까지 나온 가설 자체가 나를 범인으로 지목하면 반증이 간단하다. '범인은 푸린. 따라서 다른 사람은 범인이 아니다'. 이로써 반증 종료. 나의 존재가 바로 반증의 확고한 물증.

그러나 탐정이 나를 감쌀 마음이라면 당연히 그런 방법은 쓸 수 없다. 따라서 탐정은 반증을 주저하고 있다. 혹은 내가 범인인 게 밝혀지지 않을 다른 반증을 궁리하고 있다. 그렇다면 오랫동안 이어지는 장고도 이해할 수 있다.

다시 말해 탐정의 '기적' 선언은 나를 감싸기 위한 '거짓말'이고, 이 탐정은 나의 '아군'.

"……왜 말이 없죠, 우에오로 씨? 제가 맞힌 건가요?"

엘리오가 더욱 파고들었다.

"아니면 아니라고 해보시죠. 혹시 정말로 사건의 진상을 이미 눈치채서 범인을 감싸고 있는 건가요? 그렇다면 참으로 대장부답지 못하네요. 마치 로미오를 감싸려는 줄리엣 같아요. 하지만 잘 들으십시오. 이대로 있으면 가정부가 죽습니다. 우에오로 씨는 지금 가정부와 그 누군가의 영혼을 천칭 위에 올려서 재고 있는 겁니까?"

엘리오는 매몰차게 탐정을 몰아붙였다. 원래 이런 성격일까. 하지만 그 말이 통했는지 마침내 탐정이 반증을 꺼내 들었다. 파란 머리 남자는 꿈에서 깬 것처럼 턱에서 손을 떼고 좌우 색이 다른 눈동자로 엘리오를 봤다.

"……무슨 소리를 하는지 잘 모르겠지만."

그는 입을 열면서 엘리오 쪽으로 천천히 다가갔다.

"내가 이미 말했을 텐데. 이번 사건은 '기적'이라고. 그 안에 범인 따위는 존재하지 않아. 조금 전에는 그저 몇 가지 증명의 재검증을 했을 뿐. 이다음 카바리엘과의 맞대결이 기다리고 있으니."

탐정은 무대 가운데에서 발걸음을 멈추고 조명 빛으로 가슴에 단 묵주를 반짝이며 선언했다.

"그럼 다시 한번 말해주지, 엘리오. 그 가능성은 이미 떠올렸다. 그리고 그건 손쉽게 부정할 수 있다."

ℒ♥

손쉽게 부정할 수 있다.

역시라고 해야 할까.

남자는 역시 가설을 이미 떠올렸고 부정도 할 수 있었다.

그렇다면 왜 그것을 입에 담지 않았을까.

반증 내용도 그렇지만 가장 큰 문제는 바로 그 이유다.

"……신부는."

파란 머리 탐정이 일본어로 입을 열었다.

"사건 이후 병원에서 자신의 왼쪽 버선이 젖어 있는 걸 눈치챘어. 물기는 발등까지 닿아 있었고 거기서부터는 희미한 술 냄새도 났지. 또 젖은 부분이 연분홍빛으로 물들었고 연분홍색 꽃잎이 붙어 있었어."

그는 선을 똑바로 바라보며 말했다.

"반증은 이상이다."

갑자기 찾아온 침묵. 푸린은 이마에 손을 얹고 잠시 두통을 견뎠다.

"……설명이 너무 짧지 않나요? 그리고 보스 앞에서 일본어로 말씀하시는 건 무슨 예의죠?"

"웅? 선이 일본어를 못했나? 음, 그래. 결론이 조금 성급했

나. 미안하군. 그럼 차근차근 설명하지."

탐정은 천연덕스럽게 다시 중국어로 대답했다.

"우선 신부의 버선이 젖은 이유 말인데, 이건 신부가 구급차에 타기 직전에 신은 고무 슬리퍼가 젖어 있었기 때문이라고 추측할 수 있어."

"……고무 슬리퍼?"

엘리오가 앵무새처럼 되물었다.

"그래. 단순히 액체를 살짝 밟았을 뿐이면 발등까지 젖지는 않을 테고, 위에서부터 액체가 조금 뿌려졌을 뿐이면 바닥까지 젖지 않겠지. 또 깊은 웅덩이를 밟거나 액체가 세차게 다리에 끼얹어졌다면 역시 당사자도 눈치챘을 거야.

그리고 당일 저택 내부는 말끔히 청소돼 있었고 신부 의상을 입은 신부는 기모노가 더러워지지 않도록 주의를 기울이며 걸었어. 또 신부 여로에서는 무더운 하늘 아래에서 장시간 소 위에 올라타 있었으니 길가에서 발이 더럽혀질 일은 없고 그전에 어떤 이유로 젖었다면 말랐겠지. 사건 이후에는 신부는 구급차를 타고 병원에 직행했고 병원 슬리퍼도 젖어 있거나 하지는 않았어. 이와 같은 상황을 고려하면 신부의 발이 젖을 기회는 단 하나, 신부가 고무 슬리퍼를 신었을 때밖에 없어."

탐정은 청산유수로 막힘없이 대답했다.

"그렇다면 고무 슬리퍼는 왜 젖어 있었는가? 쾌적한 여름철에는 세탁물도 세 시간 정도면 마르니 만약 젖었다면 신부가 슬리퍼를 신은 시간부터 역산해 오후 2시 이후. 즉 그 이후 슬리퍼에 물을 묻힌 사람이 있었다는 말이 되지. 그렇다면 그는 누구인가? 아미카가 주기를 준비하려고 큰 다다미방을 나간 건 신부 여로 시작 직후인 오후 1시 무렵이니 제외. 신부 도착 시에는 다와라야 집안 여자 세 명이 부엌으로 신부를 맞으러 갔지만 그때는 TV 카메라가 들어와 있어서 더욱 물건 같은 건 더럽히지 않았을 테고, 더럽혀진 물건을 그대로 방치하지도 않겠지. 결혼식 시작 전에는 그 밖에 큰 다다미방을 나간 사람은 없었고, 또 사건 이후 신부보다 먼저 부엌에 간 사람은 아미카 씨와 후타바 소녀뿐인데 두 사람은 그때 주기를 집어넣는 것 외에 다른 행동은 하지 않았어.

저택 내 사유물을 거리낌 없이 만질 수 있는 사람이라면 역시 다와라야 집안에 상주하는 사람이겠지. 그렇다면 남는 건 저택에 상주하는 동시에 결혼식 도중 큰 다다미방을 어려움 없이 나갈 수 있는 인물, 즉 가정부다."

탐정의 설명이 끝나자 엘리오가 문득 미소 지었다. 자신과 비슷한 말로 탐정이 되받아치자 순간 우스웠을 것이다.

"그럼 가정부는 언제 어디서 슬리퍼에 물을 묻혔을까? 우선 술 냄새가 났다는 점에서 당연히 슬리퍼에 묻은 건 술이란 걸 알 수 있겠지. 또 만약 그저 더러워져서 세탁한 거라면 조금 더 볕이 잘 드는 곳에서 말렸을 테고. 부엌문에 신부가 신을 수 있는 형태로 방치돼 있었다는 사실로부터 가정부는 직전까지 슬리퍼를 신고 다니다가 그곳에서 벗어둔 것으로 추측할 수 있어.

그리고 신고 있던 슬리퍼가 술에 젖었다면 위쪽에서 술이 뿌려졌는가, 아니면 술이 고인 곳을 밟았는가. 단순히 위에서 뿌려졌다면 안쪽 면까지 젖지는 않겠지. 슬리퍼는 신부의 발등까지 젖을 만큼 푹 젖어 있었으니 필연적으로 가정부는 어딘가 술이 고인 곳에 발을 디뎠다고 해석할 수 있어.

그러나 계절은 여름. 그렇게 술이 고인 곳이 있었다면 얼마 안 돼 말랐을 테고 알코올은 벌레를 꼬이게 해서 사람이 오가는 길거리에 오래 방치되지도 않아. 그러므로 가정부가 사람들이 오가는 거리에서 슬리퍼를 젖게 하지는 않았을 테고, 그렇다면 인적이 드문 변두리를 떠올려볼 수 있는데 후보가 될 만한 곳이 딱 한 군데 있어. 그래. 바로 '가즈미 님'의 사당이야."

탐정이 물기가 아직 덜 말라서 이마에 달라붙은 앞머리를 손가락으로 쓸었다.

"'가즈미 님'의 사당에는 지면에 구멍을 뚫어서 만든 간소한 수조가 있어. 그리고 참배하러 온 이들이 그곳에 가즈미 님이 좋아했다고 하는 술을 자주 따른다고 하지. 다른 묘 같은 곳에서는 위생상 그런 행동을 잘 하지 않고, 또 가정부가 맨발로 그곳에 들어갔을 것 같지도 않으니 후보는 역시 이곳이야."

"하지만……."

엘리오가 곧장 이의를 제기했다.

"색에 대해서는 어떻게 설명하죠? 신부의 버선에 붙어 있었다는 꽃잎 색 말입니다. '가즈미 님'의 사당 주변 협죽도는 분명 선명한 붉은색. 하지만 신부의 버선에 붙어 있던 건 연분홍색. 색이 다르지 않나요?"

"그건 이상할 게 없어. 술 때문에 탈색이 됐다면."

탐정이 동요하는 기색 없이 맞받아쳤다.

"원래 알코올을 이용해서 꽃잎의 색을 빼는 건 자주 쓰는 방식이야. 그리고 그 색이 술에 옮겨가서 신부의 버선을 연분홍빛으로 물들이기도 했지. 반대로 저택 주변에 있는 순백색 협죽도라면 그렇게 되지 않아. 그리고 그 마을에서 붉은 협죽도가 꽃을 피운 곳은 이 '가즈미 님'의 사당 주변뿐. 다시 말해 버선과 꽃잎이 연분홍색이었다는 사실 또한 가정부가 '가즈미 님'의 사당 수조 속 술을 밟았다는 사실에 대한 보강 증거가 될 수 있어.

이해했나, 엘리오? 그럼 계속 이어가지. 이로써 장소는 특정됐어. 그렇다면 시간은 어떨까? 아미카 씨의 증언을 참고하면 사당까지 왕복 시간은 아무리 빨라도 30분은 걸렸을 거야. 또 앞서 말한 대로 결혼식 시작 전에 큰 다다미방을 나간 사람은 아미카 씨를 비롯한 다와라야 집안 여자 세 명 이외에 없었으니, 만약 가정부가 외출했다면 결혼식이 시작된 이후. 결혼식 시작 시각은 신부가 큰 다다미방에 들어온 16시 8분인데, 가정부는 후타바가 술잔 돌리기 준비를 하기 직전, 즉 16시 30분 직전에도 TV 영상에 비쳤어. 이로써 결혼식 시작 직후에 저택을 나가도 시간상 왕복할 수 없으니 가정부는 이

16시 30분 시점까지는 아직 저택을 나가지 않았다는 말이 돼.

한편 구급차 도착 시각은 17시 1분. 신부가 구급차에 타려고 슬리퍼를 신은 게 이 무렵이니 가정부는 이미 이 시점에 사당에 갔다가 저택에 돌아와 있어야겠지? 16시 30분부터 17시 1분 사이의 왕복 30분을 들여 나갔다 왔다면 가정부의 행동은 하나로 정해져. 즉, 가정부는 16시 30분 전후 저택을 나가 가즈미 님 사당 앞 수조를 밟고 17시 1분 전후에 돌아왔어.

그렇다면 술잔 돌리기를 하던 시간대에 가정부는 저택에 없었다는 말이 돼. 다시 말해 가정부가 그 천장 위에 숨어드는 범행은 불가능. 따라서 엘리오, 네 가설은 성립하지 않아."

탐정이 설명을 마쳤다. 마치 굉음이 터지고 난 뒤에 귀가 멍한 듯한 지잉 하는 정적이 푸린의 고막을 덮쳤다.

잠시 후 에취 하는 후타바의 재채기 소리가 소즈^{물받이 죽통 한} _{쪽에 물이 쏟아지면 반동으로 다른 쪽이 돌을 때려 소리를 내는 장치, 주로 조수를 쫓는 데 쓰인다} 소리처럼 여운 있게 울려 퍼졌다.

엘리오가 힘없는 목소리로, 그러나 당당히 반론했다.

"그럼 가정부는 왜 그런 곳에 다녀온 건가요."

"이유는 다양한 걸 떠올릴 수 있겠지. 이를테면 쇼조 씨 또는 히로토 씨로부터 사오라고 지시받은 물건이 있었는데 깜박했다면? 그래서 꾸지람이 두려워 결혼식이 끝나기 전에 사러 갔다 온 거야. 그리고 산 너머 마을에 물건을 사러 가려면 반드시 사당이 있는 산길을 지나야 하고. 그러다 오가는 길에 휴대 전화의 DMB 같은 기능을 이용해 사건이 일어났음을 깨닫고 헐레벌떡 다시 돌아온 거지."

"증명할 수 있나요?"

"외출의 동기까지는 몰라도 외출한 사실은 이미 증명했어. 네 반론을 부정하기에 충분해."

"그러나 그 사실 증명에도 아직 불합리한 부분이 남아 있습니다. 가정부는 왜 사당 앞 수조를 밟았을까요? 사당은 아마 길에서 조금 안으로 들어간 갓길 위에 세워져 있을 터. 실수로 밟았을 리는 없을 텐데요."

"가정부가 서둘렀기 때문이야."

"서둘렀다? 그렇다면 애당초 그런 곳에 들를 리가······."

"들른 게 아니야."

탐정이 무대 옆쪽으로 뚜벅뚜벅 걸어갔다.

그러더니 선이 애가를 쓰려고 준비한 것으로 보이는 큰 붓과 먹통, 자신의 키 정도 되는 대형 화선지를 안쪽에서 들고 왔다. 종이를 바닥에 깔고 몸을 이리저리 움직여 뭔지 모를 선을 긋는다. 그리고 다 쓴 종이를 한 손으로 들어 높이 펼쳤다.

"바로 그게 최단 거리라서야. 사당은 S자 커브길 안쪽에 세워져 있지. 그럼 커브길의 최단 거리로 달리면 자연히 진로에 수조가 포함되게 돼 있어. 밟았다고 해도 아무 이상할 게 없다는 말이야."

또다시 내려온 정적. 엘리오가 눈을 휘둥그레 뜨고 입을 다물고 있는 건 탐정의 해답을 듣고 감탄해서일까, 아니면 고작 그 정도 이야기를 하려고 붓과 먹까지 꺼내온 상대를

S자 커브길과 사당

보고 기가 질려서일까.

탐정이 종이를 다시 몇 번인가 깃발처럼 펄럭이고 바닥에
던졌다. 그러자 등 뒤에서 야쓰호시가 쪼르르 달려와 종이를
가져갔다. 탐정은 붓과 먹통을 야쓰호시에게 넘기고 엘리오
를 봤다.

"이상이다. 반론은?"

엘리오는 대답하지 않았다. 한 손으로 가슴에 달린 펜던
트를 쥐고 우두커니 서 있다가 말없이 얼굴을 돌렸다.

침묵. 그것은 곧 항복.

시합 종료.

순식간에 푸린의 온몸에서 힘이 쭉 빠졌다.

따분해하는 척하면서 팔다리를 가볍게 문지르고 긴장 때문에 굳은 근육을 푼다. 이로써 또다시 목숨을 건졌다. 그야말로 심장 건강에 좋지 않은 창작 추리 품평회다. 그러나 현역 은퇴 이후 오랜만에 느낀 긴장감이 조금은 반갑기도 했다.

그건 그렇다 쳐도.

알 수 없다.

이 정도면 평범한 반증 아닌가. 이 반증 속에 내 관여를 암시하는 듯한 힌트는 전혀 없다. 굳이 꼽자면 가정부가 실행범이라는 점이 힌트가 될 수 있겠지만 그것은 엘리오의 가설에서도 이미 나왔다. 신부의 젖은 버선이나 슬리퍼 같은 건 나와는 전혀 상관없는 소재다. 그것들로부터 나에게 이르는 건 불가능할 것이다.

왜일까. 이 정도 반증에 탐정은 왜 그토록 망설이는 모습을 보인 걸까.

그때.

"야오."

선이 술잔을 기울이며 말했다.

"넌 대체…… 주기에 무슨 짓을 한 거냐?"

제13장

단숨에 심장이 얼어붙었다.

무슨 짓⋯⋯?

불의의 일격. 어두운 밤에 맞닥뜨린 악인의 칼과 비슷하다. 선이 입에 담은 '주기'가 지금 그녀가 손에 든 와인 디캔터가 아닌 것만은 명백하다. 주기란 물론 결혼식에 쓰인 그 술 주전자를 뜻하는 것. 그리고 나는 분명 그것에 '무슨 짓'을 했다. 하지만.

대체 어떻게.

"⋯⋯무슨 말씀을 하시는지요?"

푸린은 겉으로는 안색 하나 바꾸지 않고 대답했다. 그러나 손에 든 술잔 속 술에 잔물결이 이는 것을 보고 넌지시 잔을 곰방대로 바꿔 들었다. 젠장, 진정해. 그냥 또 내 속을 떠보고 있을 뿐이야.

선은 무릎 위에 둔 중국 비파를 들고 휴우 하고 긴 한숨을 내쉬었다.

"이제는 이런 탐색전도 조금은 지치는구나. 너와는 오랜 인연이니 내 직접 상대하도록 하지. 우선 가장 의심스러웠던 건 네가 저 소년을 향해 부주의하게 내뱉은 한 마디였다."

푸린은 필사적으로 기억을 더듬었다. 부주의하게 내뱉은…… 한 마디?

"넌 아까 이렇게 말했다. 리시의 가설 때문에 궁지에 몰린 소년을 보며 일본어로 '이제는 너도 슬슬 각오하는 게'라고. 여기서 '너' 뒤에 붙은 '도'는 중국어로 말하면 '예也', 즉 병렬을 뜻하는 보조사지. 그러니 소년 외에도 또 다른 누군가 '각오한' 사람이 있었던 거다.

처음에는 납치된 다른 일본인을 뜻하는 거라고 생각했지만 곰곰이 생각하니 저자들은 중국어를 모르고 자신들이 납치된 이유도 아직 잘 이해를 못 하고 있지. 저들이 각오할 여유 따위 없는 상황이라는 건 야오, 너도 알고 있었을 터. 그렇다면 이 문맥에서 소년 외에 대체 누가 각오를 했는가."

푸린은 입을 반쯤 턱 벌렸다.

"보스는 분명…… 일본어를 모르신다고."

그러자 선이 자못 유쾌하게 깔깔거렸다.

"그래. 리시에게 통역을 부탁했을 때 말인가. 나는 '천것'이 무슨 말을 하는지 모르겠다고 했지, 일본어를 모른다고 하지는 않았다. 그때는 그저 대화 소리가 잘 안 들렸을 뿐. 네 목소리는 잘 들렸을뿐더러 나는 물론 너를 '천것' 같은 존재로도 생각하지 않는다."

이런, 당했다.

결국 위장이었나. 단순한 노인성 난청 아닌가!

"그렇게 언짢아할 필요 없다, 야오. 숨기고 있었던 건 미안하지만 원래 말을 못 알아듣는 척하면 다들 흥미롭게 본심을 털어놓으니까. 지금껏 살아오며 익힌 지혜라고 할까. 그래도 안심해라. 역시 너희가 나눈 '망원押語'까지는 읽지 못했으니. 그런 방법을 떠올릴 줄이야."

선원쥐안.

세간에서 '여아후呂娥呴'라고 불리는 희대의 악녀.

여아후는 앞서 '런즈' 이야기에서도 등장한 한나라 고조 유방의 황후인 여태후를 뜻한다. 여태후는 유방이 죽고 난 뒤 친아들의 제위를 위협하는 자들을 잇달아 숙청했다. 온갖 더러운 술수까지 써가며 방해꾼을 제거한 끝에 지금의 지위에 오른 선원쥐안과 비슷해서인지 그녀는 뒤에서 그렇게 불리게 되었다.

서로 속을 떠보는 탐색전이나 속고 속이는 싸움에서 이 여자를 당할 사람은 없다.

"그렇다면 야오, 너는 대체 무엇을 각오했는가. 앞뒤 말과 행동을 보면 저 소녀의 고문이었다는 것은 명백하다. 다만 나는 그것이 단순한 너의 선심 때문이라고 여겼다. 너는 천성이 선하고 정이 많은 여인. 조직에서 탈퇴한 지금 그런 만행을 꺼리는 마음을 이해 못 할 것도 없지.

하지만 그럼에도 이해되지 않는 건 조금 전 엘리오의 가설을 듣고서 네가 보인 태도다. 야오, 넌…… 왜 리시의 반론을 막지 않았지?"

선이 의자를 움직여 푸린을 돌아봤다. 무릎에 얹은 중국 비파의 현을 손톱으로 가볍게 튕긴다.

"설마 소녀와 마찬가지로 가정부까지 감쌀 생각이었나? 박애주의에 눈이라도 떴나 보군. 아니, 야오. 넌 그렇게까지 아무한테나 정을 쏟아붓는 여자가 아니다.

그건 처음에 네가 소녀의 고문을 거절하면서 '우선 조금 더 몸이 튼튼한 자부터'라고 요청한 것으로도 알 수 있다. 다시 말해 소녀가 아닌 다른 사람이 고문당하는 건 괜찮았다는 뜻이지. 화장실에 갈 때 나눈 대화를 들어보면 리시는 여전히 네게 사로잡혀 있는 듯하니 네가 리시를 막을 생각이 있었다면 얼마든지 막을 수 있었을 거다. 하지만 너는 리시의 행동을 말리지 않고 그냥 보고만 있었지. 왜일까?"

띠리링, 하고 울리는 비파 소리 추임새.

"리시가 반론하려고 나선 것 자체는 별로 부자연스럽지 않다. 성격이 제멋대로에다가 이것저것 재지 않고 들이대는 리시라면 엘리오에 대한 경쟁심 때문에 저도 모르게 반대 입장으로 돌아설 수도 있지. 하지만 그때 네가 말리지 않은 건 부자연스럽다. 그렇다면 이 부자연스러움은 어떻게 해석해야 할까? 단순한 자비심 때문에 감싼 게 아니면 이 두 사람에게는 네가 감쌀 이유가 될 어떤 공통점이 있을 터. 가장 먼저 떠오르는 건 소녀와 가정부 둘 다 여자라는 점이지만, 그렇게 따지면 다와라야 집안의 살아남은 이들도 모두 여자. 그럼 소녀와 가정부에게 성별 이외의 공통되는 점이 과연 무엇일까."

선이 비파 현에 손가락을 얹었다.

"그때 난 문득 깨달았다. 이 두 사람이 주기를 만졌다는 사실을."

띠잉, 하고 비파가 왠지 김빠진 듯한 소리를 울렸다.

"소녀와 중년 여자. 언뜻 보기에 아무 관련 없어 보이는 두 사람이지만 그러므로 더욱 유일한 공통점이 도드라지지. 설마 주기에 뭔가 비밀이라도 있는 걸까? 그렇게 한번 의문을 품고 나니 성격 때문인지 그전까지 신경 쓰이지도 않은 사소한 사정들까지 의심하고 싶어지더군. 그리고 보니 야오가 그 결혼식장에 있었던 건 그저 우연일까. 저 소녀와는 어떤 계기로 알게 됐을까. 평소에도 밖에 나가기를 싫어하는 여자가 그런 변두리에 가는 것으로 모자라 별로 재밌어 보이지도 않는 다른 사람의 결혼식을, 찌는 듯한 무더위 속에서 굳이 구경하러 간 진짜 이유는 과연 무엇일까."

선이 말을 멈췄다. 잠시 비파 소리의 여운에 잠긴 것처럼 눈을 감고 있다가 다시 게슴츠레 뜨고 입을 열었다.

"방심했다, 야오. 넌 그때 비록 연기로라도 리시를 말렸어야 했다."

푸린의 귓가 안쪽에서 선의 목소리와 비파 소리가 귀울림처럼 반복해서 울렸다.

"죄……."

푸린은 마른 침을 삼키고 목소리를 쥐어짜 냈다.

"죄송하지만 보스. 아무리 그래도 너무 무리한 지적인 것 같습니다만……."

"그럴지도 모르지. 뭐 됐다. 모든 것은 저 소녀와 가정부를 심문하다 보면 밝혀지겠지. 우선 저 여자아이부터 실토하게 하겠다. 리시, 시작해라."

리시가 곤혹이 담긴 눈빛으로 푸린을 봤다. 멍청아, 지금 나를 보면 어떡해. 푸린은 시선을 피하며 속으로 욕지거리를 내뱉고 방심한 자신을 후회했다.

방심한 게 맞다. 설마 반증 내용이 아닌 반증이라는 행위 자체에서 나의 관여를 꿰뚫어 볼 줄이야.

선의 함정에 빠진 것으로 모자라 부주의한 실언까지 일삼 아버렸다. 전형적인 자멸의 흐름이다. 적어도 용의자들이 중국어만 알고 있었다면. 아니, 적어도 내가 리시를 조금이라도 말리는 모습을 보였다면 발뺌할 길은 있었을지도 모른다.

설마 이것이 탐정이 반론을 망설인 이유일까. 탐정은 나의 실언과 선의 태도로부터 의혹이 내게 향하고 있다는 것을 깨달았고, 굳이 다와라야 집안의 이야기를 꺼내 선의 의심이 내게 쏠린 가능성을 은근히 암시하는 동시에 반론을 망설이는 것으로 의혹을 불식할 기회를 내게 준 것이다. 그러나 엘리오에게 '누군가를 감싸고 있다'라는 지적을 듣고 더는 기다릴 수 없다고 판단해 반증에 나섰다.

"기다려, 선."

거기서 탐정이 목소리를 높였다.

푸린은 힘없이 고개를 들었다. 설마. 부정하려는 걸까. 아직도 부정할 수 있다는 걸까.

그러나 아쉽게도 나의 범행은 사실이다. 어쩌면 탐정은 나와 다와라야 집안의 관계를 모르는 척하며 나를 감싸려 했을지 모르지만 그것은 바꿔 말해 탐정이 사건의 진상을 눈치챘다는 증거. 즉 탐정의 기적 선언은 '거짓말'. 그런 상황에서 그조차도 부정한다면, 즉 사실을 부정한다면 넌 지금부터…….

거짓말의 증명을…….

탐정이 무대 가운데 튀어나온 부분으로 걸어갔다.

그 위에 서서 색이 다른 눈동자로 푸린을 바라본다. 처음 느끼는 전율이 푸린의 몸을 훑고 지나갔다. 그만해. 그렇게까지 해서 네게 빚을 지고 싶지 않아. 그 행위가 뭘 의미하는지 알고 있어? 네가 거짓말을 증명한다는 건, 그럴 수 있다는 건, 다름 아닌 너 자신이 그 증명에 아무런 진실도 없다고 스스로 인정하는 거야. 거짓이어도 사실이어도 증명할 수 있다면 그 증명에는 어떤 가치도 없어. 그건 네가 지금껏 필사적으로 쌓아올린 '기적 증명'의 가치를 모조리 시궁창에 내던지는 것을 의미해. 그렇게까지 해서 네 도움을 받는다면 나는…… 대체 나는…….

탐정이 천천히 입을 열었다.

"푸린."

그만……!

"조금 전 이야기가…… 사실이야?"

선머什麼, 뭐?

ℒ❤

뭐라고?

선도 아닌데 순간 나의 난청을 의심했다. 잘못 들은 걸까. 아니면 환청? 이 자식은 지금…… 대체 무슨 소리를?

"정말로 네가 저질렀어? 그 사건을? 믿기 어렵지만 그런가…… 넌 역시 저 다와라야 집안사람들과 면식이 있었나……."

아니다. 환청 같은 게 아니다. 보통의 의미를 지닌 말이 고막에 꽂히고 있다. 아니, 정말로 그 의미가 맞을까? 나의 해석이 틀린 게 아닐까? 하지만 만약 내 해석이 맞고 탐정도 다른 뜻이라곤 없는 있는 그대로를 말하고 있다면.

설마.

설마 이 남자는…….

정말로 내가 범인인 걸 눈치채지 못했다?

"라오포예! 도망쳐요!"

갑자기 리시가 소리치더니 무대에서 푸린을 향해 몸을 던졌다. 내 옆에 착지하는 것과 동시에 허벅지의 홀더에서 권총을 꺼내 든다. 그러나 자세를 취한 순간 뭔지 모를 물체가 리시의 손으로 날아와 무기를 냅다 튕겨냈다. 중국 비파. 선이

던진 것이다.

그 직후 선의 부하들이 리시와 푸린을 둘러싸고 수십 개의 총구를 일제히 들이댔다. 리시가 흰 부채를 활짝 펼쳤지만 푸린은 옆에서 리시의 손목을 붙잡았다.

"라오포예……."

리시가 비난인지 애원인지 모를 눈빛으로 푸린을 봤다.

선이 인파를 가르고 느릿느릿 두 사람을 향해 다가왔다.

"리시. 난 지금껏 네가 쌓은 공적을 높이 평가하고 있다. 지금 내게 총구를 겨눈 건 못 본 것으로 할 테니 선택해라. 나를 속이고 자신의 죄를 면하려고 한 이 여자를 네가 처리하겠나? 아니면 너도 이 여자와 함께 처리되겠나?"

여기까진가.

포박하러 온 선의 부하들이 난폭하게 푸린을 붙잡고 바닥에 눕혔다. 푸린은 쓴웃음을 지었다. 그렇군. 이런 결말인가. 내 생의 마지막이 개의 장례식 공물일 줄이야. 지금껏 수많은 이들의 죽음을 우롱해온 나다. 이런 극악한 인간이 맞이할 끝맺음으로 그야말로 절묘할 수도 있다.

눈에 천이, 입에 재갈이 다가왔다. 재갈은 자살 방지용이다. 마지막으로 파란 머리 탐정에게 원망 섞인 푸념 한마디라도 해주고 싶어서 고개를 들었지만 곧 생각을 고쳐먹었다. 아니, 됐다. 저 남자에게는 아무 원한도 없다. 처음부터 내가 기대를 걸었던 게 잘못이다.

애초에 저 남자와 나는 채권자, 채무자 관계에 불과하다.

내가 얼빠져 있었고 나답지 않게 경솔했다. 원망의 화살을 나에게 돌려야 마땅하다. 대체 너는 무슨 증명을 바란 거냐며.

미안하다, 우에오로. 이번에는 내가 네 기적을 부정하고 말았어. 그 대신 네 빚을 탕감해줄 테니 서로 없었던 일로 하자.

"……지금 뭐 하는 거지, 선?"

그때 무대 위에서 탐정이 입을 열었다.

"꽤나 떠들썩하군. 홍콩 영화 속 난투 장면 연습이라도 하는 건가? 그럼 나도 쌍권총을 들고 참가하게 해줘. 그런데 그전에 하다가 만 증명부터 끝마쳐야겠네. 그럼 이야기를 되돌리지. 선, 조금 전 네가 설명한 그 가설 말인데……."

탐정이 위에서부터 선을 내려다봤다. 가슴 앞에 달린 은색 묵주가 반짝거린다.

"그 가능성은, 이미 떠올렸다."

&❤

…………???

이제는 혼란의 극에 달한 나머지 숨도 제대로 쉬어지지 않았다.

도대체 무슨…… 소리일까?

탐정은 분명히 내가 범인인 '가능성'을 떠올리지 못했을 터. 조금 전만 해도 사건이 나의 범행이라는 것을 깨닫고 놀라지 않았나. 그런데도 떠올렸다? 어떻게? 이게 무슨.

그때 쾌활하게 키득거리는 웃음소리가 들렸다.

"푸린, 왜 그래? 놀라는 모습이 꽤나 귀엽네. 꼭 태어나서 처음 거울을 본 웰시코기 같잖아. 그 놀라는 얼굴을 본 것만으로도 500만 엔을 들여 바다를 건너온 보람이 있는 것 같군."

탐정이 손가락으로 카메라 모양을 만들고 또다시 미소 지었다.

"하지만 안심해. 내가 말했지? 이번 일은 '기적'이라고. 그곳에 인간의 사정 따위가 개입할 여지는 없어. 그럼 우선 네가 했다는 그 트릭에 대한 설명부터 시작할게."

$\mathscr{L}$♥

탐정은 무대 가운데까지 걸어가서 객석을 돌아보고 단숨에 설명을 시작했다.

"푸린. 단도직입적으로 이야기할게. 네가 떠올린 트릭의 핵심은 남녀의 술 마시는 방식의 차이야. 이번 사건은 사망자와 생존자 사이에 아주 명확한 차이가 있어. 그건 바로 사망자가 모두 남성이라는 사실이야.

그렇다면 그 자리에 있던 남녀의 행동 차이에 주목하면 자연스럽게 깨달을 수 있겠지? 서로의 술 마시는 방식에 차이가 있었다는 것을. 남자들은 남자다움을 내세우려고 호쾌하게 잔을 기울여 마셨고, 여자들은 우아하면서도 값비싼 기모노가 더럽혀지지 않도록 잔을 크게 기울이지 않고 위에서부터 홀짝이듯 마셨지. 쇼조 씨가 결혼식을 계획했을 때부터 그렇게 지시하기도 해서 푸린, 넌 이 같은 차이를 이용한 트릭을 떠올렸을 거야.

그럼 어떻게 그 차이를 이용했는가. 해답은 술을 위아래 두 개 층으로 나누는 거였어. 알코올은 일반적으로 물보다 비중이 가볍지. 도수가 높은 소주 역시 물보다 가볍고, 또 물에 뭔가를 섞으면 그 용액 비중은 더욱 무거워져. 그러니 비소를 녹인 물을 먼저 따르고 위에서부터 천천히 술을 따르면 위는 술, 아래는 비소 용액의 두 층으로 나뉜 술잔이 만들어지는 거야. 이건 칵테일 등을 만들 때도 흔히 쓰는 방법이야.

이렇게 술을 두 개 층으로 나누면 위에서부터 술을 홀짝이는 여성들은 독을 마실 수 없겠지. 잔을 크게 기울여서 마신 남자들은 반드시 치사량이라고는 할 수 없겠지만 어느 정도씩은 독을 마시게 될 테고. 또 술잔 돌리기 도중에는 잔을 신중하게 다뤘으니 두 개 층이 그리 간단히 섞일 일도 없어.

문제는 '어떻게 술잔 안에 그런 두 개 층을 만드는가'인데, 당시 술을 따른 후타바 소녀가 모두가 보는 앞에서 주기, 즉 술 주전자로 술을 따랐으니 잔에 뭔가를 심을 수는 없었을 거야. 다만 잔의 기울기를 따라 술을 천천히 부었을 수는 있지. 그러니 처음에 독물, 나중에 술이 나오도록 미리 주전자 쪽에 뭔가 조치를 해놓으면 천천히 술을 따르는 것만으로도 이 두 개 층을 자연스럽게 만들 수 있어.

그럼 주전자 내부를 그렇게 만드는 게 과연 가능할까? 내 대답은, 가능하다야."

탐정은 야쓰호시에게 눈짓해서 또다시 붓과 종이를 가져
오게 했다. 그리고 뭔지 모를 그림을 재빨리 그리기 시작했다.

"예컨대 이런 식의 3층 구조. 주전자 내부를 세 칸으로 나
눠서 술이 나오는 입구부터 첫 번째 칸에 독물, 세 번째 칸에
술을 넣는 거야. 두 번째 칸은 비워 두고. 자, 그럼 이 상태로

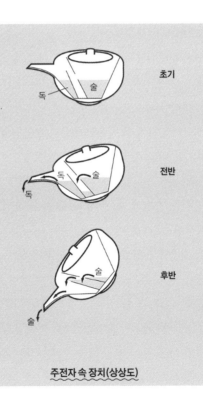

주전자 속 장치(상상도)

술을 따른다고 가정해보지. 우선 주둥이에서 가장 바깥쪽의 독물이 나오고, 세 번째 칸에 있는 술은 두 번째 빈칸으로 이동해. 그리고 첫 번째 독물이 다 나오면 이번에는 두 번째 층이 가득 차게 돼서 거기서부터 주전자 주둥이로 술이 흐르는 거야. 만약 실제로 한다면 기울기 등을 조절할 필요가 있지만 어쨌든 원리는 이런 셈이야. 다만 이때 한 가지 문제는 독에서 술로 바뀔 때 액체의 흐름이 부자연스럽게 끊길 가능성이 있다는 건데, 주변 사람들은 그저 소녀가 긴장해서 그런 거라고 생각할 거야."

탐정이 다시 종이를 머리 위로 들어 먹을 말리고 이번에는 종이를 허공에 던졌다. 화선지는 백로처럼 우아하게 공중을 날아 선의 머리 위쪽으로 떨어졌다. 선은 머리에 종이가 닿기 직전 종이를 난폭하게 움켜쥐고 말없이 수묵화를 노려봤다.

"……하지만 이런 복잡한 장치를 그 주전자에 어떻게 집어넣는다는 거냐?"

"방법 자체는 간단해. 우선 이 세 개 칸으로 나뉘진 용기를 별도로 제작하는 거야. 이 국보급 주기는 홈페이지 등에 자세한 수치 데이터가 있고 지금은 3D 프린터 등으로 복잡한 형상을 만들 수도 있지. 용기를 주전자 내부와 같은 색으로 하고 위에서부터 끼울 수 있는 형태와 소재로 만들면 의외로 손쉽게 착탈식 장치를 만들 수 있었을 거야. 그리고 그걸 주전자 안에 집어넣기만 하면 끝. 집어넣는 타이밍은 전날 리허설 이후 가정부가 주기를 치웠을 때야. 또 이때 가장 바깥쪽 칸에 비소가 든 독물을 미리 넣어둬야 해. 덧붙이면 비소는 나중에 바꿔치기할 거니 이 단계에서 따로 신부의 비소를 훔칠 필요는 없어. 다음 날 주전자를 꺼낸 아미카 씨는 전날 자신이 주기를 치우지 않았으니 무게 차이를 느낄 수 없었을 테고, 국보급 물건이면 쟁반에 올려서 신중히 옮겼을 테니 안에 든 장치까지 눈치챌 여력도 없겠지. 그 뒤로는 술잔 돌리기가 끝나고 안에 든 장치를 회수하고 신부의 비소가 든 병 내용물을 사건에서 쓴 비소로 바꿔치기하면 돼. 이상이 푸린, 네가 가정부를 통해 실현한 트릭이었어."

탐정은 마지막에 시선을 푸린에게 향하고 선언했다. 푸린은 말문이 막혔다. 모든 게 탐정이 말한 대로다. 마치 내 계획을 옆에서 엿들은 것 같은 훌륭한 설명이었다.

모든 일의 시작은 그 유령 투자 회사였다. 다와라야 집안이 예전 사장을 부추겨 회사 자금에 손을 대게 했고 사기 같은 투자 이야기를 꺼내 회사에 막대한 손해를 끼쳤다.

탐정이 충고한 대로다. 게다가 이번 피해자 세 명, 즉 다와라야 쇼조와 아들 히로토, 그리고 쇼조와 함께 사기를 도모한 와다 잇페이는 회사의 자금 세탁 사실까지 알고 있는 탓에 처분이 불가피했다. 또 선에게 다와라야 집안 이야기를 하지 못한 건 자세히 이야기하면 거듭 망신만 당할 것 같아서다. 이야기해도 내 손으로 처리하고 난 다음에 하고 싶었다.

처음에는 그저 수수하게 죽일 생각이었지만 회유한 가정부에게서 신부의 결혼식과 비소 이야기를 듣고 장난기가 동했다. 덧붙이면 트릭을 처음 떠올린 곳은 그 '고사이 댐'이다. 댐의 구조에서 '주전자 속 댐식 3층 구조', 더러운 기름막이 떠오른 수면에서 '잔 속 2층 구조'를 각각 떠올렸다.

만약 그렇게 해서 죽이지 못해도 또 다른 기회를 노리면 되니 확실성에 필요 이상 집착하지 않은 것도 탐정이 지적한 대로다. 또 신부의 비소를 쓴 것처럼 꾸민 것은 일단 신부의 소행임을 암시해서 경찰이 그쪽에 정신이 팔린 틈을 타 가정부를 도망치게 할 의도였다. 마지막에는 '금품을 들고 도주해 실종된 가정부의 집에서 이번 범행 계획을 적은 메모와 주전자에 넣은 도구가 발견됐다'라는 형태로 사건의 막을 내릴 계획이었다.

중간에 개가 튀어들어 온 것만은 예상 밖이었지만 이후 신부의 아버지가 술을 전부 마신 게 다행이었다. 만약 그러지 않았다면 개의 혀 때문에 뒤섞인 술을 마시고 신부의 고모도 죽었을 수 있어 트릭이 좀 더 쉽게 드러났을 것이다. 그리고 개의 사인은 아마도 그때 독이 섞인 아래층까지 술을 핥은 탓이리라.

내가 이런 트릭을 떠올린 것 자체가 스스로도 놀랄 일이지만 파란 머리 탐정 옆에서 늘 이런 종류의 이야기를 들어온 영향일지 모른다.

문득 정신을 차리자 탐정이 나를 지그시 보고 있었다.

"……뭐야?"

"아니……."

탐정이 미소 짓고 눈을 내리깔았다.

"근데 너도 조금씩 변하고 있네, 푸린. 예전의 너라면 굳이 이런 성가신 수법을 쓰지 않고 그냥 술에 독을 타서 그 자리에 있는 사람들을 몰살시켰겠지. 내가 이번 일을 네 소행이라고 생각하지 않은 것도 그래서야. 아니, 정확히 말하면 다와라야 집안과 네 회사의 관계를 알게 됐을 때 즉시 떠오르기는 했지만 이런 방식은 너답지 않다고 생각해서 나도 모르게 사고에서 제외해버렸다고 할까."

푸린의 얼굴이 살짝 달아올랐다. 나를 다 아는 것처럼 말하지 마.

그때 리시가 부채를 입가에 댄 채 탐정 옆으로 다가갔다. 머리카락을 어깨 위로 한 번 쓸고 고개를 살짝 기울인다.

"하지만 선생님. 그 말씀은 곧 라오포예가 범행을 저지를 수 있었다는 뜻이 되는데."

탐정은 웃으면서 고개를 흔들었다.

"아뇨, 리시 씨. 걱정하지 않아도 됩니다. 왜냐하면 그 트릭은 실패했으니까요."

.&♥

"그럼 다음으로 그 이야기를 해보지요."

또다시 눈을 휘둥그레 뜬 푸린 앞에서 탐정은 엄숙하게 증명을 이어갔다.

"우선 논거 말입니다만, 가정부는 결혼식 도중 '가즈미 님'의 사당까지 갔습니다. 이는 지난 부정에서 증명한 대로입니다. 그렇다면 그녀는 그때 왜 외출했을까요?"

리시가 눈을 깜빡였다.

"물건을 사러 갔다고 하지 않으셨나요?"

"그건 어디까지나 그녀가 범행의 실행범이 아닐 경우죠. 만약 가정부가 실행범이었다면 이야기가 달라집니다. 왜냐하면 이 가설에서 가정부는 술잔 돌리기가 끝나고 재빨리 주전자 속 장치를 회수해야 하니까요. 만약 사건 이후 불신을 품은 누군가가 주전자를 조사하면 주전자 속 칸막이 장치가 발각됩니다. 그러니 이 범행이 성공하려면 가정부는 무조건 장치를 회수해야 하죠. 사건 이후 혼란한 틈을 타면 회수하기 어렵지는 않겠지만 적잖은 위험이 따르겠죠. 왜냐면 가정부가 회수하기도 전에 누군가가 먼저 주기를 치울 수도 있기 때문입니다. 그럼 되돌아가서 이번 사건은 어떨까요? 가정부는 과연 칸막이 장치 회수에 성공했을까요?"

탐정은 근처 바닥에 묻은 먹물을 정중히 닦는 야쓰호시를 붙잡고 소년이 등에 멘 가방에서 공책을 한 권 꺼냈다.

"렌, 이것 좀 빌리마."

공책을 펄럭펄럭 펼쳐 어느 페이지에 연필로 뭔가를 쓱쓱 적더니 무대 위에서 푸린을 향해 들어 보였다. 당연히 글자가 작아서 잘 보이지 않는다.

리시가 기지를 발휘해 탐정의 손에서 공책을 받아들고 푸

결혼식 상세	
16:05	• 세나가 부엌에 들어감(아미카, 기누아, 기사코(신랑 어머니)가 함께 신부를 맞음)
16:08 ⟨	• 세나가 큰 다다미방에 들어감(그 전에 '달의 방'에서 잇페이(신부 아버지), 도키코(신부의 고모)와 합류) • 중매인 축사와 양가 인사, 혼례품 교환 등
16:30	• 후타바(술 따르는 역할)가 주기를 작은방에서 꺼낸 다음 모두가 보는 앞에서 주전자로 잔에 술을 따름 ⇧ 가정부가 저택을 나감
16:33	• 히로토가 술을 마심
16:35	• 쇼조가 술을 마심
16:38	• 개 난입
16:39	• 잇페이가 술잔을 비움
16:41	• 후타바가 주기를 일단 작은방으로 치움
16:42	• 춤과 노래 시작
16:45 ⟨	• 쇼조, 히로토, 잇페이가 차례로 쓰러짐(처음에 히로토가 술을 마시고 12분 경과) • 구급차 호출, 외부인이 저택을 나감(피해자들은 스이세이가 혼자 간호)
16:50	• 아미카가 후타바와 함께 주기를 식기 창고에 넣음
17:01	• 구급차 도착(신고한 지 15분, 다리가 통행금지라 늦음) ⇧ 가정부가 저택으로 돌아옴

가정부의 출입

린에게 가져다 주었다.

"앗!"

리시와 함께 쪼르르 따라온 야쓰호시가 푸린 옆에서 공책을 엿보다가 비명을 질렀다.

"시간이 맞지 않네!"

"그래, 렌. 가정부가 저택에 돌아온 시간은 17시 1분경. 하지만 그전인 16시 50분에 이미 아미카 씨가 주기를 창고에 넣어버렸지. 즉 가정부는 장치 회수에 성공하지 못했어. 그런데 아미카 씨와 후타바 소녀가 주기를 세척할 때 주전자 안에서는 특별히 이상한 장치 같은 게 발견되지 않았지. 왜일까?"

푸린 바로 옆에서 야쓰호시가 침을 꿀꺽 삼키는 소리가 들렸다.

"혹시…… 처음부터 장치를 그 안에 심는 데 성공하지 못했다……?"

"정답. 거꾸로 말하면 가정부는 장치를 심는 데 실패했기 때문에 그 시간대에 외출을 한 거야. 따라서 외출의 이유는 가정부가 범인이 아닐 경우와 마찬가지로 단순히 장을 보러 갔거나 기타 다른 이유 때문이라고 해석할 수 있겠지. 하지만 그럴 경우 가정부가 S자 커브길의 최단 거리를 전력 질주할 만큼의 급박한 이유로 적절한 게 뭘까?

그래서 이 뒤로 이어지는 건 그저 내 억측인데, 만약 이번 일이 가정부의 주체적 범행이 아닌 종속적 범행, 다시 말해 가정부가 누군가의 지시를 받는 입장이었다고 가정해볼게. 그

리고 범행에 실패했을 경우 페널티가 부여되는 상황이었다고
도 가정해보자. 그럼 이를테면 다음과 같은 해석도 가능하지
않을까? 범행에 실패한 가정부는 지시를 내린 자의 페널티를
두려워한 나머지 우선 도망치려고 저택을 빠져나갔다. 그러
나 도중에 사건과 피해자 세 명의 사망 소식을 듣고 그걸 이
용해 어떻게든 넘어갈 수도 있지 않을까 생각을 고쳐먹고 서
둘러 다시 저택에 돌아갔다……. 푸린, 내 이 가설이 어떤 것
같아?"

탐정이 질문을 던졌다. 푸린은 부정하지 않음으로써 긍정
을 나타냈다. 분명 실패했을 때의 페널티는 제시했다. 그 안
에는 징벌적 의미가 포함돼 있었고 입막음 같은 의미도 있었
다. 쓸데없이 물렁한 면모를 보여서 경찰에 추적당하면 곤란
해지는 건 나 자신이다.

탐정이 설명을 이어갔다.

"이상의 추측을 정리하면 당일 가정부의 행동 흐름은 다
음과 같아. 우선 흑막을 X로 가정할게. 이 X는 다와라야 집
안의 사정을 조사하고 가정부를 포섭해 그녀에게 이번 범행
을 의뢰했어.

가정부는 X의 지시에 따라 범행 준비를 이어갔지만, 전날
주전자에 트릭을 위한 장치를 심는 데 실패했어. 예컨대 쇼조
씨의 간섭 등의 이유로 타이밍이 생기지 않았을 가능성이 높
지. 그래서 가정부는 다음 날 다시 기회를 노렸지만 역시 장
치를 심을 기회를 얻지 못하고 그대로 술잔 돌리기 시간이

와버렸어. 그리고 상황이 그렇게 된 이상 이제는 범행에 실패한 거나 마찬가지이니 흑막의 페널티를 두려워해 차라리 도망치자며 자포자기하는 심정으로 저택을 뛰쳐나간 거야.

가정부는 자신이 사라진 게 들통나지 않았는지 확인하려고 휴대폰 DMB 기능을 써서 결혼식의 진행 상황을 확인하며 산길을 달려 산 너머 역으로 향했어. 일부러 산길에서 먼역으로 간 것은 물론 사람들의 눈을 피하며 도주 경로를 추적하지 못하게 할 의도.

그러다가 가정부는 가는 길에 '가즈미 님'의 사당 앞 수조를 밟았어. 휴대 전화를 보면서 달렸다면 그럴 만도 하지. 그뒤 사건이 일어났고 그녀는 피해자 세 명의 비보를 접했어. 그녀는 혼란스러워하면서도 어떻게든 이 기회를 틈타 이번일을 대충 넘어갈 수도 있겠다고 판단해 황급히 온 길을 되돌아 저택으로 돌아갔어.

원래 계획대로라면 이다음 가정부가 자신이 준비한 비소와 신부의 비소를 바꿔치기할 순서야. 하지만 실제 사건에 자신이 준비한 비소가 쓰이지 않은 이상 바꿔치기할 의미가 없지. 아마 그렇게 깨달은 그녀는 비소를 바꿔치기하지 않고 준비했던 비소는 나중에 몰래 처분하기로 마음먹었을 거야.

물론 내가 지금 설명한 가정부의 행동은 어디까지나 억측에 억측을 쌓아올린 하나의 각본에 불과해. 하지만 '가정부가 장치 심기에 실패했다'라는 부분까지는 사실로부터 쌓아올린 논거. 즉, 배경이 어떻든 간에 이 트릭은 성립하지……."

"기다려, 우에오로!"

푸린은 소리를 버럭 질렀다.

의자를 박차고 일어나 무대로 뚜벅뚜벅 걸어가 무대 아래에서 탐정을 도발적으로 노려봤다.

"진심이야? 지금 넌 진심으로 내가 범인이 아니라고 생각하는 거야?"

탐정이 색이 다른 두 눈동자로 푸린을 내려다봤다.

"그래, 진심이야. 넌 아마 공범자에게 거짓 성공 보고를 받았겠지. 넌 이번 살인 미수 사건의 주모자이기는 하지만 살인의 진범은 아니야. 진짜 살인범은 '가즈미 님'이야."

"말도 안 돼! 지금 나더러 그런 소리를 믿으라는 거야? 또 그런 허튼소리를!"

"선."

거기서 탐정은 멍한 얼굴로 생각에 잠긴 여두령 쪽을 돌아봤다.

"가정부가 지금 어딨는지는 파악했어?"

선이 고개를 들더니 부하 한 명을 불러 뭔가를 소곤거렸다. 부하는 이어마이크로 어딘가로 확인하고 선에게 다시 대답했다. 여두령은 잠시 말없이 있었다.

"……실종됐다는군."

푸린은 몸을 돌려 다시 발소리를 내며 빠른 걸음으로 자신의 핸드백이 있는 곳으로 향했다. 핸드백 속 내용물을 탁자 위에 뿌리고 안에서 위성 휴대 전화를 집었다. 어느 전화

번호를 찾아 발신 버튼을 누르자 몇 초 후 '지금 거신 전화 번호는 없는 번호입니다'라는 안내 음성이 나왔다.

"……하하哈哈."

무심코 웃음이 터졌다.

흑막을 X로 가정한다고……?

배경이 어떻든 상관없다고……?

이 탐정.

나를 범인으로 특정하지도 않고 내 범행 가능성을 부정하다니. 자꾸 치밀어 오르는 웃음 때문에 배꼽이 빠질 지경이었다. 이게 대체 뭔가. 그런 자신을 지켜보는 탐정의 시선을 피부로 느꼈지만 웃음이 멈추지 않았다. 탐정은 잠시 푸린을 바라보다가 이윽고 선 쪽을 향해 초연하게 입을 열었다.

"반증은 이상이야. 그럼 선 라오다. 시름을 달래는 건 이 정도로 하고 슬슬 여기 있는 사람들을 풀어줬으면 하는데."

그러자 선이 위협 섞인 목소리로 대답했다.

"그럴 수 없다. 이자들의 혐의는 아직 풀리지 않았어."

"왜지? 내가 사건의 진상을 밝혔잖아."

"그럼 누가 범인이란 거냐?"

"범인 같은 건 없어. 이건 '기적'이야. 굳이 꼽자면 '가즈미 님'이 범인이겠지."

"정신이 나갔나? 누가 그런 헛소리를 믿는다고."

"분명 '가즈미 님'의 기적이 기독교적 구원의 맥락에서는 조금 벗어나 있기는 해. 그녀의 가호는 신부의 비소를 피해자의 체내에 주입시키는 불길한 힘으로 이 세상에 출현했지. 하지만 세례도 받지 않은 죄 많은 영혼으로 현세를 떠난 '가즈미 님'은 자신의 죽음을 재현하는 듯한 형태로 신부의 바람에 응할 수밖에 없었을 거야. 그곳에서 모시는 '가즈미 님'은 수호신인 동시에 재앙신. 하지만 어쨌든 그 가호가 초자연적 힘인 것만은 틀림없어."

"네 망상 따위 듣고 싶지 않다."

"이 망상 외에도 지금껏 수많은 가설이 부정돼 왔어. 인간의 행위에 의한 가능성은 전부 나왔고, 신부의 가방에 있던 비소가 우발적이고도 자연 현상적으로 피해자의 체내에 혼입된 것 또한 인간의 상식으로는 이해할 수 없지.

그러므로 남은 가능성은 '기적'뿐이야. 증명된 사실을 믿지 않으면 곤란해."

"증명? 대체 네가 뭘 증명했다는 거냐? 단순히 엘리오나리시의 가설 속 허점을 찬합 구석을 들추는 것처럼 들춰내서 부정했을 뿐 아닌가? 그 정도로 '모든 가능성' 같은 말을 들먹이는 건."

"그런가. 역시 그럼 모든 것을 보여줘야 하나."

탐정이 무대 위에서 등을 돌렸다.

"평소라면 보고서를 작성하겠지만 이번에는 역시 그럴 시간이 없었어. 하지만……."

탐정이 무대 옆을 손가락으로 가리키더니 야쓰호시에게 뭔가를 주문했다.

"요약본으로도 괜찮다면 지금 여기서 써줄 수 있지."

하……, 하고 푸린의 웃음소리가 멈췄다.

느닷없이 고요해진 극장에서 야쓰호시가 무대 끝으로 가 종이와 붓을 가져왔다. 탐정은 종이와 붓을 번갈아 보더니 "솔은 없나?" 하고 예전 제자에게 물었다. 아이는 다시 무대 옆으로 달려가 솔 한 자루를 들고 왔다.

탐정은 솔을 받아들더니 간이의자와 먹통을 옆에 들고 무대 안쪽에 있는 흰색 장막으로 향했다. 장막 앞에 의자를 두고 솔을 먹물에 담근다. 그리고 의자 위에 올라가 야쓰호시에게 장막을 팽팽하게 잡아당기게 지시하고 기세 좋게 솔 끝을 장막에 갖다 붙였다.

"'목숨을 던져서까지 원치 않는 결혼에 저항한다'라는 건 실은 기독교의 성녀 전설에서는 흔한 소재야."

탐정은 호쾌하게 솔을 움직이며 잡담이라도 하듯 떠들었다.

"이를테면 성녀 아그네스. 그녀는 고대 로마의 순교자로 당시 로마 장관 아들의 구혼을 거절해 고문을 받고 처형됐지. 성녀 아가타와 성녀 마르가리타도 마찬가지로 로마인 권력자의 구혼을 거절한 끝에 살해됐어. 또 성스러운 우물로 유명한 성녀 베네프리다도 이교도 권력자의 구혼을 거절해 목이 잘렸어. 다만 그녀의 경우 숙부인 성 베우노가 그 목을 곧장 다시 이어 붙여서 살렸으니 살짝 예외라고 해야 할까.

하지만 지금 이 자리에서 사례로 삼을 만한 건 역시 '유발 성녀 빌제포르타'겠지. 그녀는 영국에서는 운쿰버, 독일에서는 쿰메르니스. 네덜란드에서는 온트콤머, 이탈리아에서는 리베라타 등 유럽 각지에서 다채로운 이름으로 불리는 성녀야. 포르투갈의 왕녀이자 신실한 기독교도였는데 부왕이 타국 왕과의 혼인을 강요하자 순결 서약을 지키기 위해 신에게 구원을 요청했어. 그러자 그녀에게 수염이 자라나 결국 혼담이 취소됐지. 분노한 부왕은 이후 그녀를 십자가형에 처했고 그로써 그녀는 불행한 결혼을 한 남녀를 구원하는 수호성인으로 민중들로부터 널리 추앙받게 되었어."

흰색 장막 위에서 솔이 움직이자 먹물이 튀었다.

"그러니 '가즈미 님'은 이른바 '일본판 성 빌제포르타'라고 할 수 있어. 일본에도 비슷한 민담으로 야마구치의 히메야마 전설이 있지만, 이쪽은 구원은커녕 '나 같은 미인으로 태어나지 말라'라며 지역 여성들에게 저주를 걸어버린 것으로 유명하지. 물론 '가즈미 님'처럼 결혼 상대까지 죽이는 사례는 세계적으로도 희귀할지 몰라. 그러므로 이번 일에서 기적이 '살인'이라는 극단적인 형태로 나타난 것일 수도 있지만."

혼잣말처럼 고찰과 지식 자랑이 끊임없이 이어진다. 푸린은 멍하니 그의 말을 흘려들었다. 탐정은 혼자 기세 좋게 줄곧 떠들어대더니 잠시 후 손을 멈췄다. 그리고 의자에서 내려와 광대한 흰색 장막을 다 메울 것처럼 가득 채운 중국어 글자를 배경 삼아 서서 선을 향해 고개를 한 번 숙였다.

"자, 확인해보시지, 선. 내용이 긴 만큼 적당히 넘길 부분은 넘겨가면서 읽어도 돼."

기적 증명 요지

1) 범인이 신부가 엄중히 관리하던 비소를 굳이 훔쳐서 사용했다(혹은 그렇게 연출했다)는 점, 물증인 병을 처분하지 않았다는 점 등으로 미루어 범인이 신부의 비소를 사용한 의도는 '다른 누군가에게 죄를 덮어씌워서' 자신의 범행을 은폐하는 것에 있다.

2) 중독 증상이 나타난 시간으로 판단컨대 피해자들은 술잔 돌리기 도중, 또는 그 이후 비소를 섭취한 것으로 추측한다. 도중이라면 섭취 경로는 술잔, 술, 직접의 세 가지, 이후라면 스이세이를 통한 경로다.

3) 비소 섭취 경로가 '술잔'일 경우
술잔은 검은색이고 비소는 흰색이니 비소는 잔의 은물 부분에 묻어 있었던 것으로 추측한다.
다만 당일에는 아미카가 잔을 세척했으니 그전에 비소를 묻히는 것은 불가능. 또 주기를 두었던 작은방에는 큰 다다미방에 있던 사람들이 아무도 들어가지 않았다. 따라서 술잔에 비소를 묻힐 수 있는 사람은 사전에 술잔을 만질 수 있었던 아미카, 술잔 운반 도중에 만질 수 있었던 신부와 기누아, 사전과 개 난입 당시 만질 수 있었던 후타바 네 명으로 한정된다.

그러나 아미카가 살아남았다는 점과 결혼식 당시 자리 위치 등에서 신부는 신랑 아버지, 기누아는 신부 아버지 밖에 살해할 수 없다. 또 후타바는 사전에 비소를 묻히는 방법으로 신랑과 신랑 아버지까지만 살해할 수 있다. 이상을 고려하면 각 피해자의 살해 유형은 다음과 같다.

	피해자	히로토	쇼조	잇페이	방법
유형 (각 살해의 실행범 조합)	A	아미카	아미카	아미카	홀수번 살해설(아미카 단독 실행범설)
	B	아미카	아미카	기누아	★아미카가 두 명 몫, 기누아가 한 명 몫의 독을 묻힘
	C	아미카	아미카	후타바	개 고의 난입설(아미카, 후타바 복수 실행범설) ★아미카가 두 명 몫, 후타바가 한 명 몫의 독을 묻힘
	D	아미카	세나	기누아	한 단계 앞 범행설(아미카, 세나, 기누아 복수 실행범설)
	E	아미카	세나	후타바	개 고의 난입설(아미카, 세나, 후타바 복수 실행범설)
	F	후타바	세나	기누아	한 단계 앞 범행설(후타바, 세나, 기누아 복수 실행범설)
	G	후타바	세나	후타바	개 고의 난입설(세나, 후타바 공범설)
	H	후타바	후타바	기누아	★후타바가 두 명 몫, 기누아가 한 명 몫의 독을 묻힘
	I	후타바	후타바	후타바	개 고의 난입설(후타바 단독 실행범설)

실행범 조합

또한 '신부와 기누아의 비틀거림', '개의 난입', 뒤에 나올 '스이세이의 간호'는 당사자 또는 공범이 아닌 이상 예측할 수 없다.

그리고 사건 다음 날 이뤄진 토론에서 다른 범행 방법이 언급되지 않았다는 점에서 이때 범인이 선택 가능한 누명 씌우기 시나리오는 '아미카 또는 후타바가 사전에 잔의 은물 부분에 비소를 묻혀 홀수번 피해자를 살해했다'라는 것이다. B~H에서는 뒤 범인은 앞 범인의 범행을 알지 못하면 이 누명 씌우기 시나리오를 쓸 수 없으니 B~H는 공범이다.

이를 전제로 각 유형에 대해 검증한다.

3-1) 유형 A, B, C, D, E - 아미카를 실행범에 포함할 경우
  C와 E는 후타바도 공범이니 누명을 씌울 상대가 없다. 그 밖에도 후타바를 실행범으로 하려면 아미카는 술을 '마시지 않았다'라고 주장해야 하고 이는 '소리를 내어 마셨다'라는 사실에 반한다. **따라서 모순.**
3-2) 유형 F, H - 기누아를 실행범에 포함할 경우(이미 부정한 유형을 제외)
  기누아가 신부 아버지에게 잔을 건네기 직전 개가 들어와 술을 마셨다. 만약 이 개가 무사했고 신부 아버지가 사망했을 경우 기누아가 비소를 묻힌 것이 즉시 밝혀지니 이 행위는 범행 은폐 의도에 반한다. **따라서 모순.**

3-3) 유형 G – 신부를 실행범에 포함할 경우(이미 부정한 유형을 제외)

신부가 자신의 범행을 다른 사람에게 덮어씌우려면 누군가가 자신의 비소를 사건 전에 훔치거나 사건 이후 바꿔치기할 '빈틈'을 만들어줘야 한다.

그러나 신부는 사건 전에는 가방에 그 누구도 다가오게 하지 않았고,[*] 사건 이후에는 누가 저택에 남을지 몰랐으니 확실한 빈틈을 만들 수 있었다고 단언할 수 없다. 이는 범행 은폐 의도에 반한다. **따라서 모순.**

3-4) 유형 I – 후타바를 실행범에 포함할 경우(이미 부정한 유형을 제외)

후타바는 비소 입수와 바꿔치기를 모두 할 수 없었으므로 다른 공범이 필요. 당시 상황에서 비소를 사전 입수할 수 있었던 사람은 신부, 아미카, 기누아, 기사코. 비소를 사후에 바꿔치기할 수 있었던 사람은 다마요이니 공범은 그중 누군가.

다만 아미카, 신부, 기누아가 범인일 가능성은 각각 3-1, 3-2, 3-3과 같은 논리에 의해 부정되므로 해당하는 사람은 기사코 또는 다마요 중 한 명.

---

[*] 사건 전날, 만약 신부가 아미카의 점심인 피자에 독을 묻혔다면 의도적으로 아미카를 일찍 돌아오게 하는 것은 가능. 그러나 같은 피자를 먹은 것으로 추측되는 개는 무사했으므로 그 가설도 부정된다.

3-4-1) 기사코가 후타바의 공범일 경우

이때 죄를 덮어씌울 상대는 아미카가 되지만 기사코가 아미카에게 죄를 덮어씌울 경우 입수가 쉽고 누명 씌우기도 쉬운 곳간 속 비소를 사용했을 것이다. 이는 사건에 신부의 비소가 쓰인 사실에 반한다. **따라서 모순.**

3-4-2) 다마요가 후타바의 공범일 경우

사건 다음 날 후타바가 개 목줄을 받으러 갔을 때 '아주머니께서 제가 강아지의 주인인 후타바라는 걸 좀처럼 믿지 않으셔서'라고 한 후타바의 직접 진술이 있다. 다마요와 후타바는 같은 결혼식에 참석했으므로 이 시점에 다마요와 후타바는 서로 모르는 척할 필요는 없다. 따라서 다마요는 정말로 후타바를 알아보지 못했고 두 사람의 공범 관계는 떠올릴 수 없다. **따라서 모순.**

4) 비소 섭취 경로가 '술'일 경우

주전자 속 장치 유무에 따라 아래와 같이 나뉜다.

4-1) 주전자에 장치를 심지 않았을 경우

비소는 술에 섞일 수밖에 없지만 그 경우 도키코를 제외한 다른 생존자 모두가 공범으로 술을 마시는 척만

해야 한다.[*] 그러나 이 시점에 '스이세이의 간호'는 예측할 수 없으므로 죄를 덮어씌울 상대가 없어진다. **따라서 모순.**

4-2) 주전자에 장치를 심었을 경우

사전에 주전자에 장치를 심어 술과 독물 두 개 층으로 나뉜 액체가 잔에 따라졌다면 잔을 크게 기울인 피해자 세 명만을 선별적으로 살해할 수 있다(다만 세 명을 더욱 자세히 나누는 건 불가능하다).

후타바가 잔을 옮길 때는 이미 주전자에 술이 들어 있었으니 후타바가 장치를 심는 건 불가능. 따라서 장치 심기가 가능한 사람은 전날 주기를 준비한 다마요 또는 당일 준비한 아미카뿐.

4-2-1) 다마요가 장치를 심었을 경우

주전자에 심은 장치는 회수가 필요하지만 신부의 버선이 젖었다는 점에서 다마요는 술잔 돌리기 직전부터 구급차 도착 직전까지 저택을 떠나 있었던 것으로 추측한다. 그동안 아미카와 후타바가 주기를 세척하고 아미카가 창고에 넣었지만 그때 주전자에서 장치는 발견되지 않았고 이는 주전자에 장치를 심었다는 가정에 반한다. **따라서 모순.**

---

[*] 번외로 만약 다와라야 집안 여성들에게 비소 내성이 있어서 술에 비소를 혼입했다고 해도 구토로 더럽혀질 가능성이 있는 도키코에게 값비싼 기모노를 입혔다는 점에서 누명을 씌우는 의도가 부정된다(비소 내성에 대해서는 검사로 판명될 사실이니 자세한 건 생략).

4-2-2) 아미카가 장치를 심었을 경우

아미카가 범인일 가능성은 3-1로 인해 부정된다. **따라서 모순.**

5) 비소 섭취 경로가 '직접'일 경우

피해자가 술을 마실 때 천장에서부터라면 직접 비소를 투여할 수 있다. 그러나 당시 다마요를 제외하고 결혼식에 참석한 모두가 큰 다다미방 안에 있었고, 또한 4-2-1로 인해 다마요는 외출한 것으로 추측되니 그곳에 범행이 가능한 인물은 없었다. **따라서 모순.**

6) 비소 섭취 경로가 '스이세이'일 경우(스이세이가 실행범일 경우)

3-4의 후타바의 경우와 마찬가지로 스이세이에게는 비소를 입수할 공범이 필요하다. 또한 아미카, 신부, 기누아의 범인 가능성이 부정되므로 공범 후보는 기사코, 다마요 중 한 명.

6-1) 기사코가 공범일 경우

이 경우 두 사람이 죄를 덮어씌울 수 있는 상대는 후타바 또는 아미카 중 한 명.

6-1-1) 아미카에게 죄를 덮어씌울 경우

3-4-1과 마찬가지로 곳간 속 비소를 쓰지 않았다는

사실이 의도에 반한다. **따라서 모순.**

6-1-2) 후타바에게 죄를 덮어씌울 경우

기사코가 '아미카가 소리를 내어 술을 마셨다'라고 아미카가 술을 마신 사실을 강조하고 후타바의 범행성을 부정할 만한 증언을 했다는 점이 의도에 반한다. **따라서 모순.**

6-2) 다마요가 공범일 경우

사건 다음 날 '(다마요가) 스이세이 오빠를 외부인이라고 생각해 별채에 들이지 않았다'라는 아미카의 진술이 있다. 다마요와 스이세이는 똑같이 결혼식에 참석했으므로 이 시점에 두 사람이 서로 모르는 척할 필요는 없다. 고로 다마요는 정말로 스이세이를 알지 못했고 두 사람의 공범 관계는 불가능하다. **따라서 모순.**

7) 3, 4, 5, 6에서 술잔, 술, 직접, 스이세이 네 가지 중 어떤 섭취 경로를 가정해도 모순이 생긴다.

8) 또한 인간의 행위 이외의 자연적, 우발적인 이유로 신부의 가방 속 병의 비소가 피해자의 체내에 들어갈 수는 없다.

9) **이상의 고찰을 통해 인간의 행위 또는 인간의 행위 이외의 떠올릴 수 있는 모든 가능성은 부정된다.**

10) 따라서 이번 현상은 기적이다.

𝓛❤

선이 관객석에 있는 탁자에 퍽 하고 주먹을 내리꽂았다.

"말도 안 돼! 이건 도저히 말이 되지 않는다! 그럼 우리 빙니는 왜 죽었다는 말이냐! 그 아이가 대체 무슨 이유로 '가즈미 님'의 노여움을 샀다는 말이냐!"

그러자 탐정은 안색 하나 바꾸지 않고 대답했다.

"가즈미 님은 수호신인 동시에 재앙신이야. 이를테면 '가즈미 님'이 이 세상 남성 모두를 증오했고 그 성별을 자궁의 유무로 판단했다면 어떨까? 그리고 빙니가 만약 피임 수술로 자궁이 적출됐다면."

"이 자식! 나는 빙니에게 그런 무도한 처치를 하지 않았다!"

"그렇다면 평소 결벽적인 성격이었던 '가즈미 님'이 단정치 못한 행위에 골몰하는 존재를 용서할 수 없었던 거지. 예를 들어 인간과 짐승의 경계를 뛰어넘는 교분 같은 건."

"저속한 상상 따위 하지 마라! 나와 빙니는 결코 그런 관계가 아니다!"

푸린은 속으로 흠칫했다. 탐정도 순간 허를 찔린 것처럼 입을 다물었다.

선이 양손으로 얼굴을 감싸더니 놀라울 만큼 힘없는 목소리로 말했다.

"나는 그저 빙니를 이 두 팔로 안고 잠들었을 뿐이다……. 빙니를 품에 안으면 편히 잠들 수 있었다……. 빙니는 거짓말을 하지 않았고 딴마음을 품지도 않았지……. 그러는 동시에 감이 뛰어나 내가 자는 도중에 수상한 자가 다가오기라도 하면 즉시 눈치채고 짖기도 했다……."

묘한 분위기가 실내를 채웠다.

푸린은 곤혹스러웠다. 뭐지, 이건? 선의 발언도 뜻밖이었지만 마지막에 와서 탐정의 추리가 과녁을 빗나갔다. 이건 어떤…….

"……이제 됐습니다, 우에오로 씨. 더는 저를 감싸지 않아도 됩니다."

그때 느닷없이 엘리오가 끼어들었다.

저를 감싸지 않아도 된다? 푸린은 이탈리아인 남자를 응시했다. 엘리오는 무대에서 풀쩍 내려와 와인 냉장고가 있는 트레이 쪽으로 향하더니 그곳에 있는 와인 병을 집어 손에 든 잔에 따랐다.

"저 개와 함께 저녁 반주를 하지 않아서 천만다행인 줄 아십시오, 선 라오다."

엘리오가 선을 바라보며 말문을 열었다.

"저 개의 목줄에 달려 있던 방울에는 어떤 장치가 심어져 있었습니다. 방울에 미세한 구멍을 뚫고 그 위를 사탕을 녹여 막았죠. 그리고 그 사탕 겉면에는 유막, 즉 물에 잘 녹지 않지만 알코올에 녹는 막이 코팅돼 있어서 개가 술에 방울을 담그고 핥는 동안 유막과 사탕이 녹아 그 안에 있는 비소가 흘러나오는 구조였습니다. 그래서 술은 따뜻하게 데운 것일 수록 좋았지요."

엘리오는 와인이 채워진 잔을 들고 다른 손으로 가슴에 단 은색 펜던트를 떼더니 펜던트를 잔 안에 떨어뜨렸다.

"덧붙이면 독의 종류는 다르지만 이 펜던트에도 그와 비슷한 장치가 심어져 있습니다. 그 덫이 생각지도 못한 곳에서 쓰이는 건 통한의 극치지만 이 역시 저의 운명이라고 받아들일 수밖에 없겠지요.

다만 신부 아버지에게서는 신부의 비소가 검출됐으니 그 것까지 제 책임이라 할 수는 없을 겁니다. 일본 경찰이 개의 몸속 비소의 출처까지 따지지는 않을 테니 혹여 도망칠 수 있지 않을까 생각하기도 했지만, 설마 우에오로 씨, 당신이 등장할 줄은 몰랐습니다. 승부 도중에 신경 쓰이게 한 건 미안하지만…… 대체 당신과 저의 악연은 어디까지인 걸까요."

엘리오는 훗 하고 웃고 와인 잔을 돌리며 안에 든 술을 섞었다.

"선 라오다, 이제는 이해했습니까? 카바리엘의 진짜 목적이 뭐였는지를. 참고로 카바리엘은 당신이 애완동물과 같은 잔으로 저녁 반주를 즐기는 습관이 있다는 것을 듣고 이번 계획을 떠올렸습니다. 역시 사람과 짐승의 구분은 해야 하지 않을까요. 언젠가는 그런 습관이 반드시 당신의 목숨을 앗아가게 될 거라고 노파심으로 충고해두겠습니다.

결국 당신을 향한 카바리엘의 조공은 위안이 되는 애완동물도, 쓸 만한 도구 같은 것도 아닌…… 그저 독이었다는 뜻입니다."

파란 눈의 엘리오는 후련한 미소를 머금고 잔을 높이 치켜들었다.

"그럼 앞으로도 건강하십시오, 선 라오다, 우에오로, 임종의 성사聖事는 필요 없습니다."

"그만둬! 엘리오!"

탐정은 소리 높여 제지했지만 엘리오는 단숨에 와인 잔을 비웠다.

조용히 잔을 트레이에 내려놓더니 몇 초 지나지 않아 우웃하고 가슴을 움켜쥔다. 그는 비틀거리는 몸을 지탱하듯 트레이에 손을 얹고 요란한 소리를 울리며 쓰러졌다.

탐정이 곧장 무대에서 뛰어 내려왔다. 바람처럼 엘리오 옆으로 달려가 그의 몸을 일으킨다. 뭔가를 또 소리치려다가 다시 입을 다물고 대신 손가락을 목덜미에 갖다 댄 채 조용히 맥박을 쟀다.

잠시 후 탐정이 엘리오의 목에서 손을 뗐다. 그리고 천천히 손으로 엘리오의 두 눈을 감겼다.

"……이상, 증명 종료."

3
부

———

애
도

(悼)

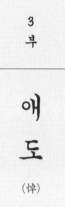

제14장

택시에서 내리자 순식간에 뜨거운 여름 공기가 얼굴을 훅 덮쳤다.

발밑에는 물웅덩이와 붉은 협죽도 꽃잎이 흩뿌려져 있다. 어제 비가 와서 떨어졌으리라. 고개를 들자 산의 울창한 수풀과 햇빛 속에서 부자연스럽게 도드라지는 파란색이 보였다. 파란 머리 탐정. 완만한 S자 커브길인 산길 옆에 서서 조악한 돌 사당을 지그시 내려다보고 있다.

운전사에게 기다려달라고 하고 그쪽으로 향했다. 탐정 옆에 서자 탐정은 나를 힐끗 쳐다보더니 "……택시비는 달아 둬" 하고 여지없이 불쾌한 말을 늘어놓았다.

탐정은 허리를 숙이고 앉아 라이터로 미리 가져온 선향에 불을 붙인 다음 사당에 내려놓고 두 손을 모았다. 푸린은 허리에 손을 얹고 그의 모습을 옆에서 지켜봤다. 나무 그림자 사이로 하얀 연기가 길게 뻗쳤고 붉은 꽃잎이 파란 머리를 조롱하듯 산들산들 바람에 흔들렸다.

ℒ❤

오늘 밤 이 남자는 이탈리아로 떠난다고 했다.

오랜 인연에 종지부를 찍기 위해서다. 이 남자는 어떤 사정 때문에 앞서 언급한 카바리엘이라는 이탈리아인 추기경과 '기적이 존재하는가, 존재하지 않는가'를 두고 내기 중이다. 이번에 그 증명을 끝마치려고 직접 대결하러 가는 것이다.

'가즈미 님'을 참배하러 온 것은 아마 마음의 준비를 할 목적일 것이다. 아니면 그녀의 '기적'을 자신의 사적인 일에 썼다는 것에 대한 사죄일까. 이유 따위는 아무래도 좋다. 나는 단순히 안내를 부탁받아 이곳에 돈을 받고 따라왔을 뿐이다.

푸린은 나무 그늘로 옮겨가 여름 햇빛을 피하며 천천히 입을 열었다.

"……그런데 우에오로."

"어?"

"선에게 연락이 왔는데 그 이탈리아인 남자의 시신이 사라졌다더군. 혹시 짚이는 것 없어?"

탐정은 참배하는 자세 그대로 어깨를 으쓱했다.

"단순한 운송 트러블 아닐까? 선적 화물 분실 사고 같은 건 흔하니."

푸린은 달려드는 각다귀를 손으로 뿌리치며 말없이 미소지었다.

그런가. 그것이 너희가 그린 그림이었나.

이로써 소동의 마지막 의문이 얼음 녹듯이 풀렸다. 그때 탐정이 감싸려 한 대상은 내가 아닌 엘리오였다. 이 남자는 옛 친구인 그 이탈리아인 남자를 도와주려고 그런 연극에 나선 것이었다.

즉 이런 경위다. 탐정은 기적 증명 자체를 이미 끝냈지만 한편으로 개의 죽음이 엘리오의 소행인 것도 눈치챘다. 그리고 쓸데없는 희생자를 만들고 싶지 않았던 탐정은 그 사실을 어떻게 선에게 숨길 수 있을지 깊이 고민했다.

그러나 탐정의 그런 고뇌를 이번에는 엘리오가 눈치챘다. 그래서 '참으로 대장부답지 못하네요. 마치 로미오를 감싸려는 줄리엣 같아요' 등의 말을 꺼내 탐정을 도발하는 척하며 이번 계획을 넌지시 알렸다. 《로미오와 줄리엣》에서 줄리엣이 마신 독은 가사 상태에 빠지는 독. 그 독을 써서 이 위기를 벗어나겠다고 탐정에게 암시한 것이다.

그제야 탐정은 안심하고 반증에 나섰다. 그런 흐름이었을 것이다.

덧붙이자면 피해자 세 명의 몸에서는 신부의 비소가 검출됐으니 '가즈미 님'의 기적이 일어난 것만은 틀림없다. 엘리오의 독이 죽인 상대는 개뿐이었다.

또 탐정은 내가 범인이라고 생각하지 않아서 아무렇지 않게 선 앞에서 나와 다와라야 집안의 관계를 입에 담았다. 이해하고 나니 별것도 아니다. 결국 나 혼자서 북 치고 장구 친 것이다. 이 남자의 일거수일투족에 휘둘렸다고 생각하면

화가 치밀지만 이 남자 입장에서는 모든 범행 가능성을 이미 부정한 상태였고, 만약 내가 흑막이라는 것을 알았다고 해도 신경 쓸 필요는 없었던 셈이다.

그리고 이 남자는 이번 범행을 두고 '나답지 않다'라고 했다.

내가 그렇게 변했나.

바람이 불었다. 머리 위에서 협죽도 가지와 잎이 흔들리더니 바람에 붉은 꽃잎이 두어 개 휩쓸려 바닥에 떨어졌다. '가즈미 님'의 피눈물, 아니면 축복의 선물. 이 사당에 잠들어 있는 그 오래전 긍지 높았던 여자는 이번 소동을 어떤 마음으로 지켜봤을까.

푸린은 퍼뜩 고개를 들고 나뭇가지 사이로 보이는 흰색 적란운을 바라봤다.

이 남자는, 정말로 '기적'을 증명해버린 걸까.

그때 뭔가가 풀숲을 헤치는 소리가 들렸다.

떠돌이 개라도 나온 건가 싶어 돌아보니 사람이었다. 키가 큰 여름 수풀이 입구를 막은 짐승길에서 초로의 여성 한 명이 모습을 드러냈다. 회색 셔츠에 신축성이 좋은 베이지색 바지를 입은 까무잡잡하고 수수한 여자.

신부의 고모다.

이름이 도키코라고 했나. 여자는 우리를 알아보고 야생 너구리가 인간을 보고 깜짝 놀란 것처럼 순식간에 발걸음을 멈추고 황급히 고개를 숙였다.

탐정도 일어서서 답례했다.

"오, 안녕하세요. 도키코 씨…… 맞나요? 무슨 일로 그런 곳으로 들어오신 겁니까?"

도키코가 주뼛주뼛 대답했지만 목소리가 잠겨서 잘 들리지 않았다.

"…… 산책…… 말인가요? 그러고 보니 그날 이후 몸 상태는 좀 어떠신지요? 약효가 센 약을 먹였다고 들었는데……."

"……그때는."

도키코가 깊숙이 고개를 숙였다.

"정말로 큰 신세를 졌습니다……. 세나에게 들었습니다. 저희 목숨을 구해주셨다고…… 그런데 인사도 제대로 못 드리고……."

굳은 얼굴로 고개를 연신 숙인다. 탐정은 "아닙니다" 하고 손사래를 쳤다. 푸린은 말없이 혼자 나무 그늘로 향했다. 피해자들의 목숨을 앗아가려고 한 만큼 얼굴을 볼 낯이 없었다.

"그래서, 그…… 최소한의 감사 인사는 드려야겠다고 생각했는데…… 공교롭게도 연락처를 몰라서……. 그런데 그, 세나의 시중을 든 후타바……였나요? 그 아이가 야쓰호시라는 남자아이와는 연락할 수 있다더군요. 그래서 곧장 전화를 드렸지요. 그랬더니 오늘 마침 이곳에 오실 거라고 해서 잠시 기다리다가……."

푸린은 여자의 이야기를 이해하기까지 시간이 조금 걸렸다. 선 정도는 아니지만 특유의 사투리가 느껴지는 일본어를 알아듣기가 어려웠다.

탐정이 쾌활하게 대답했다.

"아, 감사합니다. 그런데 신경 쓰지 않으셔도 됩니다. 솔직하게 털어놓기 좀 망설여지지만 저도 도키코 씨를 구한 건 그저 우연이어서요."

"아, 네……. 탐정님과 관련된 사정도 전화로 대충 들었습니다……. 그래서 그…… 이건 평생 비밀로 하고 저 혼자 무덤까지 가져갈 생각이었는데……. 하지만 그게…… 이렇게 사정을 듣고 나니 과연 그래도 될까 하는 생각이……."

푸린은 눈썹을 꿈틀거렸다. 비밀?

"저……."

도키코는 왠지 괴로운 것처럼 고개를 들었다.

"진실을 알고 싶으신지요?"

순간.

탐정의 표정이 얼어붙었다.

다음으로 오른손을 천천히 얼굴 앞으로 든다. 여름철인데도 손에 낀 금실 박힌 흰색 장갑이 인공물 같은 비취색 오른쪽 눈동자를 가렸다.

이것은…….

묵상.

오른쪽 눈을 가린 것은 불필요한 것을 보지 않기 위해. 왼쪽 눈을 뜬 것은 보이지 않는 것을 보기 위해. 이해할 수 없고 불가사의한 사안과 맞닥뜨렸을 때 탐정은 우선 이렇게 명상 자세를 취하고 자기 관찰을 시작한다.

그러나.

지금 이 자세를 취했다는 건.

"아아."

탐정이 그 모습 그대로 몇 걸음 앞으로 나아갔다.

그리고 그 자리에 맥없이 쓰러졌다.

"아아……."

비통한 신음과 함께 길 위에 양 무릎을 꿇는다. 툭 하고 물방울이 튀었다. 잔물결 때문에 수면에 뿌려진 꽃잎이 흔들리더니 지면에 납죽 엎드린 탐정을 입관 의식의 헌화처럼 원 모양으로 빙 둘러쌌다.

탐정은 시신처럼 움직이지 않았다. 금속 같은 파란 머리만이 주인과 다른 의지를 지닌 것처럼 여름철 햇빛을 받아 반짝거렸다.

❤

"저…… 왜 그러시죠……?"

도키코가 황급히 입을 열었지만 탐정은 꿈쩍도 하지 않았다. 푸린은 말없이 팔짱을 끼고 그 모습을 지켜봤다. 잠시 후 낮게 신음하는 목소리가 들렸다.

"……'Y'다."

Y?

"'Y'가 있었어."

탐정은 말하면서 다리를 끌어 한쪽 무릎을 세웠다. 무릎 관절 부분을 붙들고 일어서려고 했지만 곧장 다시 비틀거리더니 몇 걸음 뒤로 물러나 갓길 풀숲에 엉덩방아를 쿵 찧었다. 그대로 잠시 힘이 빠진 것처럼 허공을 바라본다.

"……범인은 신부의 아버지. 즉, 당신의 동생이었군요. 안 그렇습니까, 도키코 씨?"

뭐라고? 푸린은 한쪽 눈썹을 추켜세웠다. 도키코도 눈을 휘둥그레 뜨고 한 박자 늦게 고개를 끄덕였다.

"아…… 저…… 어떻게 그걸……?"

"당신의 등장이 모든 걸 말해줬습니다. 그렇군……. 역시 난 아직 멀었어. 또 이런 초보적인 실수를……."

다시 침묵한다. 아무리 기다려도 입을 열 기색이 없어서 푸린은 나무 그늘 밖으로 나갔다. 도키코의 호기심 어린 시선을 무시하고 탐정의 등 뒤로 가서 물었다.

"무슨 소리야?"

대답을 듣기까지 시간이 더 걸렸다.

"……신부의 아버지도 범행을 저지를 수 있었다는 말이야."

탐정이 무겁게 입을 열었다.

"방법은 단순해. 그때 말한 '독잔설'. 신부의 아버지는 잔의 은물 부분에 두 사람 몫의 비소를 묻혔고, 자신은 두 사람이 쓰러지고 난 다음에 스스로 비소를 먹은 거야. 혹은 한 사람 몫의 비소를 묻혔는데도 남는 바람에 두 사람이 죽었을 수도 있지만…… 독을 넣은 방법은 그것밖에 없어."

푸린은 수상쩍어하는 표정을 지었다.

"신부 아버지가 잔에 비소를 묻혔다고? 언제? 어떻게?"

"타이밍은 신부 여로 도중 저택 사람들이 대기실에서 기다리고 있을 때야. 그때 신부 아버지는 사람들의 눈을 피해 주기가 있는 작은방으로 들어가 일을 꾸몄어."

"신부 여로 도중? 하지만 신부 아버지는 여로에 참가했……."

"집을 나와서 신부 여로에 참가한 남자는 다른 사람이었어."

탐정이 토해내듯 말했다.

"그가 바로 'Y'야. 신부 아버지는 대역인 'Y'를 여로에 참가하게 하고 자신은 전날부터 저택 안에 숨어 있었던 거야."

탐정의 말을 이해하는 데는 시간이 조금 걸렸다. 간신히 의미가 머릿속에 도달했지만 푸린은 한층 더 인상을 찌푸렸다.

"전날 저택에 숨어 있었다고? 대체 어떻게? 아니, 그보다 그 'Y'는 대체 누군데? 아버지의 대역을 맡을 만큼 꼭 닮은 사람이 어딘가에 있었나? 설마 쌍둥이가 있었을 리는 없고, 만약 그런 비슷한 사람이 있었다면 다른 목격 증언 같은 것도……."

"딱히 닮을 필요는 없어. 키가 비슷하면 충분해."

"키가 비슷하면 충분하다? 말도 안 되는 소리 하지 마. 신부 여로 때 아버지는 신부와 함께 있었어. 다른 사람이면 몰라도 가족을 속이는 건 불가능하다고."

"가능했어, 푸린. 이 마을에 전해지는 두 가지 혼례 풍습을 이용하면 말이야."

두 가지 혼례…… 풍습?

푸린은 시선을 허공으로 향했다. 조금 더 생각하다가 비로소 깨달았다. 반사적으로 탐정의 얼굴을 본다.

"그래, 푸린. 바로 '출가 석고대죄'와 '아비 때리기'야."

탐정은 고개를 끄덕이고 잠시 자신의 말을 음미하듯 눈을 감았다.

"그럼 비소 입수부터 비소를 잔에 묻힌 방법까지 시간순으로 설명할게. 이 트릭은 우선 전날 신부 아버지가 결혼식 리허설을 하러 저택을 찾는 것부터 시작해. 리허설을 마친 후 신부 아버지는 저택에서 나오지 않고 정원 협죽도 그늘에 몸을 숨기든지 해서 그대로 부지 안에 머물렀어."

"……신부 아버지가 저택에서 나오지 않았다고? 하지만 문에 달린 방범 카메라에는 고모와 둘이 나가는 모습이……."

"그건 도키코 씨가 양산과 휠체어를 써서 1인 2역을 한 거였어. 문에서 나갈 때는 뒷모습밖에 비치지 않지. 도키코 씨가 신부 아버지의 옷을 입은 채 휠체어를 밀고 상반신과 휠체어 일부를 양산으로 가리기만 하면 뒤에서 봤을 때 신부 아버지가 누나의 휠체어를 밀고 가는 것처럼 보였을 거야."

"하지만 도키코 씨는 그때 다리를 접질리지 않았나?"

"그 염좌는 거짓이었어."

탐정이 도키코를 힐끗 봤다. 도키코는 어깨를 살짝 움츠리고 "아, 고맙습니다……" 하고 왠지 상황에 어울리지 않은 대답을 했다.

탐정은 도키코에게서 다시 눈을 돌리고 공허한 표정으로 정면을 봤다.

"그리고 결혼식 전날 오후. 신부가 외출해서 아무도 없는 시간대에 신부 아버지는 신부의 방에 몰래 들어가 다이얼식 자물쇠 암호를 여러 번 시도해 풀고 비소를 훔쳤어. 그리고 '달의 방'에 있는 옷장에 숨든지 해서 하룻밤을 보내고 결혼식 당일 신부 여로가 시작된 후 아미카 씨가 큰 다다미방 북쪽 작은방에 주기를 가져올 시간을 재서 안뜰 창문을 통해 작은방에 몰래 들어가 술잔에 비소를 묻혔어.

그리고 다시 한번 '달의 방' 옷장 속에 숨어 자신을 대신해 신부 여로에 참가 중인 남자, 즉 'Y'가 오기만을 기다렸어. 그리고 Y가 저택에 도착해 방에 들어오자 그와 교대했고 그 뒤로는 직접 결혼식에 참가한 거야. 또 Y는 사건 이후 혼란한 틈을 타 탈출했고."

"하지만 그 대역을 친딸인 신부가 눈치채지 못했을 리……."

"대역이 들키지 않은 이유를 설명할게. 우선 신부 여로가 시작되기 전 아버지가 본가에서 딸을 맞이할 때 아버지는 '출가 석고대죄'를 하기 위해 엎드린 자세라 딸이 아버지의 얼굴을 볼 수 없어. 또 신부 여로 도중 아버지는 '아비 때리기' 때문에 날아오는 욕설과 물건들로부터 몸을 지키는 척하며 자연스럽게 옷소매로 얼굴을 가릴 수 있었지.

그와 더불어 아버지는 평소와 달리 전통 의상 차림이었고 여로에서는 홀로 가장 앞쪽에 떨어져서 걸었어. 신부 여로 시작 전까지는 상심한 아버지를 연기하거나 해서 집에 틀어박히면 다른 사람의 눈을 얼마든지 피할 수 있었겠지. 또 도키코 씨의 도움도 있었을 테고."

푸린은 반사적으로 도키코 쪽을 봤다.

도키코는 푸린의 시선을 느끼자마자 눈을 돌렸다. 이 여자가 신부의 아버지와 결탁했다고……? 도키코는 겸연쩍은지 갑자기 푸린을 피하듯 앞으로 나아가 '가즈미 님'의 사당 앞에서 무릎을 꿇었다.

"……뭔가."

도키코가 조용히 입을 열었다.

"저희 계획을 하나부터 열까지 다 알고 계셨던 것 같네요……. 어떻게 아셨을까요. 저는 동생에게 아무리 설명을 들어도 잘 이해가 안 되던데……."

도키노는 손을 뻗어 사당 지붕돌에 붙은 꽃잎을 쓸었다.

"실은 전 자세한 것까지는 잘 모릅니다. 다만 동생도 처음에 비슷한 말을 했던 것 같네요. 결혼식 사흘 전이었을까요. 그 아이가 느닷없이 한밤중에 전화를 걸어왔습니다. 저는 결혼식 이야기를 하려고 전화한 거라 생각했는데 동생은 갑자기 아이처럼 울음 섞인 목소리로 '누나, 미안해'라고 하더니 '더 이상 못 참겠어'라고……."

"못 참겠다?"

도키코의 얼굴에 그늘이 드리웠다.

"다와라야를 뜻하는 거였죠. 어리석은 동생은 그 집에서 돈을 빌린 탓에 개처럼 그가 시키는 대로 움직였습니다. 처음에는 저도 수없이 그 사람과 연을 끊으라고 했어요. 그러다가 이번 결혼 때문에 결국 동생의 인내심도 한계에 도달했을까요……. 어떻게 그렇게나 오래 참을 수 있었는지 지금 생각하면 참 대단할 따름이에요."

도키코는 빈정거림이 섞인 미소를 지으며 들고 온 봉투에 손을 찔러 넣었다. 봉투 안에서 꺼낸 맥주 캔의 뚜껑을 따고 맥주를 수조에 붓는다. 그리고 "가즈미 님께는 역시 청주가 더 어울릴 테지만……" 하고 덧없이 중얼거렸다.

"하지만 그럼 신부 아버지가 일부러 자기 딸에게 죄를 덮어씌우려 했다는 말이 되는데……."

푸린이 불쑥 내뱉었다. 세상에 아무리 골육상쟁이 흔하고 그 부녀가 냉랭한 관계이기는 했어도 두 사람이 그렇게까지 서로를 증오했을 것 같지는 않았다.

도키코는 사당 앞에서 잠시 침묵했다.

"저도 그것만은 좀 이상해요. 동생은 어디까지나 이번 사건을 다와라야 집안의 딸 아미카가 저지른 것처럼 꾸밀 거라고 했거든요. 자신이 범인으로 밝혀지면 자기 딸이 살인범의 딸이 돼버린다고 하면서요. 비소도 원래 곳간에 있는 걸 훔쳐 쓰려고 했는데 왜 딸의 것을 썼는지…….

동생은 결혼식 전에 그곳의 '달의 방'에서 딸에게 사죄했는데, 설마 그때 마지막으로 입에 담은 '미안하다'가 '널 범인으로 만들어서 미안하다'의 의미일 리도 없을 거예요. 딸이 아버지를 미워해서 죄를 덮어씌우는 거면 몰라도 아버지가 딸에게 죄를 덮어씌우는 건…… 있어서는 안 될 일이잖아요."

신부 아버지는 아무래도 마지막에 가서야 딸에게 사죄한 듯하다. 사죄할 거면 애초에 딸을 다른 집안에 시집보내지 말라고 한마디 해주고 싶지만, 그걸 떠나 문제는 도키코의 증언이다. 이대로는 '다른 사람에게 죄를 덮어씌우기 위한 트릭'이라는 예의 그 논리에 모순이 생기지 않는가.

그러자 탐정이 조용히 입을 열었다.

"독을 독으로…… 제압한 거지."

찬물을 끼얹은 듯한 정적. 협죽도 이파리가 바람에 흔들리며 스르르 소리를 냈다.

"……그게 무슨 뜻이야?"

"분명 신부의 아버지 잇페이 씨는 애당초 저택 곳간에 있는 비소를 훔쳐 쓸 계획이었을 거야. 하지만 예상 밖으로 다와라야 집안 여자들이 일찍 집에 돌아온 탓에 어쩔 수 없이 대신 딸의 비소를 쓴 거지.

그런데 그냥 훔쳐서 쓰면 딸이 사건의 가장 유력한 용의자로 의심받고 말아. 그래서 잇페이 씨는 그때 뭔가 딸의 혐의를 풀어줄 만한 물증도 가방에 같이 남겼어. 바로 아미카 씨가 흘린 갈색 머리카락을."

푸린은 고개를 갸웃했다.

"갈색 머리카락? 그런 게 가방 안에 있었다고?"

"물론 신부가 가방을 열었을 때는 없었어. 하지만 그것도 이상할 건 없지. 신부 아버지가 넣은 가짜 물증을 가정부가 제거했다고 생각하면.

푸린. 네 트릭에서는 가정부가 마지막에 병에 든 비소를 바꿔치기하지? 가정부도 한 번은 가방을 열었을 거야. 하지만 계획에 실패한 이상 바꿔치기해도 무의미하다는 것을 깨달아 그만두었을 때 가방 안에 있던 머리카락을 발견한 거야.

신부는 머리카락이 검지만 아미카 씨는 갈색. 잇페이 씨는 갈색 머리카락을 가방에 넣으면 전에 언급한 '아미카 단독범 설'을 통해 아미카 씨에게 죄를 덮어씌울 수 있다고 판단했겠지. 하지만 그는 가정부도 갈색 머리카락이라는 사실을 간과하고 말았어. 가정부는 머리카락을 자기 것으로 착각하고 황급히 가방 안에서 주워서 처분했고.

즉, 이번 사건에서는 두 가지 독이 저택 안에 혼재돼 있었어. 잇페이 씨가 넣은 독과 푸린, 네가 넣은 독. 그 두 가지 독이 돌고 돌아서 맞부딪혀 한쪽에는 존재하지 않을 독의 효과를 만들었고, 다른 쪽에서는 존재해야 할 물증을 말살했다. 그게 이번 사건 뒤에서 일어난 화학 반응이었던 거야.

물론 이것들은 전부 상황 증거로부터 유추한 나의 억측에 불과해. 하지만 그 밖에 떠올릴 수 있는 범행 가능성을 모조리 열거하고 하나하나 제거해가다 보면…… 그 끝에는 미처 부정할 수 없는 가능성이 남는 법이야."

　도키코는 탐정을 지그시 바라봤다.

　그리고 서서히 몸을 일으켜 탐정에게 또다시 깊숙이 고개를 숙였다. 이번에는 처음보다 몇 분은 더 긴 인사였다.

　"……그러고 보니 동생도 말했습니다. 결혼식 며칠 전 아미카 씨의 지시로 저택 복도를 그야말로 머리카락 한 올 남기지 않고 쓸고 닦는 한심한 모습을 딸에게 보이고 말았다고요."

　"잇페이 씨는 그런 굴욕을 참으며 가짜 물증을 준비했겠죠. 물론 처음에는 곳간 쪽 비소를 훔칠 때 쓸 생각이었겠지만요. 잇페이 씨는 자기에게 포악하게 군림한 아미카 씨에게도 복수할 계획이었던 겁니다."

　"그럴지도 모르겠네요……. 하지만 덕분에 가슴에 남아 있던 마지막 응어리가 내려갔네요. 앞으로 조카 앞에서 이 이야기를 할 때 동생이 조카의 비소를 사용한 걸 어떻게 설명해야 좋을지 고민했거든요. 이로써 당당하게 설명할 수 있게 됐습니다."

　탐정은 우울해 보이는 눈빛으로 도키코를 봤다.

　"아뇨……. 오히려 감사 인사를 해야 할 사람은 접니다. 그런데 저희에게 털어놓아도 되는 건가요? 만약 이 이야기가 경찰에 알려지면 공범인 당신도……."

"네, 그야 물론……."

도키코가 어색한 미소를 짓고 다시 사당 앞에 쪼그려 앉
았다.

"그렇죠. 역시 죄는 죄니까요……."

도키코는 말을 잠깐 끊고 사당 쪽에 동의를 구하듯 미소
지어 보였다.

"그래도 우에오로 님께는 신세를 지기도 했으니까요. 만약
우에오로 님께서 경찰에 이야기하신다면 그것도 그것대로
받아들여야죠. 그나저나 누나와 동생이 둘 다 참 못났죠? 이
런 중요한 일에서도 전부 다른 사람 도움이나 받고……."

매미 울음소리가 우렁찬 곳에서 도키코는 잠시 말없이 사
당을 바라봤다.

"정말로…… 저희 남매에게도 '가즈미 님' 정도 되는 배짱
이 있으면 좋았으련만……. 그래도 저는 동생이 할 수 있는
만큼 했다고 생각해요. 다와라야 집안과 얽힌 이후 동생은
자신감과 자존심이 땅에 떨어져 그저 그 남자의 꼭두각시 인
형으로 전락해버렸으니까요. 자기 혼자 그렇게 되는 거면 모
르겠지만 다와라야의 꼬드김으로 사기 비슷한 일에도 가담
해서 남들에게까지 폐를 끼치고 말았다는 게 정말…….

저는 그런 동생을 이미 오래전에 포기했지만…… 결국 마
지막에 가서야 동생은 동생 나름의 마지막 의지를 보인 것
아닐까요. 그래서 말이죠. 이런 말은 정말로 남들 앞에서 하

기 부끄럽지만…… 실제로는 입에 담아서도 안 될 말이지
만……."

도키코는 사당 앞에서 두 손을 모으고 눈을 감았다.

"그래도 하지 않고서는 못 배기겠네요. 고생했다, 내 동생
아……."

𝓛 ♥

시골 역 플랫폼에 밝고 쾌활한 웃음소리가 울려 퍼졌다.

한여름 무더위 속에서 얇은 교복 차림으로 떠드는 지역 여
고생들. 푸린은 왠지 장래가 걱정되는 마음으로 그들의 모습
을 바라보며 그늘 벤치에서 나른하게 손부채를 흔들었다. 덥
다. 참으로 더운 날씨다.

그러나 한여름 더위만큼이나 거슬리는 건 옆에서 우울하
게 앉아 있는 파란 머리 탐정이다. 마치 그곳에만 겨울이 찾
아온 것처럼 체감 온도가 몇 도는 낮다. 어떤 의미에서는 여
름에 적합하다고 할 수 있지만 그래도 집에 가는 길에 계속
이 우울함을 마주해야 한다고 생각하니 속이 쓰렸다.

"어떻게 보면 다행 아니야? 기적은 없어도 부모 자식 간의
사랑이 있었으니."

위로할 마음으로 말을 건네자 탐정은 보기 드문 무기력한
미소를 지어 보였다.

"사랑은 무슨 놈의 사랑. 이번 일에 나타난 건 그저 사적

원한에 따른 복수, 그리고 어려운 이를 보고도 못 본 척하는 무사안일주의야. 만약 그 남자가 정말로 자기 딸을 생각했다면 살아서 바꿀 방법을 모색했을 테고, 누나도 동생을 못 본 척하지 말고 응원해야 했어. 그 남자는 단순히 자기가 죽을 구실로 딸의 결혼을 이용했을 뿐이야."

"죽은 사람에게 말이 심하네. 그리고 보면 너도 귀여운 구석이 있어."

"심하긴. 그리고 이번에 귀여운 모습을 보인 사람은 오히려 푸린, 너 아니야? 그때 본 놀란 얼굴은 평생 못 잊을 것 같은데."

푸린이 곰방대를 거꾸로 들고 위협하자 탐정은 곧장 눈을 감고 자는 척했다. 눈꺼풀을 영원히 닫아줄까 보다.

푸린은 한숨을 내쉬며 고개를 흔들고 방금 산 우롱차 캔을 땄다. 문득 옆을 보니 플랫폼에 선 여고생들이 두 사람을 보며 뭔가 소곤거리고 있다. 감탄, 또는 기이한 분위기 때문에 신기해하고 있을 것이다. 가만히 있어도 눈에 띄는 파란 머리 남자와 키 큰 중국인 여자는 일본의 어디를 가도 주목이 쏟아지기 마련이다.

벤치 등받이에 몸을 기대고 다리를 포갰다. 그러자 옆에서 눈을 감고 있는 남자가 갑자기 입을 열었다.

"가는 길에 온천에라도 들를까?"

푸린은 우롱차를 풋 뿜었다.

"내가 왜 네 힐링 여행에 따라가야 하지?"

"이유는 뻔하잖아. 난 돈이 없어."

"그럼 빌려줄게. 1억 빚이 있는 상대에게 이제 와서 몇만 엔 더 빌려주는 건 일도 아니니."

"이해를 못 하네. 지금 돈을 빌리면 그만큼 이자가 더 붙잖아. 하지만 오늘 숙박비를 내일 체크아웃 때 빌린 것으로 하면 이자가 하루 치는 덜 붙지. 서민의 생활 속 지혜랄까."

서민은 아무런 계획 없이 1억이라는 돈을 빌리지 않는다. 그러나 거절할 구실을 찾기도 귀찮아서 푸린은 "마음대로 해" 하고 툭 내뱉고 다시 우롱차를 마셨다. 정말이지 이 탐정이든 그 꼬맹이든 나를 편리한 자동 대출기 정도로 생각하는 걸까.

그건 그렇지만 이번에 이 남자 덕분에 목숨을 건진 건 사실이다.

만약 탐정이 이번 사건의 진상에 도달했다면 진범의 식구인 신부와 고모도 일족이라는 이유로 선의 손에 목숨을 잃었을 가능성이 높다. 즉 이번 일에서만큼은 이 남자의 어리석은 행동이 그야말로 기적적으로 맞물려서 모든 일이 좋은 쪽으로 수습된 셈이다. 돈을 얼마를 빌렸는지를 떠나 가끔 위로의 의미로 반주 정도는 상대 못 해 줄 것도 없다.

우롱차를 한 모금 더 마시고 고개를 들었다. 역 지붕의 차양이 끊긴 곳 너머로 새파란 하늘과 하얀 구름이 보였다. 속이 후련해질 만큼 쾌청한 여름 하늘이다.

마음이 풀리자 푸린은 저도 모르게 항상 제기하는 의문을 입에 담았다.

"……대체 언제까지 이런 짓을 계속할 거야?"

탐정도 평소와 똑같이 되물었다.

"이런 짓이라면?"

"입 아프게 또 말해야 해? 네 그 무모한 도전 말이지."

"물론 기적을 증명할 때까지지."

"증명할 수 있을 리 없잖아."

"어떻게 그렇게 단언하지? 불가능성이 증명된 건 아니야."

"넌 이번에도 실패했어."

"아…… 그래, 그건 인정하지. 하지만 단지 내가 미숙했을 뿐."

탐정은 주먹을 맞부딪히며 소리를 냈다.

"이번에는 네가 끼어드는 바람에 일찍이 신부 아버지를 용의 선상에서 제외해버렸지만, 내가 'X'를 떠올린 사실에 만족한 나머지 그다음 'Y'에 도달하기 전 사고를 멈춘 건 사실이야. 그게 이번 나의 패인이지. 이번 일을 교훈 삼아 다음번에야말로……."

"……그래서 다음은 'Z'인가? 로마자 알파벳이 다 떨어지면 그리스 문자와 키릴 문자도 있겠지. 무수히 이어지겠네."

탐정은 고개를 떨군 채 쓴웃음을 지었다.

"문제는 기호 수가 아니야. 변수가 무수히 늘어나는 거면 오히려 가능성의 구분 방식 쪽에 문제가 생기지. 애초에 지구의 인구수는 정해져 있어. 즉 용의자 수가 아무리 많아도 현

시점에는 넉넉잡아 70억 명 조금 넘을까. 유한하다는 거야."

푸린은 말없이 하늘 위 구름을 바라봤다.

용의자는 넉넉잡아…… 70억 명.

이 얼마나 바보 같은 말인가. 그 말이 맞는다고 해도 평범한 사람은 농담으로나 입에 담을 말이다. 당연히 지구상에 존재하는 모든 인간을 조사할 수만 있다면 'X' 같은 기호를 쓰지 않아도 구체적인 개별 수준에서 '모든 가능성'을 열거할 수 있다. 다시 말해 적어도 '인위적'인 가능성에 대해서 탐정은 빠짐없이 검증할 수 있게 된다.

그것이 바로 이 탐정에게 최소한으로 보증된 기적 증명까지의 여정.

적어도 이론상으로는 도달 가능한 기적 증명의 구성법.

그러나 그것을.

보통 사람들은 '불가능'이라고 부르지 않을까.

♥

"다음번에는 꼭…… 다음에야말로 반드시…… 다음에야말로……."

옆에서 저주 같은 중얼거림이 들렸다. 푸린은 얼굴을 살짝 찌푸리고 기분을 달래듯 플랫폼 쪽을 바라봤다.

역에는 'X' 같은 기호로는 절대 다 표현할 수 없는 잡다한 존재들이 시야 이곳저곳에 흘러넘치고 있다. 햇빛 속에서 가방을 품에 안고 웃고 떠드는 여고생들. 주변에서 연신 땀을 닦는 양복 차림의 남성. 그 뒤를 나이 든 여자가 손수레를 밀며 지나간다. 그리고 시끄럽게 떠들며 옆을 지나치는 남학생 무리.

잠시 후 플랫폼에 열차가 도착한다는 안내 방송이 흘러나왔다. 탐정이 고개를 들어 뭔가를 중얼거렸지만 플랫폼 소리에 묻혀 푸린의 귀에는 닿지 않았다.

단상

협죽도 꽃이 떨어지고 말았다.

어젯밤 내린 비 때문인지 초라해졌다. 어차피 이곳 정원에서는 달빛에 떠오른 그림자밖에 보이지 않지만 문득 툇마루 아래로 길게 뻗은 다리 끝으로 시선을 향하자 뒤쪽 방에서 나오는 불빛에 비친 지면에 발자국처럼 점점이 떨어진 흰색 꽃잎이 보였다.

내일 나는 이 저택을 나간다.

결혼이 깨졌으니 당연한 일이다. 다만 혼인 신고서를 먼저 제출한 탓에 이혼 이력은 남는다고 한다. 하지만 그런 건 지금 내게 사소한 흠이다. 오히려 그 정도로 끝나서 다행이다. 벼랑에서 떨어졌는데 다리를 조금 삐기만 한 기분이다.

사건의 진상은 고모에게 들었다.

처음에는 아버지가 그런 대담한 짓을 벌였다는 사실이 그저 놀랍기만 했다. 하지만 곰곰이 생각하니 그 결혼식 날 '달의 방'에서 아버지가 내게 석고대죄한 이유를 비로소 이해했다. 그때 내가 들은 '미안하다'라는 말이 바로 아버지의 진심이 담긴 마지막 사죄였다. 그러나 내게 폐 끼치지 않을 생각으로 한 행동이 결국 나를 유력한 용의자로 만들었다는 게 그야말로 처세술에 서툴렀던 아버지답다.

그런 아버지의 행동을 자상함으로 볼지 이기심으로 볼지는 아직 마음속에서 갈피를 잡지 못했다. 고모는 경찰에 털어놓을지는 내가 결정하라고 했는데 느닷없이 무거운 책임을 떠맡아서 곤란할 따름이다. 지금의 나는 간신히 혼자서 걸음마를 시작한 어린아이 같은 존재. 언젠가 결단해야 할 날이 오겠지만 지금은 이 달빛이 비치는 정원처럼 온화하고 고요한 심경 속에서 새로이 고개를 든 나의 싹을 조금 더 소중히 지키고 싶다.

그건 그렇고, 그 파란 머리 남자는 대체 누구였을까.

문득 떠올랐다. 배 안에서 즐거운 듯이 뭔가를 쓰고 그리던 모습이.

아무래도 그 남자 덕분에 우리가 목숨을 건진 것 같지만 자세한 사정은 잘 모른다. 너무 알려고 들지 말라고 못을 박았기 때문이다. 입 다무는 조건으로 거액의 돈이 내 계좌로 입금됐다. 우리를 납치한 사람이 지불했다고 한다. 그 돈과 다와라야 집안의 위자료, 그리고 아버지가 남기고 간 보험금을 합치니 상당한 액수의 돈이 내 손에 들어왔다. 앞으로 나는 당분간 궁핍하지 않은 수준의 삶을 살 수 있을 것이다.

과연 이게 다 그 파란 머리 남자 덕분일까.

하지만 솔직히 나는 지금도 나를 구한 건 '가즈미 님'이라고 생각하고 있다.

만약 그 파란 머리 남자가 나를 구해준 거라면 그것 역시 '가즈미 님'의 뜻. 그는 가즈미 님이 내게 보낸 사자다. 그러나 구원의 손길은 절대 연민 같은 것이 아니었다. 가즈미 님은 내게 손쉬운 도피를 허락하지 않았다.

싸우지도 않고 패배하려고 한 나를 엄하게 꾸짖기 위해.

협죽도에는 분명 사람을 죽이는 독이 있다. 그러나 그것은 자기 자신을 지키기 위한 독이다. 협죽도는 가혹한 생존 경쟁에서 살아남기 위해 필사적으로 몸 안에 무시무시한 독을 키웠다. 그 귀한 가지와 잎을 탐욕스러운 동물들에게 잡아먹히지 않기 위해. 그 소중한 줄기와 뿌리를 거침없는 곤충들에게 무참히 뜯어 먹히지 않기 위해.

식물에게는 식물만의 싸움이 있다는 뜻이다. 그렇다면 인간에게도 인간만의 싸움이 있는 게 당연하다. 내 아버지였던 남자는 그 싸움에서 계속 지기만 하다가 마지막에 강렬한 독을 내뿜으며 의지를 보였다. 방법이 옳았는지는 둘째치고 그 의지만은 인정하자. 딸인 내가 인정해드리자.

내일 나는 이 저택을 나간다. 내일부터는 정말로 나 혼자만의 싸움이 시작된다. 그렇게 의식해서인지 마음이 계속

들떠서 오늘 밤에는 좀처럼 잠이 오지 않았다. 이대로는 저 동쪽 하늘이 밝아올 때까지 이 툇마루에 계속 앉아 있을 것이다.

나는 고개를 떨구고 손에 든 병으로 시선을 향했다. 어쩔 수 없다. 역시 이것의 힘을 빌리자. 하지만 이제는 전처럼 많이 먹지 않겠다. 어떤 것이든 양에 따라 독이 되고 약이 되기도 한다. 그렇다면 나는 약을 약으로 먹겠다. 작은 병의 뚜껑을 손가락으로 돌리고 병 뒤에 적힌 용법을 처음으로 꼼꼼히 읽었다. 성인 1일 1회. 복용은 한 번에 두 알까지. 잘 이해했다. 그 이상은 먹지 않겠다.

우리가 읽는 추리소설 속 탐정들은 보통 기적과 초자연 현상으로만 보이는 현상, 인간의 소행으로는 도무지 보이지 않는 불가사의한 상황에 대한 수수께끼를 멋지게 풀어내 그 것이 범인에 의한 '트릭', 즉 속임수임을 만천하에 드러내는 역할을 수행합니다. 그러나 《그 가능성은 이미 떠올렸다》 속 탐정 우에오로 조는 불가사의한 상황에서 그 어떤 트릭과 가능성도 성립하지 않는 것을 증명해 '이 세상에 기적이 정말 로 존재한다는 것'을 밝혀내고자 하는 전대미문의 탐정입니 다. 작품 속 표현을 빌리면 '가능성'이라는 것은 수도꼭지와 같아서 비틀면 비틀수록 나오기 마련입니다. 따라서 기상천 외한 가설과 황당무계한 트릭을 제시하고 그것들을 다시 부 정하는 행위는 자칫 '탁상공론'에 그칠 수도 있습니다. 그렇 게 해서 '기적'을 증명하는 것이 과연 가능한 일일까요?

이렇듯 본 작품 《성녀의 독배-그 가능성은 이미 떠올렸다》 (이하 《성녀의 독배》)의 토대가 되는 전작 《그 가능성은 이미 떠올렸다》는 독특한 설정으로 국내외 추리소설 마니아들의 눈길을 사로잡은 작품입니다. 기존 추리소설의 상식을 뒤집는 역설적인 설정이지만 치밀하고 논리적인 추리로 본격 미스터리의 매력을 고스란히 담았고, 개성 있고 매력 있는 캐릭터가 속속 등장하는 캐릭터 소설의 재미까지 두 마리 토끼를 잡으며 작품의 출간 자체가 마치 '기적'인 것처럼 신인 작가의 두 번째 작품으로는 이례적으로 출간 연도의 수많은 연말 미스터리 랭킹을 석권하기도 했습니다.

《그 가능성은 이미 떠올렸다》 출간 이후 채 1년도 되지 않아 출간된 속편 《성녀의 독배》는 짧은 출간 간격에도 불구하고 전작과 비교해 여러모로 발전한 모습을 즐길 수 있는 작품입니다. 특히 가장 다른 점은 작품 구성이 더욱 입체적이고 치밀해져서 다채로운 재미를 즐길 수 있다는 점입니다. 전작 《그 가능성은 이미 떠올렸다》가 10년 전 발생한 어느 사이비 종교의 집단 자살 사건을 전반부에 소개하고 중반 이후부터는 일대일 추리 배틀 형식을 통해 사건의 진상에 대한 추리를 극한까지 끌고 가며 역설적 설정의 기본 재미를 충실하게 즐길 수 있는 구성의 작품이라면, 본작 《성녀의 독배》는 전반부에 성녀 전설이 전해지는 어느 지역에서 발생한 불가사의한 징검다리 독살 사건이 충실히 묘사되는 것까지는 비슷하지만 그 밖에는 완전히 새롭게 다시 태어난 작품이라고 할 수 있을 만큼 여러 가지 면에서 한 단계 발전한 면모를 보이는 작품이라고 할 수 있습니다.

우선 이야기의 기본 무대에 대한 설정이 특이하고 매력적인 동시에 탄탄합니다. 원치 않는 결혼식에 목숨을 던져 저항한 '가즈미 님'을 여성에 대한 수호신이자 재앙신으로 숭배하는 마을. 그런 마을에서 이뤄지는 독특하면서도 이상야릇한 전통 혼례 절차와 모습. 작가는 실제로 그런 곳이 존재하는 것처럼 느껴질 정도로 적절한 시의성과 전통적 매력을 동시에 느낄 수 있는 무대를 탄탄하고 꼼꼼하게 창조해내며 극적 재미를 높였습니다. 또 전작이 화자의 예전 기억에 대한 진술을 기반으로 탐정과 맞수가 추리 대결을 벌이는 구성이라면, 《성녀의 독배》는 작품 초반부터 탐정의 파트너 푸린과 탐정의 예전 제자 야쓰호시가 사건 해결을 위해 직접 나서는 구성이라 현장감과 스릴을 즐길 수 있는 것도 특징입니다. 전작보다 많아진 개성 넘치는 등장인물을 통해 캐릭터 소설로서의 재미도 한층 풍부해졌습니다.

　무엇보다 《성녀의 독배》의 가장 큰 매력은 바로 추리소설에 등장하는 '독살 사건'의 전형을 슬그머니 비틀어 또 다른 역설적인 재미를 주고 있다는 점입니다. 흔히 추리소설에 등장하는 '독살 사건'은 독이 주입된 경로 증명에 주안점을 두고 그 트릭을 규명함으로써 진범에 이르는 이른바 '하우던잇 how done it'과 '후던잇 who done it'이 핵심이라고 할 수 있습니다. 《성녀의 독배》 역시 전반부에 등장하는 추리 묘사는 범인의 범행 수법을 논리의 기반으로 삼아 '하우던잇'을 밝혀낸 다음 진범으로 향해 가는 정통 본격 미스터리의 방식을 충실히 따릅니다. 그러다가 어떤 등장인물의 갑작스러운 고백을 통해 독자에게 큰 충격을 선사하며 지금까지 읽어 온 이야기의 관점을 백팔십도 뒤집는 동시에 형식 자체를 완전히 틀어버립니다. 그 뒤로는 전반과 사뭇 달라진 배경 안에서 평범한 추리소설에서는 보기 어려운 '탐정'과 '범인'의 기이한 대결이 펼쳐집니다. 전작이 초반부터 계속해서 꽂히는 변화구로 독자의 눈을 사로잡았다면 《성녀의 독배》는 '정통'과 '역설'이 적절히 혼합돼 작품의 전반과 후반을 각각 다른 매력으로 즐기는 묘미가 있는 작품이라고 할 수 있습니다.

치밀한 추리와 논리의 향연도 여전합니다. 《성녀의 독배》는 요즘 나오는 새로운 감각의 미스터리 독자뿐만 아니라 정통 본격 미스터리 독자들을 사로잡는 매력까지 고르게 갖춘 덕에 전작처럼 출간 해의 연말 미스터리 순위를 휩쓴 것은 물론, 2017년도 '본격 미스터리 베스트 10'에서 당당히 1위로 선정되는 동시에 본격 미스터리 대상 후보에 올랐습니다. 미스터리 작가 쓰지 마사키는 작품을 읽고 자신의 SNS에 '사상누각도 이렇게까지 늘어서면 장관이라고 할 수밖에 없다. 경외심을 느꼈다'라고 평해 눈길을 끌기도 했습니다.

저는 이번 《성녀의 독배》를 '추리'와 '소설'로서의 재미를 모두 거머쥔 성공적인 속편이라고 평가하고 싶습니다. 작품을 쓴 이노우에 마기는 현지에서도 성별, 나이, 경력 등 무엇 하나 밝혀지지 않은 미스터리한 작가로 유명한데 그의 작품을 읽다 보면 추리소설가로서의 성장 속도 역시 미스터리하게 빠르다는 생각이 듭니다. 2015년 데뷔 이후 《그 가능성은 이미 떠올렸다》 시리즈를 비롯한 단 네 작품 만에 일본 미스터리 소설계에 뚜렷한 존재감을 남긴 재기 넘치는 신인 작가의 행보를 앞으로도 독자 여러분과 함께 흥미진진하게 지켜보고 싶습니다.

2019년 여름의 초입에서
이연승

성녀의 독배

1판 1쇄 인쇄 2019년 5월 23일
1판 1쇄 발행 2019년 5월 30일

지은이 이노우에 마기
옮긴이 이연승
펴낸이 최한중

기획 이연승
디자인 황제펭귄
인쇄·제본 민언프린텍

펴낸곳 도서출판 스핑크스
주소 10378) 경기도 고양시 일산서구 대산로 183
전화 0505-350-6700 | **팩스** 0505-350-6789 | **이메일** sphinx@sphinxbook.co.kr
출판신고번호 제2017-000187호 | **신고일자** 2017년 10월 31일

ISBN 979-11-962517-6-5 03830